ちくま文庫

やっさもっさ

獅子文六

筑摩書房

「やっさもっさ」

獅子文六

豊年の兆

生憎《あいにく》、雪が降った。

三センチほど積って、午《ひる》近く、降りやんだが、雲は低く、迷っている。雪の後が、カラリと晴れるというような天候は、戦後、流行しないのではないか。

品川御殿山の旧皇族、摂津宮《せっつのみや》邸の付近が、道路の舗装のよかったのも、十年前のことで、今日あたりの悪路は、お話にならない。大小無数の穴ボコに、雪水が溜って、自動車が通る度に、すさまじい飛沫をあげる。それを避けようと、道端へ寄ると、氷アズキのような半解け雪に踏ん込んで、ナイロン靴下や、ズボンの折返しに、テクで来た証拠の印をつけるから、厄介である。

自家用車組、タクシー組、そして、国鉄と都電の駅からのテク組を入れて、この悪路の通行人は、大部分、山沿いに、扇形の坂になった、旧宮家正門広場へ、吸われていく。

尤《もっと》も、ズカズカと、平気で、門内の小砂利を踏む者は、極めて少い。一応、大名門の本柱に立てかけた「横浜双葉園バザー会場」というカンバンの字を読んで、安心したように、入場の姿勢をとる。中には、門外で、外套《がいとう》と襟巻《えりまき》を脱ぐ者もある。

門の内側は、シンとして、雪まで行儀よく、積っている。砂利道は黒く濡れているが、遥かな馬車回しの植込みや、会場の瑞鳳殿《ずいほうでん》の屋根が、淡雪を軽く刷いた風情は、明治の世が返ったかと、疑わせる。

しかし、瑞鳳殿という名は、古風でも、新ルネサンスの石造洋館で、二十年前に、元宮殿下の成婚記念に建てた、宏壮な住宅である。それを、昨今は、こんな催しに、お貸しになる。人民になった摂津氏に、宮殿は不用だから、夫妻は、裏門脇の宮家別当官舎へ移ったが、その家は大樹の蔭になって、ここからは見えない。

さて、瑞鳳殿のポーチへ入ると、とたんに、芋を洗う混雑で、なにしろ、専門貸席でないから、下足番が慣れない。靴と草履《ぞうり》は脱がないことになっているが、今日は、下駄や長靴の人も相当あって、会場側は、ひどく面食らった。その上、いくら宏壮でも、住宅建築であるから、入口が狭く、雪止みと共に、陸続と詰めかけた会衆を、堰《せ》きとめてしまうのである。

「ご順に、左側の受付へ、入場券をお渡し下さアい！」

女の整理員が、声を枯らしている。その娘たちも、受付の二人の三十女も、服装美々《びび》しく、生活に困る階級ではないらしいが、仕事はヘマで、知人がくると、長々と挨拶を始めたりするから、一層、人の流れが停滞するわけである。

やっと、ホールへ入ると、暖房の温気が、香料、花、食品などの匂いが、ムッと人を包み、酒でも飲んだように、上気してしまう。そして、珍らしくもない白塗り金筋の壁面、真紅のジュータン、高い天井のシャンデリアを見渡して、誰も、

――百円、高くはないわ。

と、入場券の価格を忘れた。たいていの日本人にとって、宮様の居宅拝見の魅力は、映画見物に優《まさ》る。

このバザーの主催者の狙いも、そこにあった。ひどく、頭の鋭い人間がいて、万難を排し、会場をここに選んだのである。その智慧者の顔が、ホールの人垣を越して見える。

さすがに、ホールは広いから、入口ほどの混雑はなく、女の来会者が、お互いの服装を尻目にかける余裕があったが、ことに、正面にゴブランを張った双式階段の下は、バザーの順路が、左方の室から始まる関係上、人影も、いくらか疎《まば》らだった。

そこに、二人の女性が立って、入口から吐き出されてくる人々に、お辞儀をしていた。

一人は、芋のように、赤く肥《ふと》った老人で、白襟《しろえり》に、鼠の紋付、くすんだ金襴の帯を締め、胸に役員のリボンを垂らし、コックリ人形のように、間断なく、首を上下させている。その様子が、殊勝げであり、また、人を食った風にも見えるのは、顔の皮が残らず弛《たる》んで眼が糸のように埋まり、極度の無表情に化しているせいだろう。

彼女は、双葉園の園長で、今年八十二になる、福田嘉代《かよ》である。横浜の福田財閥二代目の未亡人で、大正時代に、すでに「慈善婆さん」の綽名《あだな》をとっていた。その頃から婆さんと呼ばれた彼女なのであるが、まだ中年増《ちゅうどしま》の時に始めた慈善道楽が、烈しくなり、日本赤十字、愛国婦人会、キリスト教、日蓮宗その他、どんな団体でも、横浜で寄付募集を行う場合に、彼女の世話にならぬ例はなかった。戦時中は、遺家族の慰問なぞで、活動していたが、寄る年波のせいか、終戦前年あたりから、パッタリ世間へ出なくなった。一体、彼女は、ほんとに惻隠の情に深いのか、社交好きなのか、疑わしいという評判もあったが、戦後、眠った象が立ち上ったように、双葉園の仕事を始めてから、やはり、慈善婆さんの名に背かないと、彼女の高齢と照し合せ、人々は感嘆しているのである。

双葉園というのは、占領児とも名づけらるべき、不幸な子供の収容所なのであるが、最初は、嘉代婆さんが、往来の捨子をわが家へ拾い上げてきたことから、始まった。現在は、五十余名の毛色のちがった子供が、彼女の手許《てもと》で、養育されているのであるが、詳しいことは、後に譲らねばならない。

彼女の隣りに、これはまた対照的な、スマートな女が、立っている。ひどくピッタリした、黒のスーツを着ているが、地質は極く良いウーステッドで、型は極く単純。こういう好みの女は、油断がならないが、ベージ色の靴下に包まれた脚の線でも、トンボ玉の首飾りを短く巻いた喉《のど》でも、いやにスッキリと、潜在的色気を、磨ぎ出している。

顔だって、やや頬骨が高く、やや反ッ歯で、やや金壺眼《かなつぼまなこ》で、ややお凸《でこ》で、やや鼻が短くて、色も白いというわけでもないのに、そのすべての「やや」を綜合すると、オヤと驚くような、魅力ある容貌となるから、不思議である。彼女を美人と呼んでも、誰も文句はいわないだろう。だが、そう呼ばなくても、失礼というほどでもない。目立たないようで目に立つ、トクな女であるが、どうやら、これは彼女の悧巧な生まれつきが、働いているらしい。

志村亮子《りょうこ》。
人の妻で、三十を越しているが、双葉園の理事として、この仕事を、一手に切り回しているのである。

階上階下、大小十七の洋室が、バザーのために、貸されたのだが、それは、瑞鳳殿の総室数の半分以下に過ぎなかった。それほど、巨大な住宅であるが、しかし、この十七室が、松と芝生の庭に南面した表座敷であり、大客間、小客間、居間、書斎、小食堂、大食堂、音楽室、寝室等、元宮殿下夫妻によって、日常、使用された部屋ばかりであることが、ネウチであった。志村亮子が、席料五万円と聞いても、ビクともしなかった所以《ゆえん》も、その辺にあるらしかった。

小客間から、バザーの陳列が始まった。絽刺《ろざ》しや、フランス刺繡《ししゅう》や、双葉園後援会員の手芸作品が、壁側のテーブルに積まれ、着飾った令嬢や若夫人が、売品のうしろで、

「どうぞ、ご協力を……」

「お一品《ひとしな》でも、どうぞ……」

なぞと、マネキン風な媚声《びせい》を、張り上げていた。目的が慈善であるから、愛嬌をコボしても、不体裁《ふていさい》でないというのだろう。しかし、お客の方は、先きの室に、どんな掘出し物があるかわからないから、素通りが多かった。慈善バザーで掘出し物なぞ、サモしい量見であるけれど、婦人客は、往々、その利得があることを、よく知っていた。殊に今度は、織物の暴落で、平和紡績会社が、優秀な手持品を気前よく寄付したことを、志村亮子が諸方に宣伝したので、参会者は眼を光らすのである。

織物に限らず、バザーに列べられたこの売品は、寄付か、割引品のみであるが、そのために、有名会社、各百貨店、大商店を、志村亮子が、どれだけ駆け回ったか知れなかった。先方も寄付ズレがしているから、オイソレと承知はしないものであるが、彼女が直接出向いたところは、実にアッサリと話がついてしまうのである。これも、目立たないで目に立つ美人の一徳であろう。専務とか、支配人とかは、あまり良心にとがめずに、目尻を下げてしまうらしい。だが、ある香水会社の社長は、強《したた》か者で評判の女性だった。それでも、志村亮子は、忽《たちま》ち相当の寄付をセシめたところを見ると、あながち、色ッぽくモチかけるだけが、能ではないらしい。どうやら、男には男、同性には同性への魅力を兼備し、駆使できる女であるらしいのである。

次ぎの大客間は、瑞鳳殿の中でも、最も壮麗な部屋で、大マントル・ピースの上の大観筆富士山の画も、大作と見えぬほどだった。皇族会の集まりなぞは、この室で行われたにちがいない。志村亮子は、そこに外人向きの振袖や、ウチカケや、蒔絵《まきえ》なぞの高価品と、寒気のするように毒々しいスーベニア商品を列べた。外国人にも、相当、入場券を売りつけたからである。彼女は、英語を得意としたのみならず、その方面の交際も、広いのである。

ここの売子は、美人で有名な前大臣夫人と、県知事の令嬢とを頼んだ。東京と横浜の関係筋の光ったところを、代表してもらうばかりでなく、二人の性格上、売上げの競争になる結果も、見越しているのである。

事実上の会主として、亮子は、いつまでもホールに立って、お辞儀ばかりもしていられなかった。

「ゴシンさん（彼女は、嘉代刀自《とじ》のことを、そう呼ぶのであるが）あたし、少し見回って参りますから……」

と、耳に囁《ささや》いて、席を離れた。それが、聞えたのやら、聞えぬのやら、慈善婆さんは、居眠り代りに、コックリ人形の動作を、続けていた。

「どう、景気？」

売店の前を通るにしても、亮子は、親しい仲の売子には、眼で笑って、労をねぎらうだけだが、大客間の名流売子に対しては、

「まア、奥様、お嬢様……たいへんでいらっしゃいましょう。少し、お休み遊ばせよ。あたし、代らせて頂きますわ」

と、如才《じよさい》がない。

そして、人の流れを縫っていく間に、何度となく頭を下げたり、挨拶を交わしたりする、必要があった。来会者の大半は、彼女が切符を売りつけたり、売って貰った仲だった。それが、驚くほど、広い社会層に亘《わた》っていた。東京関係が四分で、後の六分は横浜市民だったが、社交界でハバをきかしているような連中ばかりでなく、横浜で一流の花柳地になっている、通称「山」の常盤《ときわ》の女将《おかみ》なぞも、二、三人の芸妓を連れて、肥った体を、人波に揺られていた。その芸妓たちにさえ、彼女は顔馴染みだった。

「まア、オカミさん、このお天気に……ほんとに有難いわ」

「なアに、奥さん、こんな豪勢なお邸を見せて貰って、あたしア眼がつぶれそうだよ」

だが、そこにも、一分とは立ち留まって、いられなかった。

「理事さん、民憲党の幹事長さんが……」

と、受付係りの娘が、呼びにきた。亮子は、また、入口の方へ、引き返さねばならなかった。

「やア、なかなか盛会で……」

焦茶のセビロを端然と着た、官僚上りの政治家は、勿論、車できたとみえて、帽子も外套もなく、速歩で、売場へ入ってきた。秘書が、その後を追ってきた。

「まア、ほんとに、ようこそ……ご多忙でいらっしゃいますのに……」

亮子も、多分、夫人がくるだろうと思ったのに、彼自身が姿を見せるとは、思わなかった。その驚きを、三倍に強化して、対手《あいて》に好感を刻むことを、彼女は忘れなかった。

「いや、高輪に序《ついで》があったものだから……。しかし、志村さん、今日の雪は、幸先《さいさ》きがいいですぞ。雪は豊年の貢《みつぎ》というから、あなたの事業も、今年は……」

切れ者の噂だけあって、いうことにソツがなかった。

「それもこれも、あなた様のご後援一つですわ」

「ハッハハ、あの件なら、厚生大臣に話しては置きましたがね……」

と、彼は、少し声を低くした。満更の好意ではないらしい。

大食堂は、一番大きな室で、そして、一番混雑していた。この室には、売店がないから、来衆は安心して（誰だって財布の口は開けたくない）通り抜けようとすると、

「ラッフルを、お求め下さい。福引きでございます」

桃色のリボンで飾ったボール函を抱えて、数人の令嬢が、人の流れに立ち塞《ふさ》がった。亮子が、オシの強い令嬢を選んだだけあって、赤い羽根以上に、シツコイ売りつけ方をする。

「たいへん、よく当ります。あの通り、賞品の山でございます」

室の正面に、ミシン、全波ラジオ機、毛布、ディナー・セットなぞ、中流階級の喜びそうな品物が、仰々《ぎょうぎょう》しく飾ってあった。皆、寄付品であるから、一枚百円のラッフル券は、全部、バザーの収入となるわけで、こんないい商売はない。来衆の大部分は、一枚買わされるが、横浜沖仲仕《なかし》会社の社長なぞは、一度に百枚買って、人を驚かせた。しかし、ラッフルの売子は金を貰って、番号入りの切符を、一々千切って返さねばならぬ上に、抽籤《ちゅうせん》時前に帰る人には姓名まで記入するので、相当、手間がとれ、一層、この室の混雑を招くのだった。

亮子は、ラッフルの売行きのいいのに、ホクソ笑みながら、大食堂を通り抜けようとした。実際、今朝の雪を見た時には、ガッカリして、三カ月の努力と心労も、ムダになったかと、涙が出たほどだったが、午近くから、意外の人出になって、晴天にしても、これ以上は望まれないと思う成績だった。

——今年あたりから、あたしの夢が叶うんじゃないかしら。

彼女の頭に、先刻、民憲党幹事長の残した辞令が、閃《ひら》めいた。雪は豊年の貢なんて、政治家は月並みな文句をいうと思ったが、このバザーの成功は、彼女にとって、幸福の前兆にちがいなかった。いや、双葉園の事業が、あの幹事長がいったように、今年、進展しようが、しまいが、彼女はどうでもよかった。それは、嘉代婆さんの問題に過ぎない。戦後の、ちと気のきいた三十女の夢は、もっと複雑で、もっと遥かだった。

しかし、亮子も、人混みで、いつまでも、幸福の予感に浸ったりするほど、ヒマな体ではなく、今度は、音楽室を用いた、ゲーム場の景気を、覗きにいこうとした。

ゲーム場は、妃殿下愛用のグランド・ピアノが隅に片づけられ、その代りに、輪投げ盤だの、パチンコ台だのが、列んでいた。輪投げは、放出洋酒の壜《びん》が目標だった。輪が掛かれば、そのウイスキーや、ブランデーが貰えるから、ゲーム料一回百円は、高いといえなかったが、同値のパチンコの方は、賞品が外国煙草やチョコレートでは、いくら流行遊戯でも、人ダカリの少いのは、当然だった。

亮子は、すぐ、その落度に気づいて、賞品を変える胸算用《むなざんよう》をしていると、

「オウ、奥さん、ここにいまシュたか」

輪投げの人混みの中から、長身の米士官が、立ち上った。嬉しそうに、軍服の胸に、賞品のウイスキーを一本抱え、ユックリした足どりで、近づいてきた。

「あら、ウォーカーさん……」

亮子は、気の置けぬ友人に会った喜びを、声に表わした。儀礼的な挨拶ばかり、朝から続

けた後なので。

「双葉園の事業を、冷笑してらっしゃるあなたが、こんな天気に、よく、お出でになったわね」

「それはですね、奥さん、百円で一本のスコッチを、手に入れることを、わたくしは、前もって、知っていましたから……」

彼は、ウイスキーの壜を、高く挙げた。スマした顔で、冗談をいう男だった。

「まア、一度で、おとりになったの。狡《ずる》いわね。そんなお客様は、バザーが損をしますわ」

「そうですから、わたくしは、すぐ帰ろうと、思います、この壜と共に」

語学将校というだけあって、なかなか流暢な日本語である。亮子と話す時も、よくよく言葉に詰まらないと、英語は用いない。その点も、気ラクであったが、何よりも世界人的な、拘泥《こうでい》のない、そして少し皮肉な性格が、亮子を親しませた。この二年来、双葉園を足繁く訪れ、亮子の良人《おっと》の四方吉《よもきち》とも知り合いになっていた。横浜の米八軍兵站《へいたん》司令部へ勤めている中尉であるが、年齢はどのくらいであろうか。外国の男は老けて見えるから、オヤジ臭い顔をしている彼も、案外、若いのかも知れない。とにかく、まだ独身でいることは、確かである。

亮子は、もっと、ウォーカー中尉と、冗談口がききたかったのだが、今日はお役目柄、そうもしていられず、

「そのうち、また、お遊びにいらっしってね。そして、今日は、ラッフルを十枚買って下さる

わね。お約束よ」

「オウ、十枚！　それは、多分、あまり少いでしょう、カーネギーの息子にとって……」

亮子は、笑いを残して、大食堂の外のバルコニーへ、出ていった。そこも、大切な売場なのである。もし晴天だったら、広い庭の各所に、適度の距離を保って設けるはずだった模擬店を、やむをえずバルコニーに移したので、ひどく混雑していた。バー、喫茶、すし屋、ヤキトリ屋、中華饅頭屋などが、まるで新宿裏のバラック飲食店のように、軒並みだった。宮殿風な石造アーチを持った、立派なバルコニーに、不調和の極ではあったが、食物や酒の匂いが、人の心を寛《くつろ》がせ、ここだけは、瑞鳳殿ともいえない空気が、流れていた。

「とっても、よく売れますわよ。喫茶部では、ケーキがなくなって、追注文したところ……」

亮子の姿を見ると、サービス係りをやっている市会議員の娘が、昂奮の赤い顔で話しかけた。食物だけは、寄付も仰げないが、何でも一つ百円という不当な値段で、売れさえすれば、利益は大きかった。

「有難いわね。皆さんの努力のお蔭よ」

亮子は、気をよくしないで、いられなかった。そこへ、喫茶部の方から、不恰好な外套を着た女が、コーヒー茶碗を手に持ったままで、

「ちょいと、ちょいと……志村さんじゃない？」

と、近づいてきた。

「はア……」

と、答えたものの、亮子は、狎《な》れ狎《な》れしく話しかける対手が、誰だかわからなかった。顎の張った、男のような顔で、白粉気は少しもなく、着飾った女性の多い中に、質素というより、乱暴な服装の女だった。

「フン、忘れたね、わたしを。大西よ――大西説子よ」

と、ガラガラした声で名乗られて、亮子は、やっと思い出した。その声も、角砂糖のような顎も。

「まア、お珍らしい。何年になるかしら……」

大西説子は、横浜のフェニックス女学院時代に亮子の級友だった。父親が、県庁勤めだとかで、その任期の間、三年間ぐらいを暮しただけで、深い交際はなかったが、どこの訛《なま》りとも知れぬ言葉使いと、一風変った性格とは、よく記憶に残っていた。

「今日は、友達から切符を押しつけられたんやね……。バザーなんて、わたしア趣味に反するのやよ。そやけど、挨拶状に、理事志村亮子と書いたるけん、ことによったら、あんたやないかと思うて顔見にきたんや……それア、わたしだって、旧友は懐かしいよ」

そうだ――十数年前も、こんな風に、ブリキ屋がブリキを叩くような、しゃべり方をする女だっけ。

「だが、あんたは、スッパリ、昔と変ったね。とにかく、社会的に活動しとるのは、見上げたよ。わたしも、そうだけどね」

「大西さんも、なんかお仕事?」

「あら、あんた、知らんのかね。新聞や雑誌に、わたしの名が出とるやないか——全産の記事の時に」

共産党員? ふと、亮子は、そんな想像もしたが、それにしては、少しシマリのない感じでもあった。

「おや、全産も知らんの? 全国産児調節普及会のことやないか。わたし、そこの宣伝部長やっとるのよ」

「まア、そう。結構だわ」

「女は家へ引ッ込んどったら、あかんよ。それには、結婚せんのが、一番ええ。わたし、まだ独身や」

それで、先刻、彼女が女学校時代の姓を名乗った謎が、亮子に解けた。

「ところで、あんたも、そうやないの。昔の姓の、志村亮子やもんね。挨拶状の名、読んだ時から、親しみ感じたわよ。フェニックスのあの組から、独身の社会事業家が、二人出たちゅうことは……」

「あの……あたしは、結婚してるのよ。婿《むこ》にきて貰ったんだけど……」

「アホらしい。養子とは、古風やね。では子供ウヨウヨ生んどるとちがうの」

「子供は、一人もいないわ……」

「それだけは、感心や。この貧乏国民が、皆、そういう心掛けになってくれたら……」

亮子は、今日の忙がしい体に、産児制限の長広舌なぞ、聞かされてはと、焦慮し始めた時に、

「大西先生、僕はお先きに、失敬します……」

と、喫茶部の方から声をかけた者があった。

「あ、すっかり、忘れとった……。まア、ええやないか。こっち、来なさい。志村さんを、紹介するわ」

大西説子は、大声で、喫茶部の前にいる青年に、呼びかけた。一緒に、紅茶でも飲んでいたのを、置き忘れてきたらしい。

実直な、若い会社員でもあるような、ジミで安物のオーバーを、キチンと着て、軍隊風の歩調で近づいてきた男は、日に焼けた顔に、白い歯を現わし、亮子に、丁寧なお辞儀をした。近くで見ると、整った、可愛い顔をしているが、それよりも、分厚いビフテキでも見るような、質量を感じさせる体軀が、目に立った。身長も、肉づきも、さほどには見えないのに、強健無比の印象を与え、肌からストーブの熱気が立つかと思われた。その癖、瞳は女のように優しく、唇は小鳥のように、素直だった。

——おや、どこかで見た顔だわ。

亮子は、そう思った。

「ご紹介するわ。こう見えて、この人、人気商売でね。プロ野球のハンターズ軍の遊撃手やってる、赤松太助君やわ。わたしの郷里の青年で、今日、家へ遊びにきたけん、連れてきた

のやが……」

と、大西説子の言葉が、終らぬうちに、亮子は、ハタと思い当った。

「あ、そうでしたわ。この方、お目にかかったことがあるわ――去年、ゲーリッグ球場で、寄付試合やって頂いた時に……。ほんとに、あの節は、いろいろと……」

「なんや、あんた達、知っとったの。そんなら、なぜ、赤松君、早ういわんのよ」

「いえ、僕は、よう覚えておりませなんだので……」

青年は、モジモジした。四国か中国辺らしい訛りが、一層、彼を土臭く感じさせた。プロ野球選手にも、こんな野暮ッたらしい男がいるのかと、驚かれたが、その点が、亮子の記憶に残った理由でもあった。

昨年の五月に、横浜公園の米軍球場を借りて、全市の児童福祉施設資金募集のために、ハ軍と進駐軍の試合をやって貰ったことがあった。二流チームのハ軍でも、楽に勝てた試合であったが、無料で出場してくれた感謝のために、選手を迎賓館《げいひんかん》に招いて、晩餐《ばんさん》を供した。その時に、亮子も、双葉園代表として出席した。勿論、試合も見た。野球の早い流行地であった横浜に育ったので、彼女も、多少の興味は持っていたが、べつにファンというわけでもなかった。だから、あまり人気もない赤松遊撃手の名も知らず、堅実というだけの彼の守備振りも、眼に残らなかった。ただ、宴会の時になって、ズラリと、膳の前に坐った八軍の選手が、誰も、流行の服装を整え、中には、アロハ好みも見えたに拘《かかわ》らず、末席に田舎教師の質実さで、一人の選手が、黙々と、箸を運んでいた。好感も持てたが、マヌケにも見えた。そのうち、彼は茶碗蒸しを、ひっくり返して、女中の世話になった。そんなことが、亮子の記憶に残っているのである。

「そうですか。それは、よくお出で下さいました。どうぞ、不幸な子供たちのために、沢山、お買物を遊ばして……。二階の売場には、ネクタイ類もございますから……」

亮子が、赤松にそういうと、大西説子が横から、口を出した。

「ダメよ。この人、ケチやからね。ケチいうわけやないが、お金が身につかん仔細があるけんね、いつも、ピイピイしよるのよ」

すると、彼は、顔を赤くして、下を向いてしまった。それは、初心な青年が、想う女のことでも、スッパ抜かれた時の様子としか、見えなかった。

——まア、こんな人にも、ラヴ・アフェアがあるのかしら。

亮子は、おかしくなった。そして、なにか、彼女の心を惹く快さを、この青年に感じたが、まだ見回っていない二階売場のことが、気になってきた。

「では、あたし、忙がしいから、失礼するわ……大西さん、そのうち一度、横浜へ遊びにお出でになってね。バスで根岸の不動下でお降りになれば、すぐ、わかりますから……」

彼女、速口にそういい残して、バルコニーを去ろうとすると大西説子が、跡を追ってきた。

「ちょいと、待って、志村さん。ちょいと、所感を述べさしてや」

亮子は、眉をひそめた。この書入れの日に、産制女史の所感なぞ、聞いていられない。それに、今、人混みの中に、チラリと、税関長夫人の姿が見えた。早く行って、挨拶をしなければ――

「なによ、一体？」

彼女の声に、ケンが立った。

「志村さん……あんた、美人になったね」

言葉の調子は、冗談でもなさそうだった。

「なにを仰有るのよ、バカバカしい……」

「いいや、美人になった。学校時代は、十人並み以下やったやないか。それが、どうして、そんな美人になった？」

これは、当惑する詰問だった。普通のお世辞なら、いくらでも返事のしようがあるが、まるで、野球の審判がストライクでも宣するように、美人と呼ばれ、その理由を問われて、答える術も知らなかった。肯定的に返事をすれば、ウヌボレになるが、ヘタに否定すれば、イヤミの骨頂になるぐらいは、頭のいい女だけに、亮子も、直ちに覚った。しかし、何にもいわずに、ニヤニヤしていることは最悪であり、久振りで会った旧友に、頭から軽蔑されるだろうから、何とか、口を開かねばならない――

「え、志村さん、わしア不思議でならんのやがね」

追ッ被せるように、対手は、また訊いた。

「おかしな人ね、大西さんは……」

辛うじて、そう答えると、亮子は、逃げるように、裏階段へ急いだ。税関長夫人に挨拶することも、すっかり忘れて——

二階は、わりに、人が少かった。

その少い群集も、布地や、既製品や、アクセサリー類の売品に、眼を吸いつけるようにして、掘出し物を漁《あさ》っているので、階下とは世界がちがうように、静かだった。ほんとは、この二階の各室こそ、元宮両殿下の居住にあてられて、居間や化粧室なぞに、謹んで余香を拝することもできるのだが、何も知らぬ会衆は、壮麗な階下を、それと感ちがいしていた。

各室を見回って、亮子は、二階も、予想以上の売上げなのを知った。今年は、二度目のインフレが来ると噂されているが、もう、その前触れが始まったのだろうか。それとも、バザーなぞにくる階級の人だけに、金回りがよいのであろうか。

——どっちにしても、今度の企画は、成功したらしいわ。

亮子は、ホッと、吐息をつかないでいられなかった。その満足感と同時に、朝から立ち続けていた疲労が彼女を襲った。彼女は、会衆通路を離れて一室のドアを開けた。そこは、元妃殿下の更衣室だが、今日は、補充売品の置場に用いられ、大小のボール箱が、乱雑に積み上げられているだけで、人はいなかった。彼女は、事務用の曲木の小イスに、崩れるように、腰を下した。

——成功したわ、成功したわ。

口に出して、叫びたいのを、彼女はやっと我慢した。足の疲れも、午飯をまだ食べていない飢も、ものの数でなくなった。ボーッと幸福の霞《かすみ》が、彼女を包む。

——百万円、ことによったら、百三十万円の純益は、確かだわ。

暗算の巧みな彼女も、幸福感に酔って、いつもほど、スラスラとはいかないが、それでも、入場券、売品と模擬店収入、ゲーム場収入、ラッフル売上げ高を概算して、席料諸雑費を差し引くと、そういう数字が、眼先きへチラついてくるのである。

その金額で、双葉園経営の基礎は、ザッと済んだ。一安心である。そして、亮子の目指す成功の道も、一段落である。彼女の腕試しは、いいのだ。これからは、この自信と経験とをもって、本腰を入れて、真っ直ぐに進めばいいのだ。それは、多分、順調にいくのではないか。既に、豊年の兆《きざし》が、見えたではないか。

——だけど、酔ってはいけないわ。まだ、早いわ。

彼女は、頰の火照《ほて》りを押《おさ》えて、自分にいって聞かせたが、何か、ワクワクと胸をトキめかすものを、抑《おさ》え兼ねた。快い酔心地は大西説子の最後の一言からきていることがわかった。

——あたし、ほんとに、美人になったのかしら。

ウソをつきなさい。毎朝、鏡を見る時に、何と思っているのか。しかし、鏡中の美人を、絶対に信用するほど、彼女は愚かな女でもなかった。主観とはいかなるものであるか、彼女はよく知っていた。だが、大西説子は、突然、十数年振りに会って——

「理事さん、こんな所にいらっしゃったの。大変よ、大変……」

模擬店係りの令嬢が、飛び込んできた。

「どうしたの？」

亮子の胸は轟《とどろ》いた。平常なら、そう物事にビクビクする女でもないのだが、幸福の予感に陶酔している虚を、衝かれたからだろう。また、悪魔の呪いは、とかく、そういう機会を狙うのであるから。

「ズベ公ですわ――女のゴロツキ。いつ入り込んだんだか、模擬店へきて、暴れ出して、手がつけられないんです。男の方が、止めて下すっても、ダメなんです。下は大騒ぎ……。どうしましょう。警察へ、電話かけましょうか」

市の助役の令嬢である彼女は、顔の色まで変えていた。

「とにかく、あたし、行ってみますわ」

亮子は、責任者らしく、落ちついて見せた。彼女は、最悪を考えていたのである。失火。場所が瑞鳳殿であるから、一番、それが恐ろしい。それから見れば――

「不良は、大勢ですか」

「いいえ、一人。でも、それが大変な……」

亮子は歩き出した。たとえ、対手が鬼神のお松であっても、敢然と、戦いを挑まねばならない。その女は、バザーの妨害者というだけではない。亮子が胸に挿した吉兆の花を、葬礼の白い花に変えてしまうタクラミを持つように、感じられたからである。その乱暴女と闘うことで、亮子自身の運命も、勝負がきまるようにさえ、考えられたからである。

靴音高く、裏階段を駆け降りると、じきに、音楽室だった。バルコニーの人だかりの中から、罵声が、そこまで聞えた。

「なにいってやがんだよウ。金サ出して、酒飲むんじゃねえか。酒サ注いだらいいじゃねえかよウ」

酔っているらしい、女の声だった。まるで、鰯《いわし》の漁場で、地引網の女が呶鳴《どな》っているような、野性に富んだ声だった。

「人の面、ジロジロ見んなよ。お祭り通ってやしねえぞ。ゴッデム！　なんでえ、双葉園なんて、おれ達の生んだ子サ種にして、金儲けしてやがるじゃねえか……」

その声に、亮子は、ハッと、対手が誰だか思い当った。同時に、彼女は、もう敵を怖《おそ》れなかった。

「トキちゃん、よくきたわね」

彼女は、人を掻きわけて、ヤキトリ屋の前に進んだ。翻《こぼ》れるような、笑顔になっていた。

「お酒、飲みたいの？　いくら飲んでもいいわ」

そういう亮子を、対手は、無言でジロリと眺めた。恐ろしく肩の張った、真っ赤な外套を、大漁衣のように、ダラシなく着た女だった。緑と白のマフラが、大株のように巌丈《がんじょう》な首に巻きついていた。

やがて、彼女は、大きな溜息をついて、横を向いた。それから、首を垂れた。亮子の顔は、決して見ようとしなかった。そして、手にした空のコップを、ヤキトリ屋台の板の上に、力なく置くと、そのまま、出口の方へ向って、歩き始めた。
人々は、感嘆の眼で、亮子の顔を眺めた。彼女は、勝ったのである。

三十而立

横浜の根岸という所は、丘と海岸で成り立ち、昔は、麦畑と松林と、磯臭い干潟《ひがた》と漁村があるだけであった。丘の上の競馬場は、明治時代から有名だったが、庶民が馬券で産を傾ける場所ではなく、春秋の会期に、主として居留地外人が、馬車を駆って、社交の遊びに行くに過ぎなかった。

それが、大正初期から、横浜富豪の別荘地として、聞えてきた。尤も、軽井沢の例と同じく、先駆者は外人であり、閑雅と景勝を愛する彼等のヴィラ風住宅が、数軒、それ以前に建ち始めたのだが、その真似ができるのは、やはり、横浜財閥か、それに準ずる種族であった。

福田財閥の根岸別荘も、その頃建てられたのだが、純和風のダダ広い、平家で、こんな家は、今、近所に一軒も残っていない。丘の上から中腹にかけて、外国の避暑地へでも行ったように、シャれた洋館ばかり見えるが、それは、関東大震災後に、文化風日本人や、外人の住宅が激増したので、根岸は、別荘地帯でなくなったのである。

福田別荘は、海に面した丘の中腹にあり、松林を越して、房総の山や、富岡あたりの岬や、外国巨船の出入りする景色も、眺められる。場所としては、申分のない位置にあるが、家屋も、庭も、手の込んだ網代垣《あじろがき》も、相当、荒れている。これは、横浜財閥の没落を物語る、やむをえない現象である。三井三菱とちがって、横浜の財閥なぞは、タカの知れたものであるが、わけても、福田家なぞは、第一次戦後の不況で、かなりの打撃を受け、昔日の面影はなかった。そこへ、今度の敗戦の大波を受け、一度にペシャンコとなったのである。

根岸の別荘なぞというけれど、本宅はどこにもない。当主の福田銀次郎は、三代目であるが、素人の油絵をかく外に能がなく、今は鵠沼《くげぬま》に引退している。

二代目の夫人が、慈善婆さんで聞えた嘉代刀自であるが、彼女は、一代で産を成した豪毅な初代の薫陶《くんとう》を受け、その上、福田組全盛時代を眼のあたりに見ているせいか、気位も高く、昔を忘れることができない。のみならず、彼女には、古い横浜人の自覚と誇りとがあった。明治時代の横浜は、東京を尻目にかける優越感を懐《いだ》いたことがあったが、彼女は、その記憶の残像を、消すことができないのである。

彼女は八十を越して、頭がボケたが、それでも、横浜を愛する一念に変りはない。彼女ほど横浜を愛している横浜人は、最早、一人もいないであろう。彼女が横浜を愛するのは、彼女自身のよい時代を愛することと、区別はないのだが、それは問題にするまでもない。とにかく、彼女は、戦時中、息子家族が甲府へ疎開しても、頑として、この別荘を動かなかった。朝の大空襲で、本宅も、会社も焼け、この家が残されたので、彼女は、引き続き、ここに住んでいるが、双葉園の事業を始めてからは、母屋の全部を、子供たちに解放し、自分は、離れの茶室に、起臥《おきふし》している。恐らく、彼女は、そこで、古い横浜人としての一生を、終る覚悟なのであろう。

　しかし、世間は、必ずしも、嘉代刀自を、よくばかりもいっていない。「慈善婆さん」という名も、実は多少、嘲笑の意を含んでいる。仏の如く、慈悲深いというのではなく、慈善会にヤタラに顔を出してオセッカイを焼くという意味がある。

　ある人は、彼女が、慈善心など毛頭持ち合わせず、売名が目的だという。横浜社交界で、いつも上座を保ちたいために、そんな活動をしているのだという。また、彼女は他人にばかり慈善寄付をさせて、自分の財布は一向に開かないともいう。

　また他の一人は、今度の双葉園の事業を始めたのも、彼女が、ただ一つ残った家屋の接収を惧《おそ》れたためだという。そういえば、この付近の少し気のきいた家屋は、殆んど進駐軍関係の用に供されて、福田別荘の隣人は、外人ばかりである。しかし、かりに、彼女が育児事業を始めていなくても、この荒れた、古びた純日本家屋が、接収に値いしたかどうかは、疑問であろう。

　いや、そうではない。彼女の目的は、接収除けではなく、税金脱《のが》れのためだという者もある。一千余坪の地所と、百五十余坪の家屋を私有すると、大変な税金が掛かるから、社会福祉団体の双葉園を設立して、その名義に書き替えたのだという。しかし、税金が惜しい彼女が、なけなしの私財を、相当、この事業に注ぎ込んでいる事実が少し解せない。

　それから、彼女は、耳が遠いとか、眼が霞むとかいって、しきりに、老衰を口にするが、ほんとはそれほどボケているわけではないともいわれている。ただ、自分に都合の悪い時だけ耳が遠くなり、眼が霞むということである。

人の口はいろいろで、どこまでが真実だか見当がつかない。女性も八十を越すと、ちょっと捉《とら》えどころのない怪物味を加えてくるから、一面観はムリなのであろう。況《ま》して、彼女は、現代の日本に種切れになった、大型の女で、明治女性の最後の生き残りのようなものである。昨今の常識をもって、寸法を測ろうとしても、指尺《ものさし》がちがうところがあるかも知れない。

とにかく、嘉代刀自と双葉園についての噂は、いろいろだが、志村亮子がそこに入った事情は、まことにハッキリしたものだった。その動機は全然慈善に関係がなかった。

亮子は、疎開地から横浜へ帰るのに、どこを探しても、家がないから――あっても、高くて手が出ないから、福田別荘へ入れて貰ったのである。亮子の亡父は、福田財閥の一番番頭(支配人という名は、対内的には用いなかった)であり、また、婿の四方吉も、福田組株式会社の有力な社員だった。組織は株式会社でも、福田組の古風さは評判であり、代々の番頭である志村家は、福田一家に対して主従の礼をとった。亮子は、嘉代婆さんのことを、今でも、御新造様――ゴシンさんと呼ぶ。尤も、他人の前では、園長さんともいうけれど。

亮子は、毛色の変った育児園の世話をする未来なぞ、夢にも描かず、福田別荘の間借人となったのだが、今にして考えれば、仏教的な因縁の糸が、それ以前に、彼女の身に絡まっていなかったともいえない。

あの頃——昭和二十一年の初夏だったが、彼女は、静岡県の疎開地から、何とかして、横浜へ這い出そうと、焦りに焦っていた。横浜へ帰って、住む家と職業を見出さなければ、彼女の人生は破滅に瀕していた。そして、彼女は、まず家探しに、よく横浜へ足を運んだが、その復路の車中の出来事だった。

その日も、一日、足を棒のようにして、市中を歩き回り、結局、徒労に終って、横浜駅から、浜松行きの汚い列車に、身を投じた。

ひどく混む列車で、平塚あたりまでは、身動きもできなかった。小田原で、やっと、席が明いた。下車した乗客は、粗末な服をきた、二十《はたち》ぐらいの若い女だったが、勿論、亮子は、気にも留めなかった。

そんなことよりも、彼女は、自分の現在の不幸を嘆くことで、胸が一パイだった。

——こんな人生が待っていようとは、思わなかったわ。

またしても、同じ愚痴が出た。

戦前、志村夫婦が住んでいた家は、日の出町の丘沿いにあって、場所も便利で、間取りのいい、文化住宅だった。昭和十四年に、彼女たちが結婚した時から、住み続けた家だった。その家は彼女の疎開中に、空襲で焼けたが、今の身の上では、あの家の茶の間だけでもいいから、残っていたらと、惜しまれるのである。

しかし、家の問題だけだったら、彼女も、それほど、心を傷めもしなかったろう。その頃は、同じ悩みで、マゴついている横浜人が、多かったから。

ら。

――あたしが働いて、良人を食べさせなければならないなんて、誰に想像できた運命かし

戦争中に、前後して亡くなった両親に、今の運命を話したところで、恐らく、信用もしてくれないだろう。

婿の四方吉は、同じ横浜生まれだが、東京商大を出た秀才だった。そして、秀才にありがちな、青白さや骨細さを、少しも持ち合わさぬ男だった。体は、そう大きくないが、剣道部の選手もしたほどで、ガッチリと、硬《かた》い肉づきだった。能弁ではないが、言語に熱があり、人に屈しない男だった。酒も飲み、煙草も好き、金使いが荒いという評判があった。あらゆる点から、養子型でない青年だったが、そこを見込んで、亮子の両親が、強《し》いて、一人娘の婿に貰い受けたのである。亮子もまた、影の薄い男と、一生添うのならば、むしろ独身でいたいと、考えていた女だった。

志村家では、よい養子を貰い当てたと、世間でも噂された。四方吉は、入籍と同時に、福田組の社員となり、メキメキと、優秀さを買われた。そして、結婚三年目に、戦争を迎えたのである。

亮子夫婦は、仲がよかった。

ワケのわかった両親が、養子夫婦だといって、同居を強いず、日の出町に新居を構えさせてくれたので、若い二人の生活は、戦争が始まっても、自由で明るかった。

亮子は、良人が、彼女の両親から、いろいろ恩恵を受けても、狎れるどころか、一向意にも介しない男らしさが、頼もしかった。彼女は、そういう結婚がしたかったのだった。良人が、ペコペコ、両親に頭を下げるような男だったら、とても、我慢ができなかったろう。自分の自尊心のためにも、せめて、普通の結婚がしたかったのに、彼女の婿は、普通以上に男性的で、且つ、有能な男だった。

「オイ、亮子……」

彼は、結婚の翌日から、大威張りで、彼女をそう呼んだが、呼ばれた方は、戦後の女性のように、封建的だなぞとは、考えなかった。むしろ、その不敵さが、魅力だった。

四方吉も、亮子を愛していたにちがいなかった。会社の宴会の帰りに、深夜、酔って帰ることもあったが、モテた芸妓のことや、浮気したくなった気持なぞ、正直に白状した。そして、彼の愛撫は情熱的であり、剣道家の腕は強く、亮子は、時に、肩胛骨《けんこうこつ》にヒビが入るかと、心配した。

戦争が始まると、事業不振の福田組も活気づき、貿易を軍需取引きに切り替え、四方吉の仕事は殖え、月給も上った。しかし、多血的な性格に似合わず、彼は、戦果に有頂天にならなかった。

「今は、勝ってるけどね、亮子、こいつア危いぜ、この戦争は……」

緒戦の頃から、彼は、よく、そんなことをいった。

亮子は、戦争の成り行きよりも、良人が出征しはしないかと、そればかり、心配していた。

しかし、今度の戦争は、不思議なことに、丙種合格のような青年が、真っ先に召集されて、四方吉のような甲種のバリバリは、後回しにされた。軍部は、ケチンボの子供のように、うまいご馳走を、とって置いたのだろう。

四方吉の許《もと》に、一向、赤紙が来ないうちに、福田組は上海支店の応援のために、彼を転任させた。戦時中ではあり、亮子は同伴の望みを、捨てざるを得なかったが、良人が応召することから考えれば、まだ忍び易《やす》かった。

彼は上海で、非常な働き振りを示し、一年後には、支店長代理を勤めるに至った。出先きの軍司令部が、彼を重用しているので、会社は儲《もう》かるし、同時に、彼の応召の心配もないとのことで、亮子は安心していた。

そのうち、戦局が悪くなり、亮子は母親と浜松の在へ疎開した。そこで、母親は病死し、父親も終戦の三カ月前に、横浜で亡《う》せた。亮子の悲しみは、それだけでは、尽きなかった。降服の年が、暮れようとする頃に、突然、別人のように変り果てた良人が、彼女の疎開先きへ、転がり込んできたのである。

帰還兵とちがって、民間人の四方吉は、服装だけは、着たきり雀でも、セビロ姿で、カバンも一つ、提《さ》げていた。外観的には、出張旅行の帰りの時と大差ない姿だった。

しかし、彼は、別人になっていた。魂の抜けガラといっていいか、人間の案山子《かがし》といっていいか、志村四方吉という男は、もう見当らなかった。懐かしさに、思わず縋《すが》りついた亮子に、彼は、白い紙のような、虚《うつ》ろな一瞥《いちべつ》を酬いただけだった。

最初、亮子は、それを、彼の極度の疲労のためと、解釈した。戦犯嫌疑で、数カ月、中国官憲に捉えられたことも、帰還の途中の苦難も、知らないではないから、そういう心身の衰弱も、当然だと思った。

彼女は、優しく、良人を労《いた》わりその恢復を待った。

ところが、三月たっても、半年たっても、彼の腑抜け振りは、変らないのである。彼女が、次第に減ってくる貯《たくわ》えのことを訴えても、てんで、耳に入れようとしない。ただ、早く横浜へ帰って再起の計を立てようといっても、平然と聞き流している。ただ、芋虫のように、ゴロゴロ寝転んで、古雑誌なぞ読んでいる。あの有能な、テキパキした、血の気の多い男が、稀代のナマケモノに、変化したらしいのである。良人の責任も、人間の社会的義務も、まるで、感じなくなったとしか、思えないのである。

その頃、虚脱という語が流行《はや》ったが、彼は、虚脱の標本のようなものだった。戦争ボケも、これくらいボケれば、申分はなかった。亮子は、あまり良人のボケ方が甚だしいので、上海で、悪い病気でも背負い込んだのではないかと、疑う時もあった。

——だって、戦争なんかに、魂を持ち去られるなんて、考えられないことだわ。

女として、亮子は、そう思わざるを得なかった。

だが、ボケはボケでも、意志や意欲の点だけであり、知能や記憶力が冒されている形跡はなかった。その方は、至って健全だった。麻痺性痴呆《ちほう》というわけでも、ないらしかった。

一日、思い余って、彼女は良人にいった。

「このままじゃ、あたしたち、今に食べられなくなるっていうこと、ご存じ？」

すると、彼は、言下に答えた。

「いいじゃないか、君が僕を食わしてくれれば……」

その時の絶望と怒りを、彼女は、今も忘れることができない。その時から、彼女の心は、良人を離れた。結婚八年間の信仰を捨てた。そして、自分の力で、自分の道を歩かねばどうにもならない運命を知った。

それから、彼女は、度々横浜通いを始めた。彼女は英語に自信があったから、進駐軍関係の職業を探し、また、三畳の貸間でもいいから、自分の巣を見出すのが、目的だった。しかし、イザ探してみると、自分たちの条件に適うものは少く、その日も、無駄足の重い心を懐いて、浜松行きの列車に乗ったのである。

亮子の生涯で、あんな暗い眺めと、暗い心に閉されたことはなかった。あらゆるものが、不幸の影に塗られ、鉛色の風景になって見えた。海景に恵まれた、沿線の展望も、梅雨空の下に、夕映《ゆうばえ》の色もなく、暮れかけていた。

――じきに、三十になるのに、あたしは、いつ、この惨めな穴から、這い出せるのか。

涙が溢れそうになって、眼を開いていられなかった。

――四方吉のバカ野郎！　意気地なし！　腑抜け！　虚脱のバケモノ！

一図《いちず》に憎いのは、良人だった。敗戦も、罹災も、皆、良人の罪のような気がした。

いくら、悪罵の限りを尽しても、気は晴れず、やがて彼女は、泣寝入りの子供のように、窓際に頭をつけて、眠りに落ちた。

ふと、肩を叩かれた時には、もう、静岡を越していた。

「ご面倒ですが、お荷物を拝見させて頂きます」

車掌と移動警官が、側に立っていた。

亮子は、べつに驚かなかった。主食持ち出しの取締りで、近頃、よくこんな目に遭ったからである。それに、彼女は、ハンド・バッグの外に、何も持っていなかった。

「その荷物は？」

車掌は、彼女の頭上の網棚にある、大きな新聞紙包みを指さした。

「あたしのじゃありませんわ」

ジロリと、車掌は、彼女を眺めてから、その荷物を下して、幾重にもかけた紙紐《かみひも》を、解き始めた。亮子はツンと横を向いていた。

ガサガサと、紙の音がした。いやな臭気が、彼女の鼻を打った。

「なんだ、これア……、わッ、赤ン坊だ。死んでる！」

車掌が叫んだ。さすがの亮子も、跳び上って、席を立った。乗客が、黒山のように、タカってきた。

「ほウ、これア、日本人の赤ン坊じゃないぞ。ウン、確かに、そうだ……」

事件は、移動警官の受持ちになったらしく、彼は、仔細くさく、ネルのボロ布に包まれた嬰児の脚なぞを、抓《つま》んだ。

亮子も、怖々《こわごわ》、小さな屍体を、覗き込んだ。子を生んだ経験のない彼女には、生後何日目というような見当はつかないが、ひどく小さな赤ン坊であり、手足を縮め、首を曲げたところは、人間の子というより、鼠の死骸のようだった。そして、警官のいうように、異様な特徴が眼についた。体の色は濃いコーヒーに近く、僅かに生えた髪は、ゼンマイのように、渦巻いていた。

——きっと、半黒児だわ。そういう子供が、生まれる時なんだわ。

亮子は、来月が終戦満一年になることを、考えた。そして、ちょっと、ニュース的な興味も感じたが、それよりも、堪らない不潔感が、彼女を襲った。そういう赤ン坊が生まれた事情。人間が成した子の汚さ——

だが、ふと、彼女は、自分に集められた、周囲の視線に、驚かないでいられなかった。警官も、車掌も、乗客たちも、小さな屍体を見ては、亮子の顔をジロジロと、眺めているのである。

——あんたの生んだ子じゃないのかね、これは。

まるで、そういわんばかりの視線だった。やがて、警官が、それを言葉に表わした。

「自分の荷物じゃないというが、あなたの坐っていた席が、ちょうど、この下だったからね。一応、お訊ねするが……」

亮子は、狼狽と怒りで、ロクに口がきけなかった。

「あたしの上にあったからって、なにも……ひどいわ。ひどいじゃありませんか。そんな……」

「まア、そう昂奮せんで……」

犯人が逃げる心配のない車中なので、警官も、落ちついたものだった。

いろいろ、訊問を受けているうちに、亮子は、ふと、小田原で降りて、彼女に席を与えた女のことを、思い出した。その女の故意の屍体遺棄に、相違なかった。

彼女は、必死になって、そのことを、警官に告げた。

「ハハア、なるほどね……」

彼は、半分、耳を傾けはしたが、亮子に対する嫌疑は、少しも、緩《ゆる》めていなかった。

「皆さん、どなたか、ご記憶ありません？　ここに坐っていたでしょう、水色のホーム・ドレスを着た、若い女の人——小田原で降りたじゃありませんか」

亮子は、羞かしさも忘れて、周囲の乗客に、呼びかけた。

今の日本人にも、そういう傾向があるが、その頃の彼等は、怯懦《きょうだ》と保身に震えている病人のようなものだった。どんなことにも、係り合っては損だ。知らん顔が、一番安全だ——という態度を、バカのような、ニヤニヤ笑いに、表わしていた。

「誰も、覚えておらんようだな」

警官が、わざとらしく呟《つぶや》いた。

亮子は、日本人と日本男性を蔑《さげす》み、腹を立てた。そのうちに警官が、不用意な失言をやらかした。

「それに、この車内で、洋服着とる女は、あんただけだからね」

「あら面白い！　洋服着てる女は、皆、アイノコ生むと、きまってるんですか」

亮子の怒りが、爆発した。こうなると、女の舌は、刃である。

「じゃア、あたしハダカになるから、お医者を連れてらっしゃいよ。あたしが、お産をした形跡があるか、ないか、一目見れば、すぐわかるわ！　さア、さア、連れてらっしゃいよ、早く……」

と、今にも、ドレスのホックを外しそうな決意を見せたので、警官も、公僕の自覚に立ち返って、少し頭を掻いた。そこへ、一番遠くの席にいた、農民風の爺さんがノコノコ出てきた。小田原で降りた女が、その紙包みを持って横浜から乗車したことを、田舎言葉で、証言してくれたのである。

その時の恥辱《ちじょく》は、亮子の身にこたえ、数日間は怖い顔をして、歯ギシリばかり立てていたが、彼女の暗い運命も、今から考えれば、あの事件あたりが、絶頂らしかった。

というのは、次ぎの横浜行きで、彼女は、思わぬ運を、拾ったからである。

もう横浜の家探しも、絶望と思ったところへ、福田嘉代から手紙がきた。ただ、ちょっと会って、話したいという文面が、読みにくい達筆の墨字で書いてあったのを亮子は、べつに期待もなく、むしろ、敷居の高い気持で、彼女を訪れたのである。なぜといって、旧主人の没落以来、亮子は、一度も顔を出していなかった。薄情のようだが、こっちも、お多分に洩《も》れぬ没落で、人ごとどころでなかったのである。

その頃は、バスも通わず、山元町で電車を下りて、遠い道を、汗だらけになって、福田別荘の門を潜った。予想以上に、荒れ果てた邸内を見て、彼女は、今日の話はロクでもないことと、予想した。

「お亮ちゃん、まア、無事でよかったね。四方さんも、お変りないかい……。あたしも、すっかり、貧乏人になっちゃったけれど、こうやって生きてるからにア、文句もいえないね」

嘉代婆さんは、肥った体を、真岡の浴衣に包み兼ねるような、元気な態度と声だった。助力でも乞われるかと思った亮子は、案外さと安心を、同時に感じた。

「ところで、お亮ちゃんは、いつまでも、疎開先きに、腰を据えてる気かい?」

「いいえ、それどころじゃありませんわ、ゴシンさん……」

八十婆さんを、御新造さんというテもないが、習慣だから仕方がない。それに、亮子の焦眉の問題に触れられたので、われを忘れた声も、出るのである。

「もう、横浜へ帰りたくて、帰りたくて……そのために、家探しに、此間《こないだ》うちから、何遍、横浜へ出てきたか知れませんわ」

それなら、一度ぐらい、旧主人の家へ顔を出すべきである。口が滑ったと思ったが、もう追っつかない。

「そうかい。それは、それは……それで、どこか、家の心当りでも……」

「いいえ、それが、偶《たま》にありましても、とても、手の届かないお値段で……」

「そうだろうとも。貸間にしても、バカな値を吹っかけるそうだからね……。そんなわけだったら、お亮ちゃん、暫らく、この家へきていなすったら、どうだろう?」

「え?」

跳び立つ想いというのは、このことだった。

「どうせ、こんな広いところに、女中と二人暮しなんだから、あたしの方は、一向、関《かま》わないよ。四方さんと二人で、気に入った部屋に、寝起きなすったらいい。部屋代なんて、水臭い心配は、いらないよ」

「ほんとですか、ゴシンさん?」

亮子は、涙が出かかった。

「だがね、お亮ちゃん、その代りに、頼みが一つある……」

亮子は、ハッと思った。

この婆さんが、どういう婆さんだか、彼女は、誰よりも、よく見抜いている。太っ腹のように見えて、なかなか勘定が細かい。半襟一つ、ムダには人にやらぬのである。亮子が、喉《のど》から手の出るほど欲しい、横浜の住居を与える代りに、交換条件は、よほど高価なものと、覚悟しなければならない。

怖《おそ》る怖る、彼女は、伺いを立てた。

「あの……どんなご用を致しましたら、よろしいのでしょうか」

「なアに、あたしア、また、病気を起してね。その手助けなんだけど……」

「まア、どこかお悪くて……」

彼女は、男のように笑って、手を叩いた。女中が、やがて、現われた。

「ハッハッハ、ゴーックバリだから、あたしア、この通り、達者だけど……」

暫らくして、女中が、白い毛布にのせた品物を、運んできた。嘉代婆さんの前へ置くと、オギャア、オギャアと、声を立てた。

「済まないが、ナニを、ここへ抱いてきておくれ」

「まア、赤ちゃん——どなたの……」

亮子は、驚いた。

「どなたのって、まさか、あたしが産んだんじゃないよ。磯子の海岸に、捨ててあったから、拾ってきたんだよ」

「まア、捨子ですか」

「それも、ただの捨子じゃないよ。よく、人相を見てご覧……」

色が白くて、黄色い絹糸のような髪が生えて、バラ色そのものの小さな口を開いて、泣き喚《わめ》いている姿は、なるほど、人形といっても、輸出向きだった。

「わかったろう？　こういう子供が、沢山、生まれるだろうと思ってはいたが、こんなに早いとはね……。まア、走り物だよ、この子なんざ……。とにかく、捨てちまうのは可哀そうだね。誰も拾ってやらないから、あたしが拾ってきたよ。あたしも、昔とちがって、今日は、人助けどころじゃないんだが、持って生まれた病気だから、仕方がない……」

亮子は、病気という意味が、はじめて判ったと同時に、ゴシンさんは、やっぱり、真似のできないものを持っていると、感心しないでいられなかった。

「あたしの頼みというのは、この子の世話なんだよ。あたしも、この年だから、夜半《よなか》に起きて、オシメの取り替えまではできない。といって、女中にそんな世話をさせれば、逃げ出しちまうよ。もし、お亮ちゃんが、その役を引き受けてくれれば、部屋の方は、今もいうとおり……」

なるほど、交換条件は、相当だった。しかも、亮子は、何に替えても、横浜に出たいから、即座に、それを承諾した。

それにしても、此間の車中と、今日と、相次いで、毛色の変った赤ン坊を見たことは、不思議だった。彼女は、その話を、ゴシンさんに聞かせないでいられなかった。すると、婆さんは、厳粛な顔で、

「お亮ちゃん、それは、因縁だよ。あんたは、こういう子たちの世話をするように、生まれついてるんだよ、きっと……」

そんなわけで、亮子は、横浜へ帰る望みが、叶ったのであるが、引越し荷物の一つとして、亭主を運搬してきたのは、是非もないことであった。

確かに、これはお荷物——といって、疎開地へ捨ててくるわけにもいかない。それに、刺

戟の強い横浜の空気を吸わせれば、少しは、眼が覚めるのではないかと、細君らしい慾目もあった。

だが、着いた夜から、彼女は、余儀なくも、赤ン坊の抱き寝をしなければならなかった。これは、大役だった。子を持ったことのない女にとって、夜半の泣声、ミルク、汚物の処理――神経のスリ減る想いだった。

夫婦とも、人に勝れて健康なのに、今まで、子供がなかった。亮子の家は、養子婿をとるくらいで、多産系ではないが、四方吉の方の兄弟も、少くなかった。一人ぐらい、生まれてもいい筈である。亮子も、時には、その寂しさを感じる時もあったが、今となっては、子供のない方が、幸せだった。働かない亭主がいるのに、子供まで抱えては――

とはいっても、自分が生まずに、他人の――それも、毛色の変った子と添い寝をするのも、不思議な運命だった。だが、これは、義務である。支払い行為である。玄関脇の八畳と六畳を提供された代償として、否応なく、果さなければならぬ労務である。いや、部屋代のみともいえない。そこは、鷹揚《おうよう》な嘉代婆さんであって、自炊なんて面倒臭いことはお止し――と、食事も、殆《ほと》んど、この家の厄介になっている。

食うと寝るだけは、保証されたといっても、亮子は、安心できる女ではなかった。こんなことは、いつまでもしていられない。何か、独立できる、打ち込み甲斐のある職業を、探し出したい。乳母業は、それまでの腰掛けにしたく、また、せねばならない。

しかし、何事も、いい加減にできない女であるから、赤ン坊に、露ほどの愛情も感じなくても、育児の本や、婦人雑誌を漁《あさ》って、手落ちのない、合理的な方法を、研究する。泣声塞《ふさ》ぎに、すぐ乳房を含ませるような、無知な実母より、この冷たい保姆の方が、子供には、幸福かも知れない。

嘉代婆さんは、時々、赤ン坊を見にくる。その頃は、彼女もまだ茶室には移らなかったから、同じ屋根の下で、来易かったのであろう。しかし、それも稀れであり、来ても、一分とは、留まっていない。わざわざ、拾ってきた子に、どれだけの関心を懐いているだろうか。おかしな婆さんである。

その赤ン坊は女で、ハマ子という名がつけられた。横浜のハマであるが、磯子の浜で拾われた意味も、加わっている。車中で見た死児とちがって、顔立ちのいい、可愛い子であった。そのために、亮子も、あまり、不潔感を感じないで済んだ。

だが、半月ほどして、或る日のことだった。嘉代婆さんが、いやに、愛想笑いをしながら、亮子の部屋へきて、

「お亮ちゃんや、済まないけど、また一人、拾ってきちまったんだがね……」

三カ月経たぬうちに、亮子の手許に、六人の毛色ちがいの赤児が、預けられてしまった。

嘉代婆さんが、拾ってくるのばかりではない。福田別荘で、そういう子供が育てられていることを知って、門前へ捨子する者があるのである。

「ゴシンさん、一体、どうなさるお心算《つもり》なんです?」

亮子は、一人殖える度に、そういった。

「どうするって、仕方がないよ、捨てていくものを……」

嘉代婆さんは、平然たるものである。

「それでは、お約束がちがいますわ。あたくし、ハマ子だけのお世話をするつもりで……」

亮子も、部屋代と食費だけの代償としては、労務が多過ぎることを、計算しないでいられない。

「失礼だけれど、お亮ちゃん、あんたに、お手当を出そうじゃないか。手が足りなければ、保姆さんでも何でも、雇おうじゃないか。あたしも、乗りかけた舟だ、箪笥《たんす》をカラにしても、子供たちの世話は、続けるよ」

八十余歳の老人とは思えない、断乎とした態度を、見せる。慈善婆さんの昔に返ったのか、それとも、死際に一花咲かせようとでも、思うのであるか、彼女の意気込みが、尋常でないことを、亮子も、感得しないでいられなかった。

一体、嘉代婆さんが、どれくらいの資力を持っているのか、亮子には、まるで見当がつかない。そういうことには、一切、話を触れようとしないで、ただ、タケノコだよと、いうのみである。書画骨董と宝石類は、一切、息子夫婦に譲らなかったという噂は、聞いているから、そんなものでも、売り払っているのかも知れない。

とにかく、嘉代婆さんから、そう懇望されてみると、思わしい職業の目当てもない折柄、亮子も、渋々ながら、腰を落ちつける外はなかった。また、婆さんは、前言を違えず、彼女に三千円の月給と、一人の保姆学校卒業生の雇い入れを、実行した。一層、文句がいえないわけであるが、亮子は、少しも、仕事に打ち込む気にはならなかった。

或る日、嘉代婆さんから、相談をかけられた。

「この孤児院も、名前が欲しくなったよ、いい名はないかね。あんたは、詩なんか作った人だもの、すぐ考えつくだろう……」

「ダメですわ、あたしなんか……」

亮子は気乗りもしなかったが、しつこく頼まれるので、出まかせに、有り触れた名を、二つ三つ列《なら》べた。

「え、双葉園？　それがいいよ。上品で、優しくて、あア、結構な名前だ」

「そうですかね。あたしは、雑草園とか、落葉ホームとかが、いいと思うけれど……」

亮子は、小さな声で、冷嘲的なことをいったが、婆さんは聞えないのか、ホクホク喜んで、即座に、双葉園の名を採用した。

だが、その後も、園児の数は殖えるばかりで、保姆や雑用婦の増員をして、その方の手は省けても、亮子は、対外的交渉、衣食品買い入れ、会計等の雑務を担わねばならず、且つ、統率者としての自分を、いつか、見出さねばならなかった。嘉代婆さんは、自分の好きな時でなければ、仕事に手を出そうとしない。自然、保姆や女中は、亮子を頼りとして、すべての指揮を仰ごうとするからである。

こうなると、妙なもので、亮子も、日毎に、この事業に引き込まれていくのである。元来、仕事好きな、人を使うことの巧みな生まれつきで、やってみれば、ドシドシ成績があがる。それが、面白くなる。自分では知らないで、いつか、自分を打ち込んでいる——

そのうちに、年が明けて、彼女は三十歳を迎えた。

——待てよ。

そこで、彼女は考えたのである。

これは、なんとか、腹をきめないといけない。頭振《かぶりふ》り振りナントカいう、卑俗な唄のような成り行きは、彼女の最も恥辱とするところである。イヤならイヤ。ヤルならヤル。三十の声を聞いた女が、ハンパな時間と労力の空費をしていられない。

——だけど、この仕事、まんざら、光明がなくもないわね。あたしの未来に。

未練や迷いではない。また、嘉代婆さんを押し除けて、自分が双葉園を乗っ取ろうなぞと、ケチな量見でもない。彼女の爛々たる両眼は、もっと先きの別な道を、睨んでいる。

彼女は、双葉園の事業が、普通の孤児院とちがって、国際的な意味を持つことを知っている。現にもう数人の外人と、いろいろ交渉を持っている。将来は、もっと広く、深く、その関係を推進することができる。敗戦日本人にとって、これは、極めて有利な地盤である。また、国内的にいっても、これは、人目を惹き、人の心に訴える、嶄新《ざんしん》な社会事業である。その証拠に、横浜の新聞が、此間、記事と写真をとりにきたではないか。

——この樹は、太る。そして、この樹に乗っている者も、高みへ上る。

彼女は、戦争で、階級の石段を蹴落されたが、いつまでも、それを忍ぶ女ではない。横浜へ残った目的は、這い上り、立ち上ることである。ただ、糊口するだけだったら、疎開地で、洋裁の真似事をしても、生計は立ったろう。

彼女は、社会へ復帰するのみならず、その表面に、高いところに、自分の立像を立てたいのである。戦前は、良人が福田組専務となり、自分がその妻として、横浜の社交界に、曾ての福田嘉代以上の声望を獲《う》る夢を、描いていた。だが、その良人は腰抜けとなり、却って、今は自由である。彼女一人が、何の家庭的束縛もなく、上りたい高みへ上れる。横浜の社交界なんて、小さな舞台に限られず――

――そうだわ。腹をきめたわ。双葉園の仕事のなかに、あたしの近道があるわ。

そこで、彼女という慈善事業家が、発足したのである。

腹をきめたとなったら、女は――ことに戦後の女は、怖ろしい。

亮子は、全力を傾倒して、双葉園のために働き出した。眼の色からして、変ってきているのだが、保姆たちは、そんなことは気がつかない。なぜといって、そんな決心をしない前から、亮子は、バリバリと、仕事をしているからである。ただ、仕事に魂が入っていなかったと、いうだけである。

しかし、嘉代婆さんは、象のような細い眼をしていても、亮子の変化を、看破《みやぶ》っている様子もあった。尤も、それを顔に表わして、喜ぶというわけではない。むしろ、はじめから、亮子がそんな風に変っていくのを、予期していたという調子である。そんなにも、この仕事に適任な亮子だから、田舎から呼び寄せたのだと、考えているのかも知れない。

とにかく、亮子は、活動を始めた。将来の望みが大きいから、まず、基礎を固めなければならない。双葉園の組織を立てる必要がある。

「ゴシンさんを、園長に頂いて、あたしが理事ということにしたら、いかがでしょう」

「あア、いいとも、いいとも。だが、あたしは隠居で、なんでも、お亮ちゃんが責任を持つようにしておくれ……」

嘉代婆さんは、最初から、自分が名義だけの園長扱いをされるのを、望んでいるようであった。

亮子は、理事がすべてを統率し、その下に、事務、会計、保姆、保姆助手、嘱託医、看護婦、炊事係、洗濯係、雑役等を置く組織を定めた。尤も、将来の発展に備えたので、陣容は、まだそれだけ整ってはいなかった。

また、園児の日課を定めることも、重要だった。ことに、乳児は、正確で、適当な時間に、授乳やオムツ交換をしなければならなかった。亮子は、医書や育児法の本を、よく研究して、表を作った。

もっと大切なことは、双葉園を、児童福祉法による乳児院として、また養護施設として、政府から認可を受けることだった。これは、社会的な信用を増すのみならず、委託費を下付されるから、経営上、大いに助かるのである。

その運動に奔走したのが、亮子の「顔」を売る最初の機会だった。また、寄付金の募集に歩くことも、同様の結果を生んだ。彼女は、自分でも驚くほど、そういうことにかけて、腕前を発揮した。社会に多少の権力を持つ人々に対し、彼女は、なにか特別の魔力でも、持っているのであろうか。彼女が、そう繁々と足を運ばなくても、クドクド懇願しないでも、運動は着々として、効を奏してしまうのである。

これでは、自信を持たずにいられない。

そして、園児の数は、続々と、殖えてくる。もう、捨子ばかりではない。玄関から、堂々と依頼にくる女もあるし、市の育児院から回してくるのもある。

双葉園の仕事は、瞬《また》く間に、大きくなった。

それと同時に、不思議な現象が起きた――

「ねえ、理事さんたら、この頃いやにキレイになったじゃない？」

と、福田別荘の女中で、今は、保姆助手になったお松さんが、最初にその発見をして、同僚に告げたのである。

「ほんと――顔ばかりでなく、スタイルまで、とてもよくなったわ。フランス映画の女優に、あんなのがいるわよ」

対手は、すぐ賛成した。

それだけなら、内輪賞めということになるが、市の社会福祉課の課長が、当人の亮子に向って、

「あなたのような、アデヤカな方が、この種の事業に従われるとは……ハッハハ」

と、無意味な笑い方をした。

更にまた、寄付金を届けてよこした時に、横浜沖仲仕《なかし》会社社長は、

「美人の理事さんによろしく！」

と、キッパリした判断の伝言をした。

こうなると、明らかに、志村亮子が美人であるか、或いは、最近、美人になったということの証拠になる。

しかし、美人は天成であって、美人になったとか、なれるというのは、化粧品の広告文である。娘時代に人目を惹かなかった亮子が、結婚後十年、三十の声を聞いて、急に美人の噂が立つのは、腑に落ちない。

恐らく、すべては幻覚であろう。だが、幻覚美人にしても、故なくして出現しない。亮子の場合は、

——さア、この道を行きましょう！

と、腹をきめて立ち上った頃から、俄然、美しくなったのである。

すると、彼女の精神生活の変化と、重要な関係があるらしい。

また、亭主がグータラになり、まったく頼むに足らず、無にひとしき存在と化したことども、関係があるらしい。

それから、彼女自身の努力を、軽視することができない。幻覚美人の最初の発見者は、お

松さんではなく、実は、彼女自身だった。女性が、なんで、それを看過《みすご》すものではない。そして、発見から探究、工夫から練磨という過程を踏めば、たとえ美人になれなくても、美人と見せ得るほどのことは、困難でない。芸妓なぞは、よくその点を心得ている。

だが、そんなことより、まったく重要なのは、戦後の人心の変化である。もう、娘十七云々の唄は、誰も謡《うた》わない。青い果物なんて、うまくもなんともないことを、人が知ってきた。頭脳と心臓と肉体とが、黄熟する時期の風味を、佳となす傾向が、見えてきたのは、外国並みになったのであろうか。

年でいえば三十。その辺から、女の魅力が始まるとすると、彼女等は、たいがい既婚者である。その条件がまた、魅力であるらしい。つまり、人の妻たることが、かえって、魅力的らしい。すると、娘の時代は去り、夫人の時代がきたのである。少し物騒な風潮であるが、外国は以前からそうだった。

そんな風にして、亮子は、立ち上った。もう、二年前のことである。

その間に、双葉園の事業は、着々として進み、収容児は五十名を超え、保姆や事務員その他も、十八名を算《かぞ》えるに至った。事業に戦後色が溢れているためか、世間の注目を浴び、新聞雑誌によく紹介されるので、双葉園の名は全国に拡がり、今では、横浜名物のように、半ば好奇的な参観者なぞを、迎えている。

亮子は、しかし、園のために、よく働いた。進駐軍関係の理解や同情を獲たいのだが、事業の性質上、なかなか微妙なところがあって、表門からでは工合の悪いことが多い。一体、ああいう子供が生まれたのは、どっちの国の責任か、ということは、容易にきめられない。しかし、あまり一カ所に集められると、体裁がよくないのは、事実である。そこで、話がテキパキ運ばなくなるのだが、そこをまた、亮子は、巧みに潜らなければならない。彼女は、個人的な好意や同情を獲る点では、相当、成功したようである。要人や、その夫人令嬢に、彼女は、多くの知己をもつようになった。

邦人側の後援者を拡げることは、それに比べれば、容易だった。福田嘉代の名は、腐っても鯛であり、亮子は、いつも、その名と、その関係を利用することを、忘れなかった。

そうやって、彼女が運動を進めていくと、双葉園の仕事が大きくなると共に、彼女自身の存在が大きくなっていくのが、雪ダルマを転がす時と、同じようだった。彼女の自信と勇気が、ますます加わると、彼女の才智が、いよいよ冴えるばかりでなく、容貌や声の魅力まで、また一段ということになるのも、また同様だった。

だが、困ったことが、一つあった。

園児や所員の数が殖えるにつれ、広い福田別荘も、各室全部を解放しなければならなくなった。嘉代婆さんもハミ出されて、離れの茶室に移ったが、志村夫婦も、玄関近くの二間を、園児用に明け渡して、今では、一番奥の六畳一間に、退却している。

これが、まったく、やりきれない。

いや、部屋の狭いのは、我慢もするが、良人の四方吉なるものと、朝晩に、顔をつき合わせねばならぬのが、彼女の苦痛だった。それまでは、二間の一つ宛に、起臥《おきふし》していたのである。

四方吉のその後の虚脱振りが、どういうものであるかは、後に、詳しく書かねばならぬが、もう横浜の有名人となった亮子にとって薄汚い良人の姿が、その辺をウロウロされることだけでも、迷惑を感じるのは、いうまでもなかった。

その点からいっても、双葉園の拡張計画は、急務であった。彼女は、嘉代婆さんを説き、増築を企《くわだ》てた。事実、園児の数は、殖える一方だった。

それにつけても、先立つものは金であって、まず、あの大バザーの開催となったのだが、予期以上の成功で、百五十万近くの金が残った。亮子は、花道から舞台へ、歩み出るだろう。

めずらしき花園

毎年、春が近づくと、磯の香が、強くなるのは、風向きが変るからだろうか。今日は、朝から、よく晴れて、海も青いが、空のアサギ色が、いかにも気持がいい。根岸の里は、昔、ヒバリの名所だったが、その鳴声が聞えるような、錯覚も起きる。

「理事先生、白乳社が、また、うるさく頼んできましてね。今度から、きっと、いい牛乳を入れるからって、見本を……」

二本の牛乳壜と紙包みを持って、庶務の木村貞子が、事務室へ入ってきた。

「まア、根気がいいわね。なんとかいって、帰して下さい。どうせ、暫らくすると、水っぽい乳に、変えてしまうのだから……」

亮子は、日本間へムリに列べたデスクに向って、何か書類を見ていた。十畳ほどの部屋だが、事務室と応接間を兼ねて使っているので、双葉園が手狭《てぜま》になったことは、これでも知れる。

「はい。それから、これを、理事先生に差し上げて下さいって……」

庶務係りは、デスクの上へ、紙包みを置いた。品物だか、菓子箱だか、わからない。

「そう。どうせ、持って帰りはしないから、置いとくといいわ」

「はい」

彼女は、出ていった。

毎日、園児用に、百本以上の牛乳を要するから、いいお顧客《とくい》で、牛乳屋の争奪戦も、烈しいのである。現在、用を受けている、杉田のミルク・プラントも、亮子に対して、かなりの運動費を費《つか》った。

――ああ、いいお天気。まるで、花時みたいだわ。

彼女は、デスクを離れて、ガラス戸の外を眺め、それから、来客用のソファに、足を伸ばした。大工さんのモモヒキのように、ピッタリ体についた、黒いパンタロンと、刺繍のある室内靴が、形よく、眼に映る。ブラウスは、厚地の細かい黒白格子で、七分袖が、小イキに見える。彼女は、家にいても、こんな、日本人放れのした、オシャレをする。

――夏までには、どうしても、乳児室を建てなければ……。

彼女は、後頭部に手を組んで、天井を見つめた。増築の第一計画として、手のかかる一、二歳児だけの収容室が欲しかった。そうすれば、現在それに当てている部屋が、三つぐらい明くから、彼女夫婦が鼻つき合わす今の状態を、脱する見込みが立ってくる。しかし、昨今、建築費がひどく高いので、せっかく、バザーで儲けた百五十万円を、そうムザムザとは、費えない。そこに、彼女の悩みがあるのだが、従来も、これくらいの隘路《あいろ》は、わけなく切り抜けてきたのだから――

彼女は、舶来煙草を、一本、口にくわえた。喫煙も、三十にして立った時からの習慣だが、それにしては、細い鼻から吹き出す煙が、なかなか器用だった。

「理事先生、参観の方がお出でですが……」

室の外で、保姆助手の声がした。

「また、参観?」

亮子は、素速く、煙草を揉み消した。

この頃は、好奇心半分の参観者が、多いのであるが、今日は少し毛色の変ったのがきた。

「僕、左右田寧《そうだねい》ですが……」

玄関に立った男は、名刺も出さず、威張った声を発した。年は三十五、六、蒼白い、尖《とが》った顔で、無帽の頭髪が長かった。一見してジャーナリズムに関係のある、インテリの風体だった。

——新聞記者にしては、ヒマな顔つきしてるし……。

亮子は、判断に迷ったが、トッサに、その男の名を思い出すことができた。というのも、彼女が、時に、文芸雑誌なぞ読む女だからで、さもなかったら、あまり名の売れぬこの評論家を、記憶する筈もなかった。尤も、彼の名は、ちょっと忘れられない奇名であるが、評論家だから、ペン・ネームというわけでもあるまい。

「左右田さんでいらっしゃいますか。お名前は、兼々《かねがね》……、理事の志村でございます」

亮子が、お辞儀をすると、対手は、意外な面持ちで、彼女を見つめた。こういう事業の采配を振る女として、亮子の容貌でも、服装でも魅力があり過ぎると、感じたのだろう。

——あ、この人、もうこっちのものだわ。

亮子は、すぐ、そういうことを考える女である。

「今、取次ぎの方に、お願いしたんですが、園の中を見せて頂けますか」

左右田は、少し、顔を赤らめ、セカセカと、女のような甲高い声でいった。

「はア、それは、どなたにも、喜んでお見せするのですけど、一応、どういう目的で参観なさるのか、伺うことになっていますので……」

亮子は、誰にでも、こんな、モッタイをつけるようなことをいうのだが、この男に対しては、特に、その態度を露《あら》わにした。

「どういう目的って、ただ、見るためです」

彼は、ドギマギし、半分、怒っているような調子だった。

「もしかしたら、左右田さんは、小説の方も、お書き遊ばすんじゃありません？　その取材にでも……」

亮子は、余裕のある笑い方をした。尤も、そんな目的できたのなら、宣伝になるから、念を入れて案内する必要があるが――

「いや、僕ア、小説を裁判する方で、提出する側ではありません。しかし、小説家と同じように、現実を見つめる必要は感じているんです。めずらしい現実は、特に、注目の必要があるんです。アンドレ・モーロアなんて人は……」

「わかりましたわ。それで、東京から、わざわざお出でになりましたの」

「いや、僕ア、大船にいるんです」

「まア、それは、お近くに……さア、どうぞ、お上りになって……」

亮子は、来客用のスリッパを揃えた。

作者は、別に、左右田寧なる人物を、重要視するわけではないが、彼と共に、双葉園の中を一巡することは、無用でもなかろう――

「こちらが、乳児ばかりの室でございましてね……」

と、亮子は、先きに立って、中廊下のフスマを開けた。

そこは、福田別荘で一番大きな、二十畳ほどの広間で、南向きのためか、畳の上まで、日が射し込み、枯芝と松の幹の見える庭も、明るく輝いていた。

「ご覧のとおり、設備が不完全で……乳児室だけは、近く、新築のつもりですけど……」

亮子は、近頃、人を案内する時のキマリ文句をいった。

そうはいっても、木口《きぐち》のいい、古びた日本間へ、真鍮金具の光っている、小さな寝台を、ズラリと列べたところは、不調和なようで、何か趣きがあった。小さな毛布も、敷布も、清潔だった。部屋の隅に、石炭ストーブが燃え、ガラス戸が閉め切ってあるので、今日のような日は、汗ばむほどだった。

「はア……」

左右田は、生返事をして、視線を、寝台の上や、畳の上にいる小さな肉体に、釘《くぎ》づけにしていた。誰でも、最初に、ここの児童を見た参観人は、こういう顔つきをするけれど、左右田の表情は、念入りに、深刻だった。

「生後、一、二年の子供ばかりですけど、どういうものか、黒い系統が多いんですのよ」

亮子のいうとおり、セルロイドのオシャブリを、音立てて振っている子も、歩行器の小さなイスに坐って、力みかえっている子も、コーヒー色の肌と、毛糸屑のような縮毛《ちぢれけ》とを、持っていた。従って、混血児というよりも、黒人の子そのものが、日本座敷で遊んでいるようだった。

「はい、ルミちゃん、そんなものは、バイしてね」

亮子が、一人の黒い女の子に、話しかけた。彼女は、すぐ、舐《な》めていた玩具《おもちゃ》を、投げ出した。小さな黒い手が開くと、掌の肉が、いじらしい桃色をしていた。

「日本語が、わかるのですか」

左右田が、不審な顔をした。

「ええ、それは……」

「この子たちの母親は、皆、よくない職業の人ですか」

「ほとんどですわ。例外もありますけど……」

「例外があるんですか、どんな?」

「それは、ここでは、申しあげられませんの……。この子なぞは、その一例ですけど……」

亜麻色の髪と、リンゴの果肉のように、白い肌をした男の子だった。顔だちが整って、品位みたいなものさえあった。そういう白色系の子供も、数人いたが、どれも、白人の子供の顔つきだった。

「乳児のうちは、皆、こうなんですけど、日が経つにつれて、日本人の特徴が出てきますわ。不思議なように……」
三、四歳の子供たちの室は、畳数は少くても、寝室や食堂にあてられた隣室を、持っていた。食堂では、保姆が、ホーロー製のカップや皿を、細長いテーブルに列べていた。午食が近いからだろう。
「ここへくると、少し、救われた気がします……」

左右田は、開け放されたガラス戸から、勝手に庭に飛び出して、日を浴びて遊んだり、縁側で積木をしている十数人の子供を見て、そういった。ララ物資のアメリカの古着をきた子供たちは、見ようによっては、ハイカラな姿で、且つ、よく似合い、どこかの植民地の幼稚園へきたようでもあった。

「そうでしょうか。あたくしたちは、乳児室も、同じことですわ。でも、これくらいになると、個性の芽みたいなものが、少しは、出て参りますの」

亮子のいうとおり、ある子供は、母親譲りらしい、日本の地方人の輪郭を示し、また、ある子供は、アメリカ映画に出てくる悪漢の相貌を備え、そして、コーヒー色の子供たちは、カレー粉の商標の人物画に、似ていた。ただ、どの子供も、乳児と比べると、確かに、日本人臭いところがあった。例えば、コーヒー色の子供も、一匙《ひとさじ》のクリームを混ぜたような色に
——

「もう、性格が形成されかけてるとすると、黒い子と、白い子の間に、どういう相違がありますか」

左右田が、訊いた。

「そうですね、例えば……」

亮子が、説明をするまでもなかった。庭で、一つの事件が起きた。

大きなお凸《でこ》で、白い眼のギョロリと大きい、獰猛《どうもう》という感じの黒い男の子が、小さな詩人のように取り澄ました白い男の子と、取組み合いを始めたのである。体は、白い子の方が大きかったが、見る間に、黒い子のために、枯芝の上へ叩きつけられた。だが、黒い子はそれ

だけで、満足しなかった。白い子に跳びかかって、アングリと、肩の肉へ嚙みついたのである。白い子は、日本の子供より、遥かに大ゲサな、悲鳴をあげた。絶叫という声だった。それでも、黒い子は、口を離さなかった。

「お止しなさい、トム！」

亮子は、室内靴のまま、庭へ駆け降りた。トムと呼ばれた黒い子は、昂奮して、小さな唸り声を立てながら、歯を弛《ゆる》めなかったが、やっと、亮子の声が耳に入ると、打って変ったように萎《しお》れて、立ち上り、首を垂れた。

「トムが悪いわ。ジョージに、お謝りなさい」

亮子に、決然と、そういわれると、いかにも済まなさそうに、トムが、彼女を見上げた。そして、立ち上ったジョージの前へ進んで、彼の頭を少し撫《な》ぜ、それから、最敬礼をした。それが、謝罪の公式の形らしかった。

左右田が感動したように、亮子を眺めていた。

そのトムが、バザーの時に酒を飲んで暴れた、トキという女の生んだ子であった。親に似て、乱暴で困るのだが、どういうものか、亮子を慕い、どんないうことでも肯《き》くのである。

「あの豹《ひょう》の子のような子供が、よく、あんなに……。まるで、あなたが魔法の杖でも、持ってらっしゃるようですな」

次ぎの室へいく間に、左右田は、感嘆の声をあげた。

「いいえ、どの子供でも、あたしや保姆のいうことを、よく肯きますわ」

亮子は、トムの問題に触れるのが、いやであった。トムが、保姆たちに手を焼かせ、彼女だけに、不思議に従順を示すことを、むしろ、薄気味悪く感じていたからだった。

「この部屋は、一番大きな子供ばかりでございます、五、六歳の……」

彼女は、勢いよく、フスマを開けた。

同じような日本間だが、遊んでいる子供たちの体は、段がついて大きく、話したり、喚《わめ》いたりする声も、煩《うる》さいほどだった。その言語が、町の子供と少しも変りのない日本語であるばかりでなく、顔つきが、著しく日本人の特徴を表わしている子供もいた。

「この子たちは、一番、長くここにいるわけですね」

左右田が、訊いた。

「そうばかりとも、限りませんけど、あすこにいる女の子なぞ、園児第一号で、創立当時からいる子ですわ」

亮子は、廊下で、漫画の本を展《ひろ》げている女の子を呼んだ。

それが、亮子が添い寝をして育てた、ハマ子だった。いつも第一号として、参観人の前に呼び出されるとみえて、子供ながら、形をつけた歩き方や、頭の下げ方を知っていた。

彼女も、いつか、愛くるしい幼女になっていた。白系混血児らしい、クリクリした瞳と、彫りの深い顔立ちをしているが、唇と鼻の形が、調和を破って平べったかった。

「ハマちゃん、後で、お髪《ぐし》とかして貰いなさいね」

亮子は、ハマ子の乱れた髪に手をやった。彼女も自分で手がけた子供には、特別の愛情を覚えた。

「やはり、乳児から育てた子は、扱いいいのですけど、悪い環境のなかで、相当大きくなってから、持ち込まれた子に、一番、困りますの」

その一例として、亮子は、五つになってから、最近、入園した女の子のことを語った。その子は、外人対手のチャブ屋のような家に生まれ、育った。ここへきても、少しも、もの怯じしないで、じきに外の子供たちを征服した。女の子でも、喧嘩が好きで、ことに、喧嘩の仲裁が得意だった。保姆たちは、その子に「アネゴ」という綽名《あだな》をつけた。

「あすこにいますわ、アネゴが……」

三人の男の子と、庭の春日灯籠《どうろう》の側で、何かして遊んでいる女の子が、それらしかった。赤いシャツの上に、オバー・オールのようなものを着て、傲然《ごうぜん》と、腕組みをしていた。色が黒く、強い顔だちだが、それほど醜《みにく》くもなかった。彼女は、一本指を立て、やがて、男の子に怒鳴った。

「ノー・マネー。ノー・ドリンク！」

それから、左右田は、調乳室や浴室や洗濯室などにも、案内された。

浴室は、福田別荘時代の和風湯殿を、そのまま使っているのだが、広々としているから、子供たちが、十人や二十人、一時に入れるだろう。変っているのは、以前、雇人たちが用いた下湯殿を改造して、タイルでつくった乳児浴槽だった。浅い、小さな、金魚池のようなものが、二つ列んで、同時に二人を入浴させる仕掛けになっていた。

「お湯には、度々入れてやりませんと、子供は、どうしても、不潔になります」

　亮子がいった。

「そうでしょうな。しかし、大きい子たちは、一緒に入浴する場合、皮膚の色の相違を、意識することはありませんか」

　左右田が訊いた。彼は、先刻のトムとジョージの喧嘩を、なにか、人種闘争でもあるかのように、解釈しているらしかった。

「子供の世界は、あたしたちの考えるより、もっと広く、自由なんじゃないでしょうか。腕力や、智力や、勇気が、子供たちの世界を支配しますけど、人種的偏見なんて、見られませんわ」

「しかし、あれだけ、外観的な区別が大きいですから……」

「そうですね、視覚的に、黒い子たちが、差違を自覚する場合が、ないともいえませんわ。ある黒い女の子が、お風呂に入った時に、保姆さんに、もっとシャボンをつけて、よく洗ってくれ――そうしたら、保姆さんと同じ色になれると、いったことがありますの。でも、それを、人種的劣等感と考えるのは、早計ですわ」

「それにしても、今に、彼等が大きくなっていけば……」

「でも、この園内に世界が限られていれば、アメリカの縮図のような現象は、見られないと、思いますわ。ここでは、どんな子供も、平等なんですもの」

「しかし、あなたがたは、まさか、この子たちの一生を、保護されるわけにもいかんでしょう」

「それはできませんけど、せめて、十八歳に達するまでは、なんとかして……」

亮子は、そういいかけて、言葉の自信を失った。それは、嘉代婆さんの理想であって、彼女自身は、ただ、イギリスの孤児院制度を調べた時に、一つの環境で十八歳まで育てる主義があるのを知り、園長に取次いだだけに、過ぎなかった。彼女としては、こんな子供の世話で、一生を送るなんて——

だが、左右田は、ひどく感心して、

「なるほど。そのヒューマニズムの明るさですな、双葉園の空気は……」

と、大きく頷《うなず》いた。

一巡が終って、もとの道を引っ返す時に、三、四歳の子供の寝室の側を、また通った。空のベッドが列んでいる隅に、一人の白系の子が、仰臥《ぎようが》していた。

「あの子は、病気ですか」

「いいえ、白痴なんですの。三つになって、歩くことも、喋ることもできません。白痴は、三人もいますわ……」

応接間で、茶と菓子が出た。参観者には、それだけの待遇をするのが、亮子の計らいなのである。

「お忙がしいところを、恐縮ですが、もう少し、話させて下さい。僕は、非常に感動したものですから……」

　左右田は、帰るのを惜しむように、ソファへ深く腰を下した。亮子も、少し離れて、そこに座を占めた。

「僕は、非常に大きな歴史的事実を、眼前に見た気がするのですよ。今日見たあの子供たちが、日本人の血液に、新しい紀元を開くという意味から……。一体、ああいう子供は、全国で、どのくらい生まれてるのでしょうか」

「さア、実数は、容易に摑めないようですわ。ある雑誌には、二十万という推定数が、出ていましたが……」

「仮りに、二十万として、百年後のことを考えると、恐ろしい数字が出てきますよ。中古代に高麗《こうらい》人や中国人の定住があって、彼等の血が今日にも伝わってますが、数からいえば、微々たるものです。今度のような大量混血は有史以来で、日本人は、今や人種的大改革を迎えているのですよ。それを、生理学者も、社会学者も、政治家も、小説家もまるで顧みない……」

　そこに気がついたのは、自分だけ——といわんばかりに、彼は、力《りき》み返った。

「で、左右田さんは、その歴史的事実に、どういうご意見なんですの」

「無論、全部を肯定するんです。明治に始まった外国文化の移入が、精神と技術面に限られていたのを、今度は、血液そのものが流れ込んできたじゃないですか。これが、ほんとの外物摂取です。これで、日本の開国が完成されるんです」

「でも、今日ご覧になったとおり、あの子供たちの父親は、白人とばかり限りませんのよ」

亮子は、対手を試験するような、悪戯《いたずら》っぽい微笑を浮かべた。

「あ、そうか……。しかしですね、それでも、日本人の血液に、何物も加わらないより、まだいいです。日本人の古い血を、僕は何よりも否定するんです。その血が、現に、天皇制支持とか、ひそかなる再軍備とか、文相勅語とか、女剣戟とか——あらゆる面で、民主主義の逆行を企ててるじゃありませんか。すべての原因は、血液にあるのです」

「すると、左右田さんは、結論的には、あたくしたちの事業の支持者ということに、おなりになるわね」

亮子の微笑は、理事としてのものだった。

「勿論。双葉園は、貴重な苗の温室のようなものですからね。僕ア、どんな後援も、惜しみませんよ……。それに、お世辞じゃないですが、聡明な明るい空気が、ここの隅々に、流れてる気がしますね。恐らく、それは、経営者の頭脳と人格の……」

彼は昂奮した眼で、亮子のスマートな服装や、知的な色気の溢れた横顔を眺めた。多分、彼女の愛用する、シャネルの香水の匂いも、嗅いだであろう。

もう、午飯の時間だというのに、左右田は、なかなか帰ろうとしなかった。

「僕は、横浜生まれで、親戚もいますから、よく、遊びにくるのですが、どうも、横浜人というものは、知的雰囲気に欠けています。ことに、女性がそうなんですが、今日は、非常に大きな例外を、発見しまして……」

なぞと、文士のオセジは、迂回的であるが、亮子は、それを読み取っても、すぐにノボせる女ではなかった。

といって、悪い気持もしない。彼女は、左右田という男に、格別心を唆《そそ》られないが、文芸評論家という肩書は、尊重するのである。横浜には、文士が少く、もの珍らしいからでもあるが、それだけではない。

——ある日がきたら、そんなこともやってみるわ。

彼女は、左右田に生返事をしながら、ウットリと、空想を始める。

「ある日」とは、無論、成功の日のことである。彼女は、明治時代の青年のように、成功の夢と確信に燃えているが、その日がきたら、志村夫人のサロンというものを、持ってみたい。

外国では——ことにフランスでは、才識と地位と富に優れた夫人が、しばしば、わが家の客間を開いて、有名な政治家、外交官、学者、詩人、美術家、音楽家、その他有名である男女の客を招く。燈火が輝き、酒や香料の匂いのする室内で、優秀な男女が、優秀な会話を交換する。機智に富み、且つ磨きのかかった会話芸術を、演じ合うのみならず、時としては、政界の大変動、芸術界の大問題になるような話の種も、ここで蒔かれねばならない。

そういうサロンに出入りすることは、一つの名誉であり、サロンの女主人たるものは、有名且つ粒選《つぶよ》りの来客たちから、渇仰《かつごう》の的になるのが、普通である。彼女は政治も解し、芸術を愛し、高級なことなら、何でも知っている。服装や宝石の趣味ときたら、本家本元のようなものである。そして、美貌である。いくら才智に優れていても、ヘチャな面相のサロン女主人というのは、聞いたことがない。

なかなか条件がむつかしいが、それだけに、女一代のうちに、万一、やれたらやってみたい商売のようなものである。それに、恋の達引きというやつがある。粒選りの男たちである来客が、女主人を渇仰のあまり、恋をしかける。男は、たいがい複数である。女主人には亭主があるが、これは床の間の置物であって、世間でも、道ならぬ恋とは考えない。上品なスポーツの如くに、考えている。これが、また、素晴らしく面白く、且つ高級な遊びらしい
——

亮子は、外国小説をよく読むので、そういうサロンの実態を知り、憧れを持っている。日本だって、そのようなサロンがあってもいいと思っている。サロンの女主人は、素性を問われるが、四等国の場合として、彼女自身が失格者だとは、考えていない。

その上、彼女がそんな野望を起したのは、外国の物真似ばかりではなかった。

亮子の父親というのは、べつに道楽者ではなかったが、その地位からして、花柳界に出入りする機会が多く、遊びに慣れた男であった。女との関係は、割合キレイであったが、ただ一度、関内《かんない》芸妓の小綱というのとデキて、これは、相当、深みへ踏み込んだ。

関内芸妓なるものは、戦後の横浜に存在しなくなったが、東京なら、日本橋とか柳橋のそれに相当した。そのうちでも、小綱は、名妓とかなんとか、呼ばれるほどの年増芸妓だった。

彼女の方でも、亮子の父に、惚れたらしいのである。

関係が、二年ほど続いた。亮子は、まだ少女時代だったが、大いにヤキモチを焼く母親に、

同情すると同時に、その小綱という女にも、一種の尊敬に似た感情を懐いたのは、不思議であった。なにか、小綱が母親より、エライような気がしたのである。エライから、そんなことになったような気がしたのである。

その印象が、心の底にあるのか、亮子は、大人になってからも、芸妓というものを、一般の女性のように、軽蔑することができなかった。むしろ、家庭婦人の及び難い、もろもろの能力と、魅力の所有者だと考えた。

娘でも、細君でも、日本では、家の中の重要な一員ではあるが、国家や社会から見れば、ミソッカスに過ぎない。しかし、芸妓はそうでない。男性が形成する日本の社会で、多少の実力を示したのは、芸妓だけである。日本を動かしている政治家や実業家に接触し、時には、彼等を操縦してみせる腕前を持っていた。桂太郎の嬖妾《へいしょう》になったお鯉という芸妓は、政治の内幕に首を入れていたらしい。

富貴楼のお倉というのは、芸妓出身の料亭の女将であるが、横浜黄金時代の傑物であった。彼女がどんなに才智と胆力に恵まれていた女であったか、伊藤公とか陸奥伯とかいう中枢的人物と、どんなに親密に交際したか、ということを、亮子は、嘉代婆さんの昔話に、よく聞かされていた。

封建の名残りが濃い時代にも、そんな女性がいたのである。少し、日蔭で咲いたけれど、社会の花にちがいない。そういう眼で、芸妓というものを見ると、欧米ならば、何々夫人という名で呼ばれる貴婦人や有名女優の社会的役割を——少くとも、その幾分を、彼女等が果していたと、いえるのである。ただ、賤業という名があり、花代という金銭関係があって、彼女等の活動は陰性であり、卑屈の感じが伴なうのは、やむをえなかった。

そして、戦争が、すべてを変えてしまった。もう、芸妓の時代ではなくなった。これからは、細君が立ち上るのである。細君が三味線をひくのではない。細君のうちから、艶名一代に高き、社会の花が、咲き出すのである。外国並みに、伊達《だて》女の何々夫人が登場するのである。すでにその兆候があって、政府の人事に容喙《ようかい》するとかいう夫人の名が、よく新聞に出ている。亮子は、その先駆者をマークしているが、望みはもっと大きいのである。

そういう亮子であるから、文芸評論家の訪問を、ただそれだけの意味で、受けとるわけにいかない。

「仰者るとおりですわ。でもあたくしの観点からは……」

なぞと、口は達者に動いているのであるが、心は、あれこれと、他日、彼女が持つべきサロンの空想に、飛んでいた。応接間兼事務室の古びた日本間と、安物のデスクやイスを忘れ、豪華な客間に群がる気のきいた人物を、眼に浮かべた。左右田寧も、一流評論家となって、スモーキング・ジャケットを着て、その中の一人となっている——

「やア、大変お邪魔をしました。今日の感動は、そのうち書くものに、きっと、盛らして頂きます」

左右田が、ソファから立ち上ったので、亮子は、ハッと、われに帰った。

「せっかく、お訪ね下すったのに失礼申しあげましたわ。横浜へお出でになったら、また、是非、どうぞ……」

「ほんとですか。度々、伺ってもよろしいですか。根岸という所は、歩くだけでも、僕は好きなんですから……」

左右田は、熱意を籠めた挨拶を送った。根岸ばかりが好きなのではないらしい。

「お待ちしてますわ。いろいろ、いいお話を伺えるのを、愉しみに……」

亮子は、左右田がオーバーを着るのに、手を貸してやった。

そこへ、合図もなく、フスマが開いた。

ヨレヨレの背広に、綿ネルらしいカーキー色のワイシャツの襟が垢に汚れ、波を打ってハミ出し、ネクタイなんて、かけたら、かえって滑稽なくらい、不精ったらしい風体の男が、ノッソリ、部屋へ入ってきた。

「やア、お客さんかい？」

と、ジロリと、左右田を一瞥したが、少しも遠慮の気配もなく、室の中央へ進んできた。年の頃は四十あまり。陸軍軍人によくあった顔。色黒く、眉秀《まゆひい》で、純日本人的精悍さを示す人相だが、よく見ると、豊かな口髭ばかり立派で、眼は濁り、頰がヤツれて、ひどく、生彩を欠いている。

彼は、菓子の空箱に、鶏卵を五つ六つ入れたのを、胸に抱えていた。

「亮子……。今日は、鶏が、こんなに産んでくれたよ。昨日の分も、混ってるかも知れんがね。とにかく、買って貰いたいな」

と、空箱を、大事そうに、デスクの上に、置いた。

亮子は、唇を噛んで、何も答えなかった。

「相場が、少し下って、一個、十六円ぐらいらしいがね、十五円にしとくよ」

彼は、全然、左右田がいるのを無視しているようだった。

「まア、何遍いっても、あなたはおわかりにならないのね。執務中に、こっちへお出でになっては、困るじゃありませんか」

亮子が、火がつくような言葉を、浴せかけた。

「うん、それア知ってるがね。今日は、これから出かけるから、バス代が欲しいんだ……」

そういう問答を、左右田が、口を、開いたような顔で、聞いていた。

慢性虚脱

それが、亮子の良人の志村四方吉であることは、いうまでもなかった。

彼は、双葉園のなかで、何もすることがないから、鶏を飼っている。風呂焚きか、掃除番でもすれば、少しは役に立つのだが、本人にその気がなければ仕方がない。鶏の世話だけは、どこが面白いのか、根気よく、続けている。二羽のヒナから育てて、卵を抱かせ、今は十羽以上に殖やしている。

鶏が卵を産むと、最初は、彼自身が食った。この頃は、卵を食い飽きたというよりも、もっと切実な理由から、双葉園の児童の食料として、売ることにしている。

細君が、小遣銭をくれないから、そういうことになる。以前には、亮子も、時に煙草銭のようなものを、良人に与えたが、この一年来、一銭も支給しない。恐らくそうやって、良人を苦しめることによって、彼の奮起を促そうという腹であろう。或いはまた、ただ、良人を苦しめんがために、苦しめようという腹かも知れない。女の心理は、なかなかハッキリしないものである。

しかし、四方吉としては、バットではあるが、煙草も喫うし、月に一度は、髪も刈らなくてはならない。絶対無給というのは困る。そこで、手飼いの鶏の卵を売ることを思いついたのだが、最初は、近所の進駐軍のハウスの台所へ、

「卵いりませんか」

と、回り始めたところを、忽ち、亮子に嗅ぎ出された。

「みっともない！　なんていう真似をなさるんです。どうしても、売りたいんなら、園で買ってあげるわ」

「そうか。それは、手近で、有難い……」

それから、亮子が、良人から鶏卵を買うことになったのである。一個十五円とか、十七円とかいう金を、夫婦の間で、やったりとったりも、おかしな話だが、亮子としては、会計係りの手を煩わすのは、あまりに外聞が悪い。自分の蟇口《がまぐち》から金を出して、卵は炊事係りに提

供しているのである。

しかし、そんな内情は知らなくても、所員たちが四方吉をバカにしているのは、歴然たる事実だった。第一に、風采が悪く、鶏を飼う外に、何の能もなく、そして、細君からガミガミ叱られている男を、たとえ理事さんの良人であるとはいえ、尊敬できるものではない。時には、彼に、ハガキを出してくれなぞと頼む、保姆さんもある。彼も平然と、それを引き受ける。

ただ一人、嘉代婆さんだけは、昔に変らず、彼を遇していた。

「四方さん、ご精が出ますね」

なぞと、鶏舎の掃除をしている彼に、話しかけたりする。それを、彼は、べつに嬉しそうな顔もしない。

園児たちは、嘉代婆さんに次いで、彼に厚意を示すともいえた。園の中で、ほとんど唯一の男性のためか、

「オジチャン……」

と、駆け寄って、縋りつく子供もある。しかし、彼は、少し悲しそうな顔をするだけで、対手になってやろうとはしない。

変っているといえば、これくらい変った夫婦も少いだろう。

二人は、ほとんど口をきかない。

食事も、共にしない。

ここの所員は、嘉代婆さんを除いて、三食とも食堂で食べる。食堂といっても、炊事場の隣室の、六畳だが、皆、仕事を持っているから、数人宛《ずつ》、交代で食べる。所員でない四方吉も、そこで食事をするのだが、彼が食堂へ行っている時には、亮子は避けて、次ぎの組に加わる。急ぐ時には、彼より先きの組に、加わる。これでは、夫婦が食事を共にする機会はない。

そして、昼間の全部を、亮子は事務室で暮す。或いは、外出する。四方吉は、そう鶏にばかり、かかりきってもいられないから、自室で午睡をしたり、古雑誌を読む。時として、彼も、ブラリと、どこかへ出ていく。

夜は、どうするか。

これが、亮子の苦痛の種だった。園児の少い頃は、二室を与えられたから、別々の部屋に寝たが、奥の六畳一間になってから、イヤでも、褥《しとね》を接して敷かなければならない。無言の行を保てない場合も、起きてくる。

「あなた、そんな臭い煙草、喫わないで下さい」

「いつまでも、雑誌を読んでいちゃ、困りますね。ガサガサ音がして、眠られやしない……」

亮子は、ヒステリー性の高声で、抗議を発することもある。対手は、すぐいうことを頷《き》いて、煙草をモミ消し、または、寝ながらの読書をやめる。やめたかと思うと、じきに、イビキの音を立てる。やがて、アーアと、天地に響くばかりの、亮子の大溜息が聞える。

それっきりである。それ以上、何事もない。

二人は、夫婦的行為を中止してから、二年近くなる。始めは、亮子の方から、拒否した。これも、小遣銭の場合と同じように、与えないことが、何か、良人の身に、烈《はげ》しい血を呼び覚ますことになりはしないかと、考えたのである。侮辱に対しては、敏感な四方吉だったからである。

ところが、「そうか」といった調子である。そして、じきに、イビキをかくようでは、いかなる良人かと、かえって亮子の方が、烈しい血を沸かしてしまう。この頃では、列んで寝るのが、嫌悪であり、苦痛になってしまった。

いっそ、離婚してしまおうかと、亮子が考える時がある。しかし、まだその気にはならない。というのは、夫婦の闘争は、勝負がつく時がこないと、破局にならないからである。表面は、亮子が完勝しているようでも、四方吉は、案外、ヘコたれた様子がない。それを、亮子は、よく知っている。

どうも、不思議な点がある。欲情の飢渇を訴えない点もそうだが、小遣銭にしたって、卵代だけでは、煙草もラクには喫えない道理である。それなのに、一向、困った顔もしない。時には、悪酒の匂いをさせて、外出から帰ってくることもある。そういう謎が解けないうちは、彼女も、まだ良人にサヨナラといえないのである。

四方吉は、ブラリと、双葉園の門を出た。

先刻、事務室へ現われた時と、同じ風体である。帽子はかぶらず、オーバーも着ていない。古びた、ラクダ色のマフラを、首に巻いてるだけである。それから、ツギだらけの足袋《たび》に、チビ下駄を引き擦《ず》っている。

こういう服装をした人間は、根岸では、ほとんど見かけない。ここの空気は、ひどく外国臭く、学校帰りの小学生も、赤格子のスポーツ・シャツに、紺木綿のパンツといったアメリカ風俗である。細長い、新式の車を、自分で運転して、スーッと通り抜けた西洋婦人は、山手のハウスに住む、将校夫人にちがいない。

教会の尖塔が見える。旧競馬場の中で、ゴルフをやってる人影が見える、勿論、日本人ではない。日本人は、ガードとして、鉄砲担いで、柵の外を警戒してる。

バスを待ちながら、四方吉は、そういう風景を眺めていた。眺めたからといって、感慨を催してるのではない。横浜に住んで、これくらいのことに、一々、感慨を催していた日には、心臓が五ダースあっても、間に合わない。

——だが、おかしいよ、まったく。

彼は、そう考える。何がおかしいのか、意味のない思念であるが、彼は、その言葉を、心中に呟《つぶや》かない日はない。あんまり、毎日、念頭に浮かべる言葉なので、言葉がスリ減って、原形をなくしたのかも知れない。おかしいとは、可笑の意味なのか、不審の意味なのか、或いは両方の意味なのか、それさえアイマイになってる。

だが、ともかく、おかしい。戦争に敗けたということが、おかしい。戦争なんて、たいがい、どっちかが勝つものであるが、それにしても、四分六とか、七・三とか、古来、勝負のつき方は天秤《てんびん》のカネアイにある。ところが、今度はよくまア、こうキレイに、敗けたものだ。これ以上、ペシャンコに、敗けられたものではない。よくよく、無鉄砲な戦さを、始めたかららだろう。そのことからして、第一、おかしい。

それから、どうも、国民同胞諸君が普通でないよ。

敗けた癖に、一向、敗けたと思っていない。これだけキレイに敗けたのだから、失望落胆、ちと考え込むのが当然だが、至って元気なものだ。新憲法、農地法、インフレと、ドンデン返しの世の中がきたが、驚く者なんか一人もいなかった。皆、泰然とした、先祖代々の民主主義者、平和論者の顔つきだ。戦争なんて、ドコのドイツが始めたのか。いや、あれは軍閥だよ。それで話が済む。ドコのドイツが敗けたのか。そいつは知らねえ。

もっとおかしいのは、志村四方吉自身だ。戦争に気乗りしなかったのに、上海《シャンハイ》へ行ったら、もう見ていられなくなった。勝つとは思わなかったが、勝つために、夢中で協力をした。そして、敗戦とわかった時に、腰を抜かした。魂も抜かした。それが、未だに、抜けッ放しである。すべてが不合理と、不条理の連続である。

——こいつが、一番、おかしいよ、まったく。

そこへ、桜木町行きのバスがきた。

バスは、中区の西南部を迂回して、西洋臭い風景に別れを告げ、下界に降りるように、坂を下ると、戦前は、最も庶民的だった区域を、走り始めた。

長者町、松影町、寿町、扇町なぞというのは、小建築がギッシリ立ち列び、横浜下町人の巣のようなところだったが、空襲で、一舐めにされた。しかし、他の都会の焼跡のように、焼土がデコボコしてるとか、コンクリート塀がポツンと立ってるとかいうようなことは、絶対にない。土は砥のように平らで、濃緑色に塗られた材料のいい鉄柵と鉄網が、整然と四方に張り回《めぐ》らされ、雑草一つ生えていない内部は、工場風の建物でなければ、兵舎、または、夥しいトラックやジープの置場になっている。

つまり、東京なら、下谷、本所といった区域が、接収地となってるのである。

バスは、花園橋で川を渡り、関内《かんない》へ入る。横浜公園に沿って、市の中心部を走るが、真砂町、尾上町、常盤町——そういった中小業者の街だった焼跡も、今は、鉄柵と鉄網で囲われている。

東京なら、日本橋、京橋に相当する住吉町、太田町、弁天通りも同じ運命の下にある。亮子の父や良人が、毎日通勤した福田組本店も、亮子の母親に黒々とヤキモチを焼かせた、関内の花柳界も、皆、その界隈にあった。貿易関係、産業関係、金融関係——すべての中心も、そこに置かれた。横浜の中心である中区、その中区の中心部が、全部といっていいほど接収を受けてる。

日本全国で、横浜ほど、戦争の大波を、頭からカブったところはない。戦災の被害も大きかったが、戦後の受難が特別だった。数字でいうと、話が早い。横浜の宅地の被接収面積は、全国のそれの六割二分を占めてる。港の重要設備、市内の主要建築物も順次返還されつつあるが、七年間の接収が続いた。

これは、横浜が最初の占領地であり、米軍司令部が置かれた関係上、避け得ない運命ではあった。ただ、そういう横浜であることを、知って置いて貰うと、この小説も、少しは面白くなるだろうと、思うのである。

さて、四方吉は、本町四丁目でバスを降りた。そして、馬車道の方へ、チビ下駄を引き擦って歩いた。麗らかな日の午後に、ほとんど復興した目貫《めぬき》街を背景にすると、彼の貧弱な姿が、根岸とはちがった趣きで、異彩を放った。通行人の外人と邦人の比率は、銀座あたりより前者が多いが、その日本人の服装が、敗戦国とは思えずスマートなところは、銀座と変らなかった。

わけても、目に立つのは、例の三々五々の女たちだった。本町通りの生糸ビルが、外国海員クラブになってるので、昼間といえども、彼女等の網が、張られているのである。すると、おかしなことに、そのうちの一人が、四方吉に向って、目礼をした。ウインクというのではない。同類的親しみのある、挨拶のようなものである。四方吉も不精ったらしく、首を動かした。

更に、道を進むと、また一人が、

「オジさん、今日はビジネス？　あたいも、後でいくよ」

と、話しかけた。

そうでなくても、ボロ洋服に下駄という四方吉の風体は、賑華《にぎやか》な馬車道通りで、人目に立つのに、そういう種類の姐《ねえ》さんたちと、一々、挨拶を交わすのであるから、通行人は、怪訝《けげん》そうに、振り返っていくのである。

源氏屋だろうか。それとも、ヒロポン売りか。それにしては、彼の態度は、少し横柄《おうへい》だった。すると、街の娘たちを食物にする、ボスのような人物かと、更《あら》めて、四方吉の顔を見直すのであるが、七年間の長期虚脱で、タガの弛《ゆる》んだ面相が、その想像をも否定する。それに、姐さんたちは、彼に対して、およそ畏怖《いふ》的でない。いかにも、内輪同士の親しさである。

「オジさん、暫らく、出てこなかったね」

また一人が、四方吉に笑いかけた。ほんとの伯父さんに、会ったような、少しばかりの尊敬も混えて——

本町四丁目から、吉田橋までは、ちょうど、銀座四丁目から新橋までの距離だが、その先きには、最大の盛り場の伊勢佐木町があり、途中には、東宝劇場があり、銀行があり、流行の洋服店があり、装身具屋があり、ゴルフ道具店があり、そして、東京よりもイタについたスーベニア店が数軒あり、大部分は、戦後の新築で、体裁ばかりケバケバしく、昔の馬車道通りのオットリさはないが、植民地の表通りへ行ったように、景気がいいのは、確かである。そして、戦後はこの街が、外人専門の姐さんたちの通路になったことも、景気を添える一因であろうか。というのも、伊勢佐木町にP・Xがあり、オクタゴン劇場があり、G・L・C・セントラル・コマンドがあり、部隊病院があり専用バーがあり、キャバレがあっては、自然、この街を外人が通行せざるを得ないのであり、従って、彼女たちも、通路とすることを余儀なくされるのであろう。

「ハロウ……ホエヤ・ユウ・ゴウ?」

彼女等は、女の関所役人のように、そういう通行人に呼びかけるのであるが、その忙がしい中でも、四方吉に向って、チラリと、目礼を忘れないというのは、並々ならぬ間柄といえよう。

とにかく、四方吉が彼女たちに対して、顔の広いのは、驚くばかりで、亮子が知ったら、どんな表情をするか。なるほど、彼女たちの或る者は、心ならずも子を産んで、双葉園の厄介になった経験がないとも限らないが、四方吉は、いつも、奥の間に引っ込んでいるから、知り合いになるわけもないのである。

急ぐでもなく、立ち留まるでもなく、四方吉は、彼女等と挨拶を交わしながら、長い馬車道を、歩き切った。そこに、橋がある。橋の袂《たもと》に、焼豆腐を直立させたようなビルがある。それも、外人専門の設備であって、「通称セントラル」。二階、三階は、G・I用のビア・ホール兼踊場《おどりば》。地下室はキャバレになっていて、横浜では一流のダンサーが、屯ろしている。

四方吉は、勿論、そんな所へ入らない。しかし、その横丁の汚い飲食店の軒をくぐった。

飲食店――というより外に、呼びようはないが、いかにもションボリした、物置小屋に青ペンキを塗ったようなバラックで、しるこ、あんみつ、ラーメン、焼酎ありと、素人の字で書いた赤い紙、青い紙が、ガラス窓に貼りつけてあった。

高級キャバレの前に、こんな店があるのも、不思議であるが、オカメ軒という家号からして、馬車道界隈の空気に、およそ遠いものであった。

四方吉が、タテつけの悪いドアを開けると、地下室のように薄暗い店の中から、二つの白い顔が、こちらを向いた。

「あら、オジさんだ……」

「待ってたわよ」

板壁を背負って、粗末なテーブルの上で、汁粉を食べてる洋装女たちは、化粧も、服飾も、馬車道を歩いていた女より、多少、垢抜けがしていた。瘦せた方の女の手首には、金色の環が光り、爪の紅の手入れも、注意が行き届いている。

四方吉は、無言で、彼女等のテーブルに、座を占めた。

「オジさん、なんか食べる?」

一人が、訊いた。

彼は、首を振って、コツコツと、テーブルを叩いた。

奥のカーテンから、白いエプロンを着た中婆さんが、顔を出した。それまでは、店の者は、一人も見当らず、食い逃げご勝手次第という風に見えるが、恐らく、その心配のない馴染み客ばかり来るのだろう。

「入らっしゃい」

と、挨拶だけはしたが、四方吉の注文を聞きもしないで、やがて、コップに溢れそうな一杯の焼酎を、彼の前へ運んできた。

それを、チビリと、一口味わってから、四方吉は、

「さア、商売にかかろう……。君の方が、先口《せんくち》だったな。宛名は、朝鮮のミスター・ヘンリー・スタンセン……たしか、そうだったな」

「ジャスト・サウ」

痩せた方が答えた。

四方吉は、上着のポケットから、バラ色の洋封筒を取り出した。封は、まだしてない。中から、四つ折りにした書簡紙を、汚れないように気をつけて、拡げてから、

「君たちは、聞く方は確かなんだから、翻訳の必要はない。ブッツケに読むよ。ええと……マイ・ディアレスト・ヘンリー、アイ・ライト・トウ・ユウ・ウイズ・オール・マイ・ハート……」

と、低い声で、文面を読み始めた。自分で書いた文章だから、読むのもラクであり、また、彼の読み方も、発音も、正しく流暢《りゆうちよう》だった。

「ああ、そう。わかる、わかる……」

朗読が進むと、聞き手が、微笑と共に頷《うなず》いた。

「やっぱり、オジさんは、上手ね。早く帰ってくるか、さもなければ、金送ってくれっていうところ、とても、あたしたちには、ああ巧くはいえないよ」

と、もう一人が、合槌を打った。

「今度は、君の方だが……」
　と、四方吉は、堅肥《かたぶと》りの女の方に向いて、内ポケットから、同じような封筒を出して見せた。
「どうも、君の注文は、虫が好過ぎるから、書きにくかったよ。君が、散々、浮気をしてる
のを、対手が知ってるにも拘らずだな、そういうネダリゴトをするのは……」
「大丈夫だよ、オジさん。ジャッキイは、とても、あたしに惚れてるんだから……。それに、
むこうの人は、なんでも、図々しくいう方を、好むのよ。日本人みたいに、遠慮なんかして
ると、損しちゃうわ。欲しいものは欲しいと、ハッキリいうのが、礼儀なのよ」
「礼儀ってことも、あるまいが……まア、それはいいとして、君は、ほんとに、妊娠してる
のかね」
「あたし？　冗談いわないでよ」
「だって、君は、ジャッキイのために、お腹が大きくなって、この頃はホールでステップを
踏むのも、難儀になったと、書いてくれといったな。その通り、書いたぜ」
「いいのよ、それで……」
「しかし、その男が手紙を見て、朝霞《あさか》から今度の日曜あたりに、飛んできたらどうするんだ。
君の体を見れば、すぐ露見しちまうぜ」
「なんでもないじゃないの。四、五日前に、流れちゃったっていえば……」
　女は、まっ赤に口紅のついた煙草を、灰皿に捨てた。

「あ、そうか……」

四方吉は、ポカンとした顔で、対手を眺めた。

「オジさんときたら、髭なんか生やしてる癖に、純情なところがあるわね」

痩せた方の女が、ヒヤかした。

「いや、そうでもないが……。とにかく、文面を読むぜ、レイコ君に、それだけの成算があれば、文句は、それで関《かま》わないんだ。ええと……マイ・ディア・ダーリングとね……」

四方吉は、また、英文を読み始めた。時々、少し日常性を欠いた副詞などが出てくると、レイコと呼ばれた女は、反問するが、大体の意味は、確実に理解してるようだった。

「最後の送りキッスは、二十ばかり書いて置いたぜ」

四方吉は、読み終って、手紙を封筒に入れ、女に渡した。

「ありがとう。でも、キッスは二十五にしといて貰おうかな、この前二十だから……」

「O・K。五つ追加と……。しかし君たち二人とも、女学校を出てるんだから、これくらいの手紙は、自分で書けそうなもんだがな」

「そうはいかないわよ。ねえ、レイちゃん、そんなことしたら、頭が痛くなっちゃうわね」

「そうよ、第一、あたしア、戦争中に女学校へいってたんだもの。英語排撃で、なんにも教わりゃしなかったわ……。じゃア、オジさん、また頼むわよ。今日のお代、ここへ置くわ」

一人が、ハンド・バッグから、二枚の百円紙幣を出すと、もう一人も、それに倣った。

「はい……毎度、ありがとう」

四方吉は、恭々《うやうや》しく、頭を下げた。

四方吉はこうして、亮子の知らぬ収入を獲ていた。

洋文懸想文売《けそうぶみ》り——考えようによっては、風流な職業といえるだろう。商大時代に得意だった英語が、上海商人を対手にするに至って磨きをかけたが、計らずも、戦後の横浜において、役に立った。尤も、商業英語の注文状とちがって、テンメンの情を漾《ただよ》わせねばならぬのが、苦手ではあったが、代筆依頼者の要求は、いつも大同小異で、一度コツを覚えれば、後はこんな簡単な仕事もなかった。その上、形式は愛の手紙であっても、主旨を詮じつめれば、商業英語と無縁でもなかった。

彼女等の許へきた手紙を、訳読して聞かせるのが、一回百円。

彼女等が先方へ出すフミを、代筆してやるのが、一回二百円。

なかなか、いい商売だが、四方吉も、自分から、こんな妙計を、思いついたわけではなかった。この薄汚いオカメ軒が、彼の気分に調和するので、一、二度、焼酎を飲みに入った時に、ふと、常連の街の女に、訳読を頼まれたのがキッカケであった。この店は、人目につかないためか、界隈のそういう女たちの足溜《あしだま》りになっていて、時には麻薬の密売などもやるらしいが、そんなことは、四方吉にとって、どうでもよかった。ここへくると、なにか、気が落ちつく。その後も訳読を頼まれるが、一向苦にならない。占領兵と占領地の女との間は、こんなものかと、興味をさえ唆《そそ》る。

ある手紙には、真情があった。また、ある手紙には、滑稽なほど困り抜いた、逃げ口上が書いてあった。どれを読んでも、手紙の主は、大部分、女に敗けていた。砲火の戦いに勝った強者が、恋愛の戦さでは、他愛もなく、手を揚げてるように見えた。少くとも、日本人の四方吉の眼から見れば、採点の余地もない女を相手にしてそういう手紙を書くだけでも、ものの哀れを感じさせた。そしてそういうことが、虚脱の白々しい心に、いろいろのことを、考えさせた。

そのうちに、彼は、訳読や代筆の礼に、焼酎代を払って貰う習慣がついたが、いつか、それよりも現金を受け取る結果になった。依頼者の数が殖えると、そう何杯も、焼酎は飲めない。それに、彼女等は、彼より前に、アルバイトの大学生に、同じ仕事を頼んだが、四方吉の方が、遥かに英語が達者であることを知り、その上、身の上相談的な智慧も、時には貸してくれるので、オジさんオジさんと、彼に信頼を傾けるようになった。尤も、オジさんと呼ぶだけで、誰も、彼の本名や身分を知らないが、日蔭の社会では、そんなものを知る必要もなかった。

彼は、この新しい「職業」を喜んだ。現在の彼の心境に、大いに叶うものがあった。そして、毎週火曜日の午後を、出張日と定めてオカメ軒へ現われるのだが、勿論、亮子には、一切、秘密だった。

今日は、その火曜日に当るから家を出てきたのだが、先週の依頼者の二人のダンサーに、取引きを終っただけでは、まだ帰路につけなかった。

果して、先刻、馬車道で会釈した女の一人が、ドアを開けて、飛び込んできた。

「オジさんいる？」

しかし、その親しげな笑顔も、二人のダンサーの姿を見ると、忽ち闘争的な白眼に変った。どういうものか、街の娘とダンサーは、互いに反感と軽蔑を持ち合うのである。自由党と改進党の仲が、うまくいかないようなものかも知れない。

二人のダンサーも、肩を怒らして、四方吉へ挨拶もソコソコに、外へ出ていった。

「チョッ、なによ。お高くとまってさ」

その女は、跡を見送って、まだ、余憤を洩らしていた。

「まア、そういうな……。どうだね、近頃は、商売ご繁昌かね」

四方吉は、慰めるようにいった。

「ダメ、ダメ。お話ンならないシケだよ。兵隊が、すっかり狡《ずる》くなりアがって、去年の半分も、費《つか》やしない。費うのは、朝鮮から帰った当座だね」

「そうか。それは、気の毒だ。じゃア、精々、海員《シーメン》でもつかまえることだな」

四方吉の態度は、先刻のダンサーに対するより、親しみが見られた。虚脱漢の彼に、深い愛情なぞある道理はないが、世間で忌み嫌う洋パンという種族の女に、多少の同情を感じるのは、事実であり、また、こうして交際してみると、彼女等が、案外に正直で、素直な一面を持っていることを、知っているからでもあった。

「ところで、オジさん、また、手紙がきたんだよ。それを読んで貰って、それから、返事も、ついでに頼みたいね」

と、彼女は、ハンド・バッグから、航空軍事便の青い封筒を出した。乱雑な、鉛筆書きの表記が、読みにくい。

「どうも、君の彼氏は、字が下手だな。それに、誤字と文法無視が多くてな」

「仕方がないよ。牛殺し《ブッチャー》から、兵隊になったんだもの。でも、いい人だよ」

「確かに、善人にちがいない。今度の手紙にも、こんなことが書いてある……」

四方吉は、訳読を始めた。

北海道の部隊へ回された「彼氏」（ヘンな言葉だが、この社会の通用語だから仕方がない）は、用箋二枚の裏表に、ギッシリ文句を書き込んでいるが、用件といっては、ただ一つ――彼女がバタ・フライ（多情的行為の意味らしい）を行わないことを、切々と繰り返し懇請してるだけである。

――こんな女に、よく、まア……。

四方吉は、日本の女としても最下級の容姿を備えた彼女を、横眼で見ては、また、洋風金《かな》釘流《くぎりゅう》の文字に、視線を移した。この女の例ばかりではない。彼等と彼女等の間に結ばれる関係は、日本人の常識では、解釈のつかない不思議に富み、四方吉を考え込ませることが多いのである。

そこへ、また、入口が開いた。やはり、同様の女だったが、声もかけないで、オーバーに、手を突っ込んだまま、ノッソリ入ってくる。オーバーの襟《えり》に覗《のぞ》いてる白と緑のスカーフに、読者は見覚えがある筈だった。

「あら、姐《ねえ》さん……」

四方吉の訳読を聞いていた女は、バネで弾かれたように、イスを立ち上った。声まで、俄かに、しおらしくなった。

「いいんだよ、坐ってな」

アゴで、対手《あいて》を制止しながら、ひどく重量を感じさせる歩き方で、テーブルの前までくると、四方吉の向い側のイスへ、ドッカと腰を下して、

「オジさん、暫らく……」

「やア、トキちゃんか。久振りだね。変りはないかね」

と、四方吉の態度も、対手に一目置いてるところが見えた。

これが、有名なバズーカお時——この界隈の街の娘たちの頭目である。そして、双葉園にいる黒い子供のトムの母親であり、また、瑞鳳殿のバザーの時に、模擬店のヤキトリ屋で、大暴れした女でもあった。

彼女はボスであるが、苛酷なボスでないというのは、少し頭が悪いのと、寡慾な点があるからだが、その代り、勇気と腕力にかけては、人一倍で、警察署に呼ばれて、取調室のテーブルを引ッくり返したり、狡猾《こうかつ》な兵隊の耳に噛みついて、倍額の料金を払わしたりすることは、茶飯事であった。頭目となったこの頃は、あまり客引きをしないのであるが、双葉園にいるトムは、彼女がまだ現役時代に、黒人兵との間に生まれた子供であった。故郷は、銚子

方面らしく、漁村で生まれたというが、確かに、太平洋の潮風と荒波が、彼女の肉体のどこかで音を立ててる気持がする。言葉に、ひどい訛《なま》りがあるが、自分で気がつかぬのか、一向、直そうとしない女である。

「姐さん、あたいの方は、いつでもいいんだから、オジさんに、先きにやってお貰いなさいよ」

先客の女は、ボスに対する礼儀として、そんなことをいった。

「いいんだよ。おいら、今日は、ちょいと相談があって、オジさんに会いにきたんだから……」

「じゃ、なおさら、あたいが先きにやって貰っちゃ悪いわ」

と、この社会の階級的礼譲は、軍隊に劣らざるところを、見せる。

「うるせえな。いいといったら、サッサと、やって貰いなよッ」

と、バズーカ砲が、軽く一発。

「はい」

女は、縮み上った。

そして、四方吉が、また訳読を続けた。お時は、いつになく、憂鬱な表情を浮かべて、煙草に火をつけた。煙の輪まで、重かった。これは、不機嫌の証拠と、先きの女は、ハラハラして、

「ありがとう、オジさん。もう、わかったわ。じゃあ、返事はうまく書いといてよ。来週、

頂きにくるわ。お代は、今日一緒に……。姐さん、済みません……」

　と、三百円の金を置くと、慌てて外へ逃げ出した。

「ちょいと三十分ばかり、体貸してくれるか、オジさん。ここじゃア、落ちついて、話もできないからね……」

　と、バズーカお時が、開き直って頼むからには、四方吉も、彼女の顔を立ててやらねばならなかった。

　そして、十分後には、二人は、同じ横通りの小さな天プラ屋の二階で、差し向いになっていた。ボスとなると、不自由なもので、よその縄張りへウカツに顔は出せないから、近所で我慢するのである。

「ここは、素人《ネス》の出合いが、多いんだよ」

　と、お時がいったが、狭い一間の二階も、階下も、食事時を外れてるせいか、シンとして、天プラの匂いもしなかった。

　それでも、酒とツキダシが運ばれて、四方吉は、盃を取り上げながら、

「ところで、話というのは、なんだね。よほど、コミ入った手紙でも、書くのかね」

　と、お時の顔を眺めた。

「なに、そんなことサ、頼むんじゃねえよ。おれ、オジさんに、真面目に聞いて貰いてえ話があるんだよ」

お時は、怒ったり、真剣になったりすると、郷里の訛りがひどくなる癖があった。

「まさか、僕を口説くんじゃあるまい」

「バカいうなよ。おれ、オジさんがどこの馬の骨だか、名前だって知らねえじゃねえか。第一、男なんて、おれのカタキだよ」

「すると、僕もその片割れだ」

「なアに、オジさんなんか、男の部に入らねえ。おれたちの仲間だもの」

「おやおや……」

さすがに、お時は炯眼《けいがん》であって、女房と二年も交際しない虚脱男の正体を、見抜いたようなことをいう。

「何から話していいんだか……オジさん、おれ、実は、子供が一人あるんだ」

「へえ、見かけによらないね、君が、結婚した女だとは……」

「結婚しなくたって、赤ン坊サできらア。おれのは、商売してるうちに、できた子だよ」

「そうか、わかった。すると、白か、黒だね」

「黒だよ。ハトロン紙サ丸めたような、小汚ねえ赤ン坊だった。この頃、どんなになったか、よく知らねえけど……」

「よく知らねえって、一緒に住んでるんじゃないのかね」

「そうよ、生まれると、すぐ、双葉園へ叩き込んじまったからね……」

四方吉が、ギクリという顔をした。

「で、それっきり、放りッぱなしか」

「うウん、何度も、子供を取り返しにいったよ、双葉園に……」

「なるほど。やっぱり、子供が可愛いからだね」

と、いったものの、四方吉は、よく、この女と顔を合わさずに済んだものと、幸運を喜ぶ気になった。

「なアに、生みたくもなかった餓鬼なんか、ちっとだって、可愛かねえよ。金にしようと思って、取り返しにいったんだ。ところが、あすこの理事さんてのが、一通りのアマじゃねえや……」

「ほほウ、なぜ？」

「なぜって、おれの計略を、みんな見抜きアがって、トムに――トムっていうんだがね、その子は――会わせもしねえんだ」

あのトムがそうか――と、四方吉は、腹の中で、合点したが、亮子がそのような眼で、お時から見られてることが、面白かった。

「そうか、そんな女か」

「あんな、抜目のねえ、凄え女は、見たことがねえよ、顔も、ちょいと踏めるから、将官《ゼネラル》のオンリー（専属女）になったって、あの女なら勤まらア」

「その方に転業すれば、いいのにな……。だが、子供を金にするというのは、どういう計略なんだね」

「なアに、二三日、側へ置いて、子供を育ててるように見せて、生ませた奴から、うんと搾《しぼ》るんだよ……。その裏を掻かれたから、腹癒《はらい》せに、双葉園のバザーに、暴れ込んでやったよ。だが、あの理事さんの前に出ると、おれ、どうも、敵《かな》わねえんだ。いつも、イカれちまうんだ……」

「意気地がないな。バズーカお時の名折れになるぜ」

「なアに、そういつまでも、ナメられちゃいねえさ。やろうと思や双葉園なんか、一晩で、灰にして見せるけどな……」

と、彼女は、男のように釣り上った眉毛を、ピクピク動かせた。口先きだけではない女で、放火ぐらいは実行しかねないから、四方吉も、話題を転じた。

「ところで、僕に相談というのは、その子のことなのかね」

「うん、まアそうだ。だけど、ほんとは、子供なんか、二の次ぎなんだよ」

お時の表現は、難解を極めた。

「わからんね。話の様子じゃ、トムという子供に、関係があるらしいが……」

「それア、そうだよ。だけど、ご本尊は、トムじゃねえんだよ。ただ、トム公と繋がってるもんだからね」

「なにが？」

「縁がよ——おれが困ってるのは、トム公のオヤジとなってる男のことなんだよ」

「そうか、それなら、早くいえばいいのに……。たしか、黒サンだといったね、その男は。

なにか、難題でも吹っかけてきたのかね」

四方吉は、眼を光らせた。彼は、こういう種類の女によって、小遣銭を稼いでいるせいか、そんな話を聞くと、彼女等の肩を持ちたくなってくるのである。

だが、お時は、もどかしそうに、首を振って、

「ちがうったら……。お客にハッパかけられて、マゴマゴするような女じゃねえよ、おれア。それにその男ときたら、グズで、人が好くて、おれのいうことは、なんでも頷いて、なんでも信用しちまうって奴なんだ……」

「それなら、ちっとも、困ることはなかろう」

「ところが、そういかなくなっちまったんだよ……。オジさん、聞いてくれ、話の筋道を立てるから……」

バズーカお時が、チャブ台に頬杖ついて、こんな表情の持ち合わせがあるかと思われるような、憂鬱で多感な瞳を、潤ませながら、物語を始めた。

もともと、彼女が横浜へ飛び出してきたのは、失恋からだった。銚子の戦後青年が彼女を騙し、他の女と結婚したのである。外人専門の娘たちの八割までは、彼女と似た経歴を持っている。まず、日本人の男に裏切られ、その腹癒《い》せというか、面あてというか、自分の身を投げ出す対手に、むしろ異国人を択《えら》ぶ。同国人では、痛烈感が稀薄であるらしい。そして、ある女は、最初の動機も忘れ、外人に親愛するが、他の女は、いつまでも、復讐感情から離

れきれず、毛色が変っても、男は男――同類のケダモノとして、搾取と翻弄の対象とする。前者はノンキな女であり、後者は強情な女である。お時は、後者に属した。

彼女は、横浜へ出奔《しゅっぽん》した当夜から、桜木町で客を引いたという、勇敢な女だが、事実は、男の経験は、彼女を裏切った青年一人だった。彼女はただガムシャラに振舞ったに過ぎない。第二の男、第三の男というものはなく、ただ群を迎えただけだった。従って、外人の、女性に対する優しさも、エチケットも、一向、彼女の情をホダさなかった。同時に、白人と黒人の区別も、感じなかった。どっちの客にも、好き嫌いはなかった。

しかし、やがて、彼女が黒人の客を多くとるようになったのは、彼女等の社会に自《おの》ずからの法則があり、どちらかの側の女として、旗幟《きし》を鮮明にする必要があったからである。セクショナリズムというやつ、日本のどこにもある。両刀使いは、許されない。彼女は、どっちでもいいから、黒い方にきめたのだが、そうなると、化粧法から香料の好みまで、変える規則である。例えば「光る化粧」というテラテラした顔に、髪はコッテリと、ポマードを塗る。こういうことは、白い方の専門家は、断じて避けることになってる。

そのうちに、彼女は、一人の馴染み客ができた。シモン・ミユラーという、黒人兵である。年は三十を越した老兵である。やはり、この世界でも、若いのがモテるとみえて、彼はお時にめぐり合うまで、寂しい想いをしていたそうである。

お時は、例によって、一視同仁《いっしどうじん》。ただ、金さえ捲き上げれば、気持が済む。そして、シモンは、彼女のために、給料の全部を入れ揚げるノボセ方だった。

そのうちに、お時が妊娠したのである。それが、果して、シモンの子であるか。彼女は、むしろ否といいたい。その頃、毎夜、同じ皮膚の色をした客を、取っていた。シモンと会う前日にも、翌日にも、他の男と会っていた。

彼女は、シモンを少しも愛していないから、明らさまな事実を、平気で彼に打ち明けた。ところが、彼は、どうしても、それは自分の子だと、主張するのである。自分はお前を愛してる――それが、何よりの証拠だというのである。

やがて、月満ちて、彼女は子を生んだが、露ほどの愛情も、感じなかった。そして、シモンが堅く反対するにも拘らず、子供を双葉園へ入れてしまった。間もなく、シモンは、北海道の部隊へ転任の命を受けた――

そこまで、お時の話を聞いて、四方吉は、ふと、思い当ることがあった。

――あ、そうか。あの男のことか。

と、四方吉は、北海道へ行った黒人兵ということから、ある記憶を、呼び覚ました。それは、双葉園の一つの語草《かたりぐさ》だった。彼は、勿論、その話を、亮子から聞いたのではない。彼女は、良人と口をきこうとしない妻である。それは、嘉代婆さんが、感動と共に、彼に語ってくれたのである。

「四方さんや、世の中にア、まだ、仏様みたいな人が、生きていなさるよ。それが、黒ン坊の兵隊さんなんだから、面白いじゃないか」

もう三年ぐらい前であったが、茶室へ呼び込まれた四方吉は、そういう前置きのもとに、変った話を聞かされた。

その黒人兵は、北海道へ転任する前の僅かな時間を割いて、一人で、双葉園を訪ねてきたのである。そして、亮子に、自分の子に会わせてくれと、頼んだのである。

亮子が当惑したことには、園児名簿に、その子（トムのことであるが）の父親の名が、記載してない。双葉園では、子供の将来を考え、一応、母親の口から、子供を生ませた男の身分と住所氏名を聞き、男の写真があればそれまで保管して置くのだが、その女（お時のことであるが）は、その黒人兵（シモン）の名を挙げなかったばかりでなく、提出した写真は、全然、彼とちがっている。

しかし、彼はどこまでも、トムの父親であると頑張り、遂に、子供と面接した。誰が見ても、トムは彼に似ていず、むしろ、写真の黒人兵の人相に近かった。それでも、彼は、トムを抱き上げ、頬擦《ほおず》りし、

「ご覧なさい、爪の形が、私とソックリですよ」

という意味のことをいって、節くれ立った黒い手を、嬰児のそれと、比べて見せた。トムの爪は、桜貝よりも小さく、まだ、形も何も整ってる時ではなかった。

しかし、珍らしい話だった。双葉園の児童の父は、いつも無情であって、園に姿を見せることは愚か、照会の手紙に対し、父たることをも認知しないのが、通例だった。

右の黒人兵は、そのことで新例を開いたばかりでなく、北海道へ行ってから、十ドル、十五ドルと、園に当てて送金してくることでも、所員を驚かせた。そんな奇特な父親は、今ま

でに、一人だってなかったのである。しかも、彼は、軍務が終ったら、トムを引き取りに行くから、その時まで養育してくれと、懇々と、手紙に書き添えることを、忘れなかった。

すべてが、双葉園開闢《かいびゃく》以来の出来事なので、嘉代婆さんを感動させたのは、当然のことであるが、四方吉自身も、その話を聞いた時には、なにか、胸が迫った。

亮子が、双葉園の事業を始めたことも、腹のなかでは冷笑し、そういう混血児の生まれる事情に、恥こそ感じても、なんの同情を持たなかった彼が、その話だけは、心の隅に留めて置いたと見える――

「なるほどね。それで、君が子供を持ってるという事情は、わかったが……」

と、四方吉は、さり気ない顔でお時の方を向いた。勿論、いま思い出した事実なぞは、口に出さない方が、無事であった。しかし、ホトケサマのように善良な、その黒人兵が、どうして、夜叉《やしゃ》のようなお時を悩まして、途方に暮れさせるようになったのか、見当もつかぬことであった。

「それから、シモンは、一年ばかり北海道にいてね。よく、おれに手紙くれたけど、読みもしねえで、捨てちゃったよ。そのうちにあいつ、朝鮮へやられたんだ。どこへ行こうが、おれの知ったこっちゃねえさ。ただ、ヨロクは欲しいから、トムを育ててるフリをして、金を送らせてやろうと思ったんだが、双葉園の理事さんに邪魔されて、大ハグレさ。でも、それっきり、シモンのことは、夢にも見たことアなかったよ。ところが、先月のことなんだが……」

彼女は、馬車道を歩いてると、ふと、シモンの戦友の黒人兵で、チャリーという男に、呼びとめられた。シモンが、朝鮮の戦線で大負傷をして、今、山手の陸軍病院へ送還されてるから、すぐ見舞いに行ってやれ——という話。それも、ウムをいわさず、タクシーを呼んで、一緒に病院へ連れていかれたのである。

そして、塵一つない、まっ白な病室で、彼女が見たものは——

「オジさん、おれも、ちっとは、度胸のある女だと、思っていたが、シモンの顔を一目見た時にア、腰を抜かしたよ。オバケだ。お岩さまだ……。おれが子供の時に、地引網に、名の知れねえ、眼のねえ、まっ黒な、大きな魚が掛って、海坊主だって、皆が騒いだが、シモンの顔は、その魚とソックリだった……。ナントカ爆弾でやられたっていうんだが、朝鮮じゃ、ひでえ戦さしてるんだなア……。そんな顔しながら、おれを見ると、第一番に訊いたよ、トムはどうしたって……」

「そうか……」

「おれ、なにがなんだか、わからねえ気持になっちまって、夢中で、病院を飛び出しちゃったんだよ……」

「それで……」

「それっきりさ……」

お時は、そういって、冷えた酒を、仰向きになって、呷《あお》った。

「それっきり、病院へもいかないのか」

「行けねえンだよ」

「怖いのか」

「なアに、そうじゃねえ。なにがなんだか、わからなくなっちゃったからだ。自分で、自分の気持がわからなくなっちゃったからだよ……。生まれてから、おれ、こんな気持になったことないよ……。おれ、自分の腹もきめねえで、シモンに会いたくねえんだよ……。オジさん、わからねえかな、おれの気持……」

「いや、それは……」

「おれ、一体、どうしたらいいんだ——それを、誰に相談する対手もねえんだ。それで、オジさんに顔貸して貰ったんだよ……」

港の春風

春になった。

横浜は、花の名所の少いところで、伊勢山、弘明寺、横浜公園なぞ、わずかにそれと呼ばれているが、樹の数も知れたもので、老樹も、少かった。歴史が百年に満たない都会は、樹も人も、若いのである。

それでも、根岸付近には、漁村時代の植樹らしい桜が、所々に見られ、双葉園の庭にも、数本の古木があって、この二、三日の暖かさに、蕾《つぼみ》を綻《ほころ》ばせていた。

毎年、その花の咲き出す頃には、園児のピクニックが、催された。まだ、小さい子供が多いから、遠い所へは行けないが、常に外と隔離されてる彼等にとって、指折り数える行楽になっていた。しかし、亮子や保姆には、そのピクニックが、一つの頭痛の種だった。

髪と肌の色のちがった子供が、数十人も団《かた》まって外出すると、人眼を惹き、ロクなことはないのである。大人でも「パンパンの子ね」というようなことを囁く。まして、子供は遠慮がなく、園児の側へ寄ってきて、大声で罵《ののし》ったり、髪をひっぱったりする。そういう目に遇《あ》った影響は、ピクニックから帰った後でも、数日間、抜けない。敏感な園児だと、不眠症になったりして、手を焼かす場合もある。

一番古参の保姆の原ちか子なぞは、この事業に献身的に働いてるので、ひどく憤慨したり、心配したりして、ピクニック廃止さえ、亮子に提議した。しかし、それは、なかなか重大な問題を含んでるので、容易に決しかねる議論となるのである。それをつきつめると、こういう子供たちを、隔離主義で育てるのが、彼等の幸福であるか、それとも、日本の子供の世界へ融け込ませるのがいいかという、むつかしい問題に、つき当るのである。しかも、それは、解決を急がれてる問題でもあった。来年は、一号園児のハマ子以下が、学齢を迎えるのである。磯子の小学校へ通わせるか、園内で教育施設を起すか、どちらかを択ばねばならなかった——

で、今年も、花が咲きかけて、原保姆は、ピクニックの取りやめを主張したのだが、亮子は、原則論を別として、それに同じなかった。園児が、そんな目に遇うのは好もしくないが、政治的に考えれば、双葉園の宣伝として、ピクニックは効果的なのである。無智な大衆に虐《しいた》げられることは、かえって、有識市民の同情を惹くかも知れないし、そういかなくても、双葉園が活動してる証跡にはなる筈だった。それ以上に、亮子の口実となるのは、園児自身が、ピクニックを望んでやまないことだった。

子供は健忘性で、去年、どんな目に遇ったところで、覚えてる者は一人もない。皆、ピクニックを待ちかねて、飛び跳ねている。そのために、結局、原保姆も折れた。

今日は、薄曇りだが、朝から弁当をこしらえ、乳児と病児を除いた全部が、原保姆に引率されて、野毛山の動物園へ出かけた。

亮子は、今年は、同行しないことにした。そして、久振りに、元町でもヒヤかそうと、午近く、家を出ると、バスの停留所まで行かぬうちに、思わぬ来客と会った。

「おや、あんた、どこへいくの？　わざわざ、あんたを訪ねてきたのに……」

と、遠くから、胴間声《どうまごえ》を張りあげたのは、バザーの時に久振りで会った、旧友の大西説子だった。

今日は、淡青ギャバのオーバーに、いやに赤い革の新調靴まで穿いて、大いにメカし込んでいるが、そのために、馬車道に佇んでいる女のような印象を与えるのは、横幅の広過ぎる体軀のせいだろうか。

「あら、ようこそ……」

と、亮子は叫んだが、後から、遅れて歩いてくる青年が、通行人ではなくて、やはり、バザーで紹介された、プロ野球の赤松太助であるのに、驚きを感じた。彼も、この前の時より、服装を整えていたが、大きな三角巾で、左手を吊っていた。

「横浜の全産制支部を、今度、強化することになってね。その序《つい》に、あんたに話したいこともあるし、訪ねてきたのやが、用事でもあるの？」

挨拶抜きで、説子が話しかけた。

「いいえ、それほどの用でも……。よかったら、家へ入らっしゃらない？」

そこへ、赤松が追いついてきた。

「先日は、ご無礼しまして……」

と、田舎臭い、丁寧な礼を始めるのを、説子は、

「まア、ええや、それくらいで……この人、不運な男やぜ。シーズンが始まった匆々《そうそう》に、負傷して、試合休んどるんや、そいで、今日も一緒に連れてきたんやが、この人、横浜なら是非きたいわけがあるのよ」

と、ひとりで、クスクス笑った。赤松は、この前の時のように、顔を赤くした。

「それは、お気の毒ね、試合にお出ンなれなくては……」

亮子は、処女のようにハニかむ、この頑健な青年に、興味を新たにした。

「どやね、あんたの事業は？　今日は、設備なぞ、見せて貰おうかと、思っとるんやが……」

「ところがね、大西さん、今日は、生憎、みんなピクニックに、出かけたのよ。残ってるのは、乳児ばかりだわ」

亮子は、よい口実を見つけたような気がした。考えてみると、旧友に、双葉園を参観させるのは関わないが、六畳一間のわが住居を、見られたくはないのである。ことに、西洋乞食のような風体をして、無為徒食《むいとしょく》している良人の姿を、旧友やこのスポーツ・マンの眼に曝《さら》すのが、思っても、堪えられないのである。

「園児がおらんのなら、見にいっても、つまらんな。それやったら、この辺、散歩して、久振りに、母校の建物でも、眺めようかね」

うまい工合に、説子は、気を変えたようである。

「散歩もいいけれど、もうじきお午《ひる》だから、南京《ナンキン》街へでも行って、ご飯食べない？　汚いけれど、とても、おいしい家があるの」

亮子は、ホッとして、誘いをかけた。

三人は、丘を降りて、不動下からバスに乗った。

この線は、海岸線沿いに、本牧、新山下を経て、関内へ入っていくのだが、途中に、横浜でも最も整備した占領軍キャムプがあり、発電所のように巨大な、温水配送設備が、二カ所もあった。教会、小学校、映画館、売店、花屋等が、アメリカ西部の新開地へきた錯覚を呼んだ。

「今に、この辺の設備も、返還されるか知れないけれど、誰が住むかって、問題になってるいらしいわ」

「大きい家も、小さい家も、それぞれ、便利過ぎて、お金が掛って、日本人には住みきれないの」

「なぜやね」

亮子が、説子に語っていた。

そんな話をしながらも、亮子は、彼女の前の吊革につかまってる赤松太助を、主婦が魚を買う時のような態度で、観察していた。彼女には、此間会った文士の左右田なぞより、この土臭い青年の方が、遥かに興味があった。こんな、単純で、素朴で、健康な男性は、戦後、始めて会った。プロ野球選手という外皮は、セロハン紙のように薄く、なにものにも、蝕《むしば》まれていない、清潔で強勁な肉体が、裸のままで見え透く気がした。ことによったら、この男は、ほんとに童貞かも知れない。なにかというと、顔を赤らめるのは、その証拠ではないか。そういう男の魅力は、亮子にとって、映画俳優の美男なぞより、数等優っていた。

ふと、彼女は、新婚当時の四方吉のことを、思い出した。その頃の彼の肉体も、赤松に劣らない緊張と鮮度が、漲《みなぎ》っていた。良人は、なんという廃墟に化してしまったのだろう。彼女は、若々しい赤松の肉体を通じて、戦前の良人の魂に呼びかけてるのかも、知れなかった。

バスが大きく曲る時に、彼の体は中心を失い、亮子の膝頭へ強い圧迫を加えてきたが、その感覚は快く、少しの不潔感も、不貞感も起らなかった。

ニュー・グランド裏で、バスを降りると、三人は、南京街の方へ歩き出した。

「昔と、ずいぶん、変ったね」

大西説子は、安手の洋風建築の中華料理店や食料品店を眺めて、そういった。

「そうね、もう、市内の街と同じようになっちまったわ。でも、戦前よりも、震災前だわ、ここの特色があったのは。あたし、子供心に、よく覚えてる……」

亮子のいうとおり、南京街の変遷も、一再ではなかった。終戦後でさえ、ヤミ市として、空前の賑わいを見せたのも束の間、今では、閉じた店頭に貸家札の掲げられた、家さえある

――

「この頃は、なんでも、東京に敵わないの。シナ料理だって、東京の方が、いい店があるわ。でも、今日ご案内する店は、ちょっと、珍らしいのよ……。だけど、赤松さん、シナ料理お嫌いじゃない？」

亮子は、ふと思いついて、彼に話しかけたが、説子が話を横取りして、

「いや、この人、シュウマイが大好きなんやぜ」

と、意味ありげに笑った。

表通りを、ちょいと曲ると、路地のようにごみごみした、小家が列び、昔ながらの南京街の臭気が、鼻を打った。

「ここよ。汚いのに、驚かないでね」

亮子は、料理店とも思われないような、小さな入口のドアを押した。昔なら、中国人だけ

ていた。

に用のある、貧しい食料品店のような店構えだが、水師閣と、名前だけ立派な看板が、掛っていた。

「イラシャイ。二階明イテルヨ」

中国人のオカミさんが、細長い部屋に空席もなく入り込んだ客に、料理を運びながら、声をかけた。

危い階段を昇ると、何の特色もない、汚れたテーブルの列んだ一室と、薄暗い畳敷きの部屋があった。日本間に客がいたので、窓際のテーブルに座を占めると、鼻さきの軒に、何やら臓物を干したザルが吊してあり、その隣りに、洗濯物が掛っていた。

「評判の汚い家だけれど、食べさせるものは、おいしいのよ」

亮子は、注文を聞きにきたオカミさんに、湯《タン》とか、炒《ツァ》とか、もの慣れた誂《あつら》え方をした。

「シュウマイは、できないそうよ。お生憎《あいにく》さまね」

彼女は、赤松に話しかけた。

「いや、関わんのです……」

彼は、また、ハニかんだ。よくハニかむ男である。シュウマイに羞恥《しゅうち》を感ずる——

「ハッハハ。まア、ええてや……それより、志村さん、わしアあんたに忠告することがあって、会いにきたのやぜ」

大西説子が、真面目な顔をした。

「なにをよ」

「あんたの事業のことやがね。それア、不幸な子供を、ああして育てるちゅうのは、結構なことにはちがいないが、優生学的に見て、ちいと計画性を欠いとるのやないかね」

「と、仰有ると？」

「そもそもやね、ああいう子供が生まれるちゅうのが、産制論の立場から、面白うないのや。反省と選択を忘れた生殖行為の所産やからね。優秀な遺伝質と、良好な環境を持つ者同士が、生殖行為を営むべきであるのに……」

「でも、それは……」

「まア、聞きなさい。もう一度、戦争がしたくないのやったら、日本の人口問題を何とかせんと、いけんのよ。まず、数を殖やさんこと。ええ子だけ、チョンビリ生むこと……」

「それは、わかってるけど、双葉園の事業は、なにも、その問題に関係ないと、思うわ」

「それが、あるのや。雑草ちゅうものは、生やさんことが、第一。生えてしもたら、根を抜くことよりほかないわ。それが、広義の産制や」

「あら、大西さんは、混血児を、雑草に例えるの。ずいぶん、国粋派ね」

「そやないのよ。わしは、科学的に見るだけやね。血族結婚が悪いと同じように、あまり遠い種族の結婚も、学問的に面白うないのや。その上、あんたの所の子供は、妊娠の動機がようないからな。それに、父母の素質が……」

　大西説子の所論は、結局、混血児の否定よりも、悪い遺伝の阻止にあるらしかった。占領児の父親が、白人であるからといって、優秀な遺伝子の所有者とは限らないが、かりに、彼等が優秀だとしても、母親が劣悪である場合、どんな結果を来たすか——その実例として、有名なカリカック家の家系なるものを、持ち出した。

米国独立戦争の頃に、マルチン・カリカックという青年士官がいて、若い時に、低能の娘と通じ、子を生ませた。その子も低能であったが、その子の六世代四三〇人のうちで、正常者は僅か四〇人のみで、他は悉《ことごと》く低能、精神病者、犯罪者、無頼漢、売春婦等であった。

ところが、マルチン・カリカックは、その後、良き婦人と、正しい結婚をし、その子孫は六世代に二八〇人あったが、一人の低能も生まれず、社会的に栄達した者が、多数であった。

マルチン君、一代を通じて、種よりも畑の原理を確立し、腹は借り物という日本的俗説を抹殺したわけだが、大西説子にいわせれば、双葉園児の場合は、タネが怪しい上に、ハタケが滅茶なのだから、ロクな作物が成るわけがない。その上、タネマキの時に、飲酒とか、悪疾とかが倶《とも》なうから、一層、結果が面白くない。カリカック家の第一家系のようなものが、連綿と繋がることになりはしないか——

そういわれれば、亮子も、園児に三人の白痴がいることを、考え出さずにいられなかった。しかし、いつか、ある心理学者が、園児の研究にきた時に、知能指数がかなり高い子も発見された事実も、思い出された。

「そやからね、今のうちに、思い切って、子供をコレするのよ」

大西説子は、掌を縦にして、庖丁で切るように、ドンと、卓を叩いた。それが、彼女の結論であり、また、亮子への忠告であったらしい。

「まア、殺せというの」

「アホなこと……。断種するのよ。子供のうちなら、優生手術も、至って簡単やからね。民族自衛の立場からも、人類福祉の目的からも、是非、断種が必要やね」

「でも、知能指数が一三九なんて、優良児もいるのよ」

「そんなのは、断種せんとけば、よろしいが……。とにかく、放っといたら、殖えまっせ。鼠算ちゅうやつや。そのうちに、逆淘汰が起りよって、悪い血の方が勝つようになるけんな……」

そこへ、鮑《あわび》のスープと、車海老の煎物《いりもの》が運ばれてきたが、大西説子は、食べる間も、弁舌を休めずに、

「わしア、どうも、子が生まれるのを、好かんタチらしいね。オギャアという声聞くと、ギヨッと、心臓にコタえるんや。それで、わしア、結婚する気にならんのよ。絶対平和は、産制以外に道はないのやが、日本人も子沢山の上に、なにも、外国からコダネを輸入せんかて、よろしいがな。あんた、ええ気持で、あんな事業しとんなさるが、この問題、考えたことあるかいな……」

亮子は、大西説子を駁論《ばくろん》しようと思えば、いくらでも、隙があった。しかし、風に柳というような返事しかしなかったのは、旧友への礼譲でもなく、また、対手になるのもバカらしいと、考えたからでもなかった。

——双葉園に一生いる気のない自分。

その考えが、チラチラすることが、彼女の弱味だった。そこへつけこむように、大西説子の所論が展開した。占領児の将来という問題にしたところで、彼女は、トコトンまでつきつめて、考えたことはなかった。考える必要がなかった。しかし、それでは、やがて済まなくなることが、説子と話してる間に、わかってきた。

——するだけのことは、早く、して置かないと……。

双葉園を踏台として、繁栄の道へ出て行こうとすることに、彼女は、はじめて焦《あせ》りを感じた。悠々として、馬を進める気持が、自信を失ってきた。しかし、彼女は、心の波を、人に覚らせるような女ではなく、ニッコリと笑って、

「それはそうと、赤松さんなんか、好きなスポーツを、職業になさってるんだから、一番、幸福な方ね」

と、話題を変えてしまった。

「いや、幸福でないです」

赤松太助は、兵隊のように、簡単な返事をした。

「あら、どうして？」

「僕、野球が嫌いなので……」

およそ、皮肉や反語の影のない、棒のような言葉だった。

「この人、だいぶ、変っとるのよ。話、聞いてみなさい、面白いけん……」

説子が、ゲラゲラ笑った。

「だって、お嫌いなことをやって、プロにまでおなりになるなんて、おかしいわ。そんな負傷までなさったんで、この頃、嫌気がさしたというなら、わかるけど……」

「いや、プロになる前から、野球、好かんのです。プロになったら、なお、好かんのです」

そういう彼の表情は、ほんとに、飲酒家が汁粉でも押しつけられた時のようだった。

「おかしいわ、どういう意味なのかしら……」

亮子は、カラカわれてるような気がした。

「フ、フ、フ。知ってる者には、至って、簡単な話なのやがね……」

と、それから、説子と太助自身が、交々《こもごも》に、野球嫌いの野球選手の身の上を、語り始めた。


太助は、四国のある城下町の生まれで、大西説子と同郷であるが、その町は野球の名選手を出すことで、聞えていた。太助も、小学校時代から、球を手にしたが、その頃は、まだ野球が嫌いにならなかった。球を投げたり、打ったりすることは、興味もあったし、技倆も抜群だった。

それで、中学へ入るようになってから、彼は、選手に加えられた。そして、対抗校の商業学校と、春秋に試合をするのだが、どうも、その試合ということが、彼の性に合わない。

太助は、生来、臆病というのか、平和愛好家というのか、ムキになって、人と争うのが、何よりもニガテな男だった。試合が最高潮に達して、選手や応援隊が昂奮すればするほど、彼は世の中が悲しくなる。そんな苦痛を賭けて、なぜ、勝たねばならぬのか。負けてもいいから、早く試合が終ってくれることばかり、念じたくなる。

野球が嫌いといったが、実は、試合が嫌いなのである。球を投げたり、打ったりすることは、大いに面白い。それなら、練習は好きな筈であるが、これが、やはり悲しい。試合以上にムキにならないと、部長、先輩、上級選手から、ひどく叱られる。スポーツの日本的訓練精神は、地方へいくと、更に熾烈である。

太助は、間もなく、選手がイヤになって、辞めようとしたが、断じて許されない。闘志はゼロでも、技倆は抜群だからだろう。イヤイヤ選手を勤めながらも、甲子園で手柄を立てたりするものだから、中学卒業後も、先輩が、ムリに京都の大学へ引っ張った。すると、関西の名選手の名を謡われた。

そのうちに、戦争になって、学徒出陣の一人になった時には、これで野球をやらずに済むと、ホッとしたが、軍隊生活や野戦の経験は、なお彼の心胆を寒からしめた。

やがて終戦になったが、もう、学校へ戻る気はなく、郷里へ帰り、家業に従った。彼の家は貧しく、城下町の町外れで、半農半商を営む雑貨屋だった。父は戦時中死に、母と妹の三人暮しで、彼は店番をしたり、畑に出たり、平凡な生活に、幸福を味わっていた。それが、数年続いた。

ところが、妹が病気になった。脊椎《せきつい》カリエスとかいう難症で、捨てて置けば、不具になるという。県立病院へ入れたり、八方手を尽したが、非常に金がいる。畑を売ったり、親類に借金したりしたが、前途は暗かった。

そこへ、ブラリと訪ねてきたのが、母校の先輩で、現在は、オーシァン・リーグの二流チーム、ハンターズ軍の監督をしている、Ｍである。

「お前、ウチへこい。遊撃《ショート》やらしたる……」

「いや、もう、野球は……」

「ウダウダいうな。契約金十五万円、初任給五千円や……」

ケチな契約金額だが、太助の耳には、万雷の響きだった。

そして、現代の奇蹟に似た現象が、起ったのである。親の病気に必要な人参を買うために、苦界に身を沈める娘――カブキ芝居にしか見られない女性の心理だが、それを、戦後の青年である赤松太助が、実践したのである。男が身を売るということは、政界や実業界で、必ずしも珍らしくないが、肉親の病気を救うために、これを行った者が、果して何人あるか。

こんな古風な青年が、まだ日本にいるといって、笑うべきか、嘆ずべきか、それとも感心すべきかは、各人の自由であるが――

亮子は、赤松太助の身の上話を聞いて、笑いもしなかったが、感心どころではなかった。

――若い身空で、なんという哀れな……。

新文明と新時代が始まって、いい年をした老人まで、新しがってる世の中に、こういう青年がいるとは、何としたことか。公娼禁止で、吉原の女さえ証文なしで、自由に働いてるのに、体を売って、好かぬ勤めをする、若い男がいるとは――

亮子のように、フェニックス女学院の空気で育ち、戦前から戦後的自覚の強かった女には、そんな赤松太助に対して、大いに軽蔑を感じるのであるが、同時に、堪らなく可憐で、救いの手を差し出したくてならないのは、不思議であった。恐らく、三十女が年下の青年に対する、姉の感情というやつだろう。といって、安全とか、神聖とかいうわけのものではない。弟の方は、警戒を要する――

「じゃア、赤松さんは、野球で働いて、妹さんの面倒を見てらっしゃるのね」

それでは、野球が面白くない筈だと、亮子は合点した。

「はア、そうです。今でも、月給、半分送金しとります」

「だから、この人、いつも、不景気な洋服、着とるのよ」

大西説子が、口を添えた。

「でも、ハデなご職業だから、いろいろ面白いこと、おありんなるでしょう?」

亮子は、何とか、この男の気を、引き立ててやりたかった。

「いや、一向……。なんせ、まだ、新米ですけん……」

「この人の話聞くと、新米選手は、相撲のトリテキと、あまり変らんようやわ」

説子が、いささか憤慨の口調で、話し出した。

新米選手は、試合が済んでから後、入浴する時に、古参選手や有名選手の肩を、流すのだそうである。地方試合で、旅行する時には、監督や古参選手のカバンを、担がされるのだそうである。それから――

「まア、ずいぶん、封建的なのね。それじゃア、軍隊以上じゃないの」

「はア、よう似とります」

と、太助が亮子に答えた。彼女は、近代的スポーツの裏側が、そんなものかと驚き、また、そういう古風な世界に、囚《とら》われの身となってる太助が、不憫でならなかった。

「あんた、赤松君に同情してくれるなら、後援会へ入ってやってや。わしは、幹事しとるのよ」

説子が、友人の、顔色を見て、早速勧誘にかかった。

「ええ、喜んで入れて頂くわ。会費、すぐ、お払いするわ」

「会費はいらんのやが……」

その後援会は、赤松太助が一本のホーム・ランを打った時に、会員一人が百円ずつ出して、彼に贈るのが、規定だそうである。

「ところが、この人、滅多にホーム・ラン打たんけん、金のかからん後援会やぜ……」

三人は、一時過ぎに、水師閣を出た。

「ご馳走さん……。やはり、味がちがうわ」

大西説子は、満腹して、一層、横幅が広く見えた。

「えらいご散財、かけよりまして……」

太助は、足を揃えて、お辞儀をした。水師閣は安いので評判だから、散財という語が、亮子にはおかしかった。

「皆さん、これから、どうなさるの？　また、山手まで登るのは、大変だから、海岸通りでも、歩いてみない？」

亮子が提議すると、説子は、

「そんなら、赤松君、案内して貰いんさい。わしは、支部へ回って、早う、用事済ませることにしよう……」

と、気が変ったらしかった。全産制の横浜支部は紅葉坂のある医院内にあるそうで、それなら、彼女等の乗ってきたバスに、乗り継げばよかった。

「じゃア、今度いらっしたら、双葉園を見て頂くわ」

「そうしよう。しかし、断種のこと、忘れたら、いけんぜ」

説子は、バスの踏段に足を乗せながらも、大声でいった。

残された二人は、緩《ゆる》い足どりで、ニュー・グランドの横から、海岸通りへ出た。山下公園の樹間に、赤や緑のデペンデント・ハウスの屋根が見え、入口には、白い鉄兜の男が立っていた。

「戦前は、この公園へ入ると、港内がよく見えたんだけど……。赤松さん、船を見てみたい？」

亮子は、親しげに、太助を顧みた。これほど、警戒心の不用な男性を連れて、歩くのは、彼女としても、最初の経験だった。

「はあ、大けな船は、見たことがありませんけん……」

彼は、意を動かしたが、ふと気付いたように、腕時計を見た。

「なにか、用事でも、おありなさるの？」

「いえ、まだ、ええのです……」

二人は、海岸通りを、大桟橋《サウス・ピーア》の方へ、歩き出した。

「赤松さん、女性のファンは、大西さんだけ？」

「大西先生は、ファンじゃないです。先輩です」

「じゃァ、他には？」

「ないです。わしみたいな、不細工な選手は、女《おな》ゴの人気、よう立たんです」

「そんなことないわ。あなたのような人こそ、女学生にも、マダムにも、魅力があるのよ。ただ、ホーム・ランを、もっと沢山、打たなければダメね」

「それが、よう打てんのです。昔から、打撃に、自信ないよって……」

「そんなこといってるから、いけないのよ。人に打てるものなら、あなただって、きっと、打てるのよ。打とうと思わなければ、いけない……」

亮子は、双葉園の事業を、今日まで持ってきた自分自身を、考えた。

「はア」

「あたし、これから、あなたを絶対に、後援するわ。どんなことでも、相談に入らっしゃい。きっと、あなたの利益になるように、計らうから……」

返還されたばかりの大桟橋《サウス・ピーア》は、人の影が多かった。用がなくても、七年振りに、馴染みの深いメリケン埠頭場《はとば》に、足を運んでみたい横浜人も、あるのだろう。

「ここへくると、海の匂いがするでしょう——海っていうより、港の匂いかな」

亮子も、接収中に一度だけ、特に許されて、米国人を見送りにきたきりだった。埠頭の突端へ出ると、鉄と潮の匂い、飛び交う鷗《かもめ》——懐かしい港内の風景が、眼前に展《ひろ》がった。朝鮮動乱の影響で、入船が多く、日本の軍艦よりやや淡い灰色に塗られた軍用船が、幾隻も碇泊していた。

「あの赤地に白く、煙突に鷲《わし》が描いてあるのが、プレジデンツ・ラインよ。熊の描いたるのが、ファー・イースト・ライン。アメリカの船は、ハデね。青地に、S・Sのマークが、ノルウェイ船……。あら、懐かしいわ、ブルー・ファネルが、入ってる……」

亮子は、桟橋に着いてる二隻はもとより、港内の船を、片端から指さして、太助に説明した。西洋好きの彼女は、税関官吏のように、外国船の標識に詳しかった。

「奥さん、よう、知っとんなさるな」

太助は、首を振って、ひどく感心した。瀬戸内海を通う小汽船や、連絡船しか見たことのない彼は、数多い巨船の姿だけでも、眼を見張るのに、そんな船のことに、親類のように詳しい亮子に、度胆を抜かれた。そして、銀座あたりの婦人より、ずっと外国臭い服装をしてる彼女が、いかにも、周囲の風景と調和して、まるで、西洋人のようじゃわいと、畏敬の眼で眺めた。

「あなただって、今に、あんな船に乗って、アメリカへ遠征にいくように、なるかもしれない……」

「いやア、あかんですわ。ウチのチームは弱いし、内輪揉めばかりやっとるけん……それに、わしは早う、選手やめて、国へ帰りたいです。妹の病気さえようなれば、あんな辛い商売、続ける気ないです……」

「よくよく、あなたは、野球が嫌いなのね。じゃア、どんな職業が理想？」

「役場の書記のようなことして、半分、畑仕事して──まア、郷里を離れんで、暮せる商売やったら、なんでもええのです」

「みんな、都会へ出たがってるのに、あなたは、そんなに、田舎がいいの？　きっと、許嫁《なずけ》の人でも、待っているからじゃない？」

「そんなもの、ありますかいな。女は、こっちの人がええな、スカーッとして……」

「そんなら、名選手にならなければ、ダメよ。別当っていう人、いい奥さん貰ったでしょう」

「あんな奥さん貰ったら、あかんです。田舎へ住むの、嫌がりますやろ……」

「どうして、そんなに、郷里に帰りたいのかしら。大都会で、チャンスを摑むっていう気にならないの？」

「わしには、なんで、東京や大阪がええのか、わからんです。奥さん、一度、田舎へ住んで見なせ。悪いことは、いわんけん……」

　と、逆に、説法するようでは、この男の保守退嬰も、救い難いと、亮子は考えたが、そこがまた、不思議な興味と愛着を、彼女に懐かせた。

——こんな青年って、いるかしら。

あの道この道

そういう男に、横浜見物をさせてやり、東京よりウマいコーヒーでも味わわせ、それから、元町あたりで、春のスエーターの一枚も買ってやろうという心算《つもり》は、亮子にとって愉しかった。

二人は、桟橋から日本大通りの方へ、足を移した。

「仰山《ぎょうさん》、進駐軍が歩いとりますなア。東京では、こんなに、眼につかんです」

太助は、もの珍らしさに、多少の恐怖心も混えて、周囲を見た。士官も、女士官も、白い兵隊も、黒い兵隊も、大股の速歩で、急行列車のように、二人と擦れちがった。

「あの人達、みんな立派に見えるけど、赤松さんより教育のない人だって、沢山いるのよ」

「そがいなこと、ないでしょう」

「ほんとよ。だけど、あの人達、みんな現代人なの。そこを、学ばなければ……」

亮子は、太助のような青年が、せめて、左右田寧程度のセンスを持ってくれたらば、どんなにか寵愛を注いでやるのにと、歯痒かった。

しかし、太助は、現代人になりたくないのか、側見《わきみ》をして、無言だった。

「ここが、旧《もと》の税関——八軍の司令部から、今は、兵站《へいたん》司令部になってるの。ここも、そのうち返されるらしいけど、一番最初は、ＧＨＱもここに置かれたのよ。マッカーサーも、ここで、占領政策の最初の指揮をしたのよ」

横浜でも有数の巨大な建築は、中央の塔で、日本税関の権威を示す設計だったらしいが、薄曇りの空に、星条旗が垂れていた。

「はア、立派なもんですなア」

太助は、見当ちがいの合槌《あいづち》を打った。

「これから、日本大通り、本町通り——東京の丸の内に当る場所を、ご案内するわ。丸の内と比べて、横浜の心臓部が、どんな有様になってるかってことを、赤松さんに、見せてあげたいの」

亮子が、先きに立って、歩き出すと、太助は、また腕時計をソッと見て、

「奥さん、ありがたいですが、あまりお手間とらしても、いけんけん……」

「あたしは、今日は、体があいてるから、ちっとも関わないのよ。夕方まで、あなたと遊ぶつもりなんだから……」

「いや、お世話をかけたら、あきまへん……」

太助の態度は、遠慮深いのか、それとも、自分の用事でもあるのか、日本的アイマイを極めていた。亮子も、そうなると、一応、押問答を重ねることになって、鋪道に立ち話を始め

ていると、

「今日は……。ミセス・シムラ、ご機嫌よろしい？」

一人の進駐軍士官が、平常服の外人と共に、側を通り抜けようとして、声をかけた。

「あら、ミスター・ウォーカー、暫らくね」

亮子は、バザー以来、彼の顔を見ていないので、懐かしげに、手を差し出した。

「どうなすったの。ちっとも、お出でにならない……」

「あまり行く人、嫌われます」

流暢な中尉の日本語を、呆れたような顔をして、聞いてた太助が、やがて、帽子を脱いで、

「奥さん、わし、失礼します……」

「いまの人、誰ですか」

ウォーカー中尉は、彼を見ると、コソコソ立ち去った日本青年の後姿を、呆れて眺めた。

「プロ野球の選手なのよ。試合で怪我をして、今、休んでるの」

「オウ、それは、残念です。私、そういう人と、話してみたかったのです。なぜ、紹介してくれません？」

「だって、紹介する間も、ありアしないわ。サッサと、逃げてくんですもの。よっぽど、西洋人が怖いのね」

亮子は、彼女の好意を無にして、消えてなくなった太助が、腹立たしかった。

「オウ、そう。奥さんのこと、非難できません。私も、紹介を忘れていた……」

中尉は、二、三歩離れて立ってる友人を、人示指で招いた。

「ミスター・ガストン・ドウヴァル。カナダの人です」

中尉の紹介が、至って簡単なことは、それほど親しい友人でない証拠であろう。しかし、一見して民間人《シヴィリアン》らしい、華美なネクタイを翻えしたその男は、態度も如才なく、

「お目にかかって、非常に幸福です。もう、日本に一年もいますが、交際社会の夫人の知遇を得る機会が、ほとんどなかったものですから……」

という意味を、発音に癖のある英語で、喋った。亮子は彼を、フランス系のカナダ人であろうと見当をつけた。そういえば、髪も、ウォーカー中尉の亜麻色とちがって、黒味を帯びた褐色であり、顔も、日本人好きのする、ラテン系の細面で、どちらかといえば、美男に近い男だった。

「私、東北地方、旅行していてね。それで、奥さんの家にも、行かれなかった。旅行の面白い話、沢山あるからね。近いうち、遊びに行きます」

ウォーカー中尉は、そういって、別れを告げようとすると、彼の友人は、英語で、彼と亮子に、等分に話しかけた。

「せっかく、奥様にお目にかかったのに、このままお別れするのは、残念ではありませんか。奥様がお急ぎでなかったら、ご一緒にお茶でも差し上げることにしたら、大きな喜びですが……」

ウォーカー中尉は、チラリと、亮子の顔を見た。自分は異存がないが、すべては貴女のご勝手だよ——と、例によって、皮肉な表情である。しかし、亮子は、太助に逃げられた不満もあり、ウォーカー中尉が一緒ならば、初対面の男の誘いを辞するに当らないと思って、

「喜んで……」

と、返事した。

「ペンギン・クラブでもいいが、日本の淑女には、あの空気はどうかと思うから……」

と、ドウヴァルは、日本人経営で外人のよく出かけるレストオラン「パシフィック」はどうかと、亮子に訊ねた。無論、反対をいう理由はなかった。

そこは、近くの貿易ビルの地階で、タクシーを呼ぶにも当らない距離だった。

東京とちがって、戦後、新しく建ったビルが、ほとんどないというのは、戦争の打撃の深さを物語るのであるが、この鉄筋五層の建物だけは、横浜の例外だった。その地階にある「パシフィック」も、戦後の横浜としては、例外的な料理を食わせた。従業員たちは、日本の海運が世界的だった頃に、船のコックやボーイをしていた連中が主で、もう一度、広い海へ乗り出す機会を待ち侘びて、こういう商売を始めたという話だった。

そのせいか、銀座裏あたりの同業の店と比べて、コセコセした空気がなく、料理部の設備なぞ、街の喫茶店よりも無装飾だが、入口に近いバーだけは、ズラリと列んだ各国の酒の罎の数と、種類の豊富さで、人を驚かした。これだけの酒棚を持つ店は、東京にも少かった。

三人が入ったのは、そのバーの方だった。時間が早いので、客のないカウンターの中央に、

亮子を挿《はさ》んで、二人が腰かけた。

「何をあがります?」

ドゥヴァルが、亮子に訊いた。

「あたしは、ライム・エードでも……」

「奥様が、禁酒家でなかったなら、弱いカクテールはいかがでしょう?」

亮子は、四方吉の対手をして、戦前は、一合ぐらい傾けたこともある。別に、酔い倒れもしなかった。

結局、マンハッタンが注文された。ドゥヴァルは、婦人のオツキアイをする気らしい。

「私は、常に、スカッチだ」

ウォーカー中尉は、直接、バー・テンダーに、日本語で命じた。

「ウォーカーさん、東北旅行で、どんな面白いこと、おありんなって?」

亮子は、左隣りの彼に話しかけた。

「沢山、とても沢山……そうですね、第一に、秋田美人!」

「いけないわ。きっと、芸妓遊びをなすったのね」

「芸妓でない娘さん、とても日本的な美しい人、沢山見ました。言葉も、たいへん美しい……」

「あら、ズウズウ弁が、美しいの?」

「発音、少し悪いけれど、古い言葉、沢山使います。奥さんのように、壊れた日本語ではない……」

「失礼ね……。秋田美人の次ぎには、何が、面白かって？」

「オシラサマ、ナマハゲ……」

「何よ、それ……」

「そら、ご覧なさい。奥さん、日本の古い、美しいこと、何も知らない……」

ウォーカー中尉は、米国にいる時、語学将校として、日本語を二年間学び、日本へきてからも、GHQの語学校で、同じ年限の勉強をした。会話が流暢になったばかりでなく、日本古典文学や民俗研究に、身を入れてるから、時には、亮子なぞに耳遠い、古いことを、口走る。そういう勉強は、彼の趣味というよりも、官命であるらしい。今度の東北旅行も、それらしかった。

彼は、それから、東北旅行の土産話を、いろいろ語り始めたが、ドウヴァルは、明らかに、退屈の色を示した。

「古い日本も、美しいか知らないが、生きて動いてる日本の美しさについて、私は語りたいですね」

と、ドウヴァルは、話に割込んできた。といっても、カウンターに一列に並んでる関係上、隣りの亮子に対して話しかけることになるのだが――

「どういう点を、そうお思いになりますの」

彼女は、対手に顔を向けず、返事をした。初対面の男に、気易さを見せない、外国婦人の態度を、踏襲してるように、言葉も、ウォーカー中尉と話してる時の日本語を、立ちどころに、達者な英語に切り替えた。

「算《かぞ》えきれないほど、無数にあると思うのですが、第一に、女性ですね。優雅と近代という、両立し難いものを、一身に具顕してるのは、世界中で、日本女性だけではありませんか」

と、彼は、努めて、むつかしい言葉を、使用しようとする風であった。

「おい、君、まさか、馬車道や伊勢佐木町に立ってる淑女たちのことを、意味してるのじゃあるまいね」

と、ウォーカー中尉が、茶々を入れた。

「勿論。しかし、彼女たちといえども、マルセーユやアントワープの同業者よりも、優雅さを持ってるといえるよ」

「あれが、優雅というのは、面白い観察だね。そして、近代性の方は、どうだい？」

「まア、彼女等は別としてさ。生花術と茶礼を心得て、且つ、ダンスと映画の愛好者である女性は、日本に充満してるじゃないか」

「ダンスと映画の愛好者が充満してるのは、確かだがね……失礼だが、ミセス・シムラは、最近、お茶の方は？」

「知ってる癖に、ウォーカーさんは、そういうことを……。園の仕事が忙がしくて、お茶なんか立てていられますか」

「これは、失言……。だが、あなたと同様に、多忙な女性が、日本に多いですね」

「たとえ、ミセス・シムラが、最近、茶礼から遠ざかっておられるにしてもだね、優雅な趣味と精神に溢れていられることは、彼女に始めてお目にかかった僕にも、直ちに、感得できるからね」

「ほほウ。君のレーダー（電探）は、驚くべき性能だね。どういうところを見て、それを感じたね？」

「失礼だが、夫人の服装に示された選択について、いわして貰おう。僕は、自分の眼を疑ったほど、驚かされたね——オウ、この極東の港に、典型的な巴里女《プチット・パリジェンヌ》がいる！　なんという良い趣味！　優雅と活潑、繊細と単純、その巧みで自然な調和を、心憎くも知っておられるということは……」

「止せよ、ドウヴァル君、まるで、香水屋の番頭のようなことをいうのは……」

「いや、君たちアメリカ人は、流行や趣味について、語る資格はないよ。横浜にいるアメリカ女の服装を見て見ろ。髪を、化粧を、指環を、ハンド・バッグを見てみろ。ミセス・シムラの足許に及ぶ者が、一人だっているか……」

過褒《かほう》ということに対して、日本人は、一応、ハニかむ習慣になってる。そして、極力、否定の運動を試みるのであるが、亮子は、外国人慣れがしてるので、こういう場合に、あまりジタバタしない。

「オウ、大変……」

というようなことをいって、軽く、驚きの微笑を見せるのみである。

といっても、心中、悪い気持がしてるわけではない。これが、容貌そのものについての讃辞だったら、彼女も、ツンと横を向いたかも知れない。そこは、その辺のお嬢さんとちがう。しかし、自分の趣味に対する賞讃は、過褒と知っても、嬉しくなるのである。容貌は天だか、親だかからの授《さず》かり物だが、趣味とかセンスとかいうものは、自己の産物であり、所有物である。若い時から、いろいろ磨きをかけて、ここまで持ってきたのである。それが、認められはない。彼女の人格、感性、知性――つまり、彼女の自己というものを、覚讃されたのと、変りはない。賞讃は、同時に理解である。彼女が「ヴォーグ」だとか「ジャルダン・デ・モード」とかいう外国雑誌を、眼光紙背に徹する読み方をし、フランス映画の筋や演技を忘れて、女優の服装や髪かたちから、歩き振りまで、眼を皿にして研究した結果を、亭主の四方吉はもとより、いかなる男も、女でさえも、理解してくれなかったが、今、いささか酬《むく》われた感がある。それにしても、今日は、自信のある、淡雪《あわゆき》のように白っぽい、手織りのウール、新調の春コートを着てきて、よかった――

「ドウヴァルさんは、巴里《パリ》へいらっしゃいましたの」

彼女は、はじめて、彼の方へ体を向けた。

「ええ、三度も。私の母の親戚はフランス人ばかりですからね」

そういいながら、彼は、亮子に煙草をすすめ、すぐ、ライターの火を点じた。

「あたくしの一生の希《ねが》い――一度、巴里の土を踏むことですわ」

亮子は、青い煙と共に、近頃の若い娘さんと、同じような詠嘆を、吐き出した。戦後の日本に起った巴里熱病というもの、歴史に残して置く必要がある。

「どこの国の女性も、昔から、巴里に憧れる。ミセス・シムラは、独創性を欠いてるね」

ウォーカー中尉は、ハイ・ボールのグラス越しに、微笑を送る。

「今日のあなたは、あたしに対して、特別に意地悪ね。秋田美人の残像が、よほど濃いらしいわ」

亮子は、冗談らしくいったが、語調は、少し強かった。

「ところで、先刻、ウォーカー君から聞いたのですが、奥様のなさってる事業ですね、これこそいかなる賞讃の言葉も足りないと、思うのですが……」

ドウヴァルは、指環のある手を揉むようにして、カウンターに置いた。

「いいえ、計画の半分も、まだ実現されていませんわ。日本人も、アメリカ人も、充分な理解と同情を、与えてくれないものですから……」

「では、カナダ人が、その不足を補いましょう」

と、ドウヴァルは、血の気の多いところを、見せた。

「どうぞ、是非……。冷淡なウォーカー中尉の見せしめのためにも……」

亮子は、カクテールの酔いもあって、軽口をきいた。

「僕はね、決して、故意に、あの事業に冷淡なのではないんだ。ただ、ああいう困った問題の側は、除《よ》けて通る主義なんだよ。他にすることが、沢山あるもんでね」

真面目とも、冗談ともつかず、ウォーカー中尉が、呟いた。

「ほら、ウォーカーさんの実用主義《プラグマチズム》が、始まった……。ドウヴァルさんは、そういうことを、仰有《おっしゃ》らないわね」

　言葉の調子で、亮子は、そんなことをいったが、対手は、ひどく乗気で、

「ええ、勿論。私は、奥様に対する尊敬からいっても、あなたの育児院の側を、除けては通りませんよ。その証拠として、近いうちに私がお宅を訪問することを、お許し願えますか」

「それはもう、誰方《どなた》にも、喜んで……」

「では、明後日はいかがでしょう。明後日の午後四時頃……」

「結構ですわ」

「お約束が出来たのを、祝って……」

　彼はグラスを揚げた。亮子も、それに倣った。

「二人の人道家のために、僕も乾盃するかね。しかし、もう一杯お代りをすると、軍務に差支えるから……」

　ウォーカー中尉は、残りの酒を一息に飲み干すと、イスを立ち上った。

「あたくしも、これで、失礼させて頂くわ」

　亮子も、初対面の男と、いつまでも、バーに残ってる気はなかった。

「そうですか。では……」

　明後日の約束があるためか、ドウヴァルも、それ以上、引き止めずに、勘定を払った。

　外へ出ると、薄陽《うすび》が射して、風が暖かだった。ドウヴァルは、自分の車が故障で、亮子を

彼女の家まで送れないのが残念だといった。そして、タクシーを呼ぼうとするのを、彼女は堅く断って、二人に別れ、県庁前から、磯子行きのバスに乗った。

もう、元町の買物はやめて、真っ直ぐに、双葉園へ帰ることにした。空いてる座席に腰かけて、動揺に身を任せてると、なにか、心が愉しかった。

彼女は外国人との交際が多かったが、ほとんど全部が、米人か英人だった。今日会ったドウヴァルも、国籍は英人だが、血はラテン系で、顔立ちから声、表情に至るまで、アングロサキソン人種と、まるでちがっていた。それは、優しく、繊細で、女性的でさえあった。フランスやイタリーの濃い、甘い酒の匂いと、よく似ていた。亮子には、それが珍らしく、いつまでも舌に残る味覚だった。

双葉園の門を入ると、邸内がシンとしてるのは、園児たちが、まだ帰っていない証拠だったが、

「左右田さんという方が、お待ちになってます……」

と、迎えに出たお松さんがいった。

その頃、赤松太助は、横浜駅のホールを、グルグル歩いていた。

べつに、汽車に乗るという量見では、ないらしい。といって、乗らない量見でもないらしいのは、腕時計を見たり、また、駅の時計を見たり、時間を気にしている。

彼は、また、ホールの中を、檻の中の熊のように、歩き出した。下ばかり、俯《うつむ》いてるから、

人が見たら、蟇口《がまぐち》でも落したのかと、誤解されるかも知れない。

そのうちに、ふと、思いついたように、彼は、待合室を覗きに行った。それほど、人が混んでいなかった。待合客の顔を一通り見渡すと、つまらなさそうに、外へ出て行こうとしたが、歩き疲れたとみえて、自分も空いてる席に、腰をかけた。

だが、五分も経たないうちに、また、忙《せわ》しげに、立ち上った。そして、ホールへ出たが、あまり、グルグル歩き回るのも、気がさすと見えて、今度は、駅前広場へ出て行った。

広場といっても、電車線路があり、バスの発着所があり、間断なく、タクシーが正面入口へ人を運んでくるので、悠々と、散歩をするような、場所ではない。

彼は、横断線を渡って、バス発着所の建物のある、中の島のような、地帯へ、辿《たど》りついた。だが、そこに立ってる人々は、バスのくるのを待って、行列してるので、その中に加わるわけにもいかない。

そこで、バス発着所の壁にもたれて、空を眺めたり、地面を見たり、また、思い出したように、腕時計を覗いたり、どうも、挙動に落ちつきがない。その上、服装は安っぽく、片手を吊った三角巾が、異様に眼立つので、駅の改札口に立ってる巡査は、先刻から、警戒の視線を放さない。三角巾の中に、火焔壜でも隠し持っていたら、一大事と考えてるのかも知れない。

どう見ても、彼が、たとえ二流チームではあれ、プロ野球選手と思う者はないであろう。風体がヤボ臭い上に、動作が緩慢で、表情が間が抜けてるから、精々、甲州あたりから、公金の持ち逃げでもした村役場書記ぐらいにしか、見えない。

だが、そのうちに、彼は、高島町の方角の歩道に、何物かを認めると、俄然、スポーツ・マンの本領を表わした。喜色満面、一塁から飛び出したランナーのように、素晴らしい勢いで、車道を横断しかかると、折りから、一台のタクシーが走ってきて、危く、彼と衝突しそうになったのを、ヒラリと、タッチをカワして、向う側の歩道に跳び移ったのは、盗塁の手練であろうか。

「気をつけろい、バカ野郎！」

運転手の罵声なぞ、一向、お関いなく、彼は、駅へ向ってくる通行人の中を、泳ぐようにして、駆けながら、

「千代ちゃん、千代ちゃん！」

と、手を揚げながら、連呼した。

「あら、赤松さん、駅で待っていなかったの」

車掌服のように、ジミな服装の、二十《はたち》ばかりの娘が、彼を認めて笑った。それを見ていた駅の巡査は、果して、事件の蔭に女あり——と、思ったかどうか。

「手紙、着きましたか」

「ええ、頂いたわ。お怪我、どう？　とても、心配してたのよ」

「いや、大したことないです。手首の捻挫ですけん……。それより、千代ちゃんの風邪、もう、すっかり、ええのですか」

「こんなに、暖かになったから、もう大丈夫……。フォームの上は、高いから、どうしても、風に吹き曝《さら》されるのよ」

「気をつけんと、いかんですよ。わしの妹も、よう風邪をひきよって、しまいに、重い病気にかかったのですけんな」

「ええ、注意するわ。太助さんも、あんまり乱暴なプレイしないように、気をつけてね」

「はア、でも、野球ちゅうものが、乱暴にでけとるのでなア。負傷せんつもりやったら、選手やめる外ないですらい」

「そうかも知れないけど、不具にでもなったら、大変だわ。お手、痛まない？」

「痛いことないです。もう十日もしたら、練習やれるでしょう」

「無理なさらないでね。あたし、太助さんが大選手になるより、無事でいて下さる方がいいの」

「わしも、その方がええです……。でも、負傷のお蔭で、千代ちゃんと会えたですからな。何が幸せになるか、わからんもんや……。千代ちゃんは、もう、仕事、終ったですか」

「ええ、今日は四時の交替を、大急ぎで、済ませてきたの。どこへでも、お供するわ」

「また、野毛《のげ》で、映画でも観ますか。わしは、九時までに合宿へ帰れば、ええのやが……」

「そう？　じゃア、タップリ時間があって、嬉しいわ」

二人は、肩を列べて、高島町の電車停留所の方へ歩き出した。

太助は、野球選手として、巨漢ともいえなかったが、こうして、二人が列んで歩いていくと、ひどく、堂々たる体格に見える。というのも、側の彼女との対照からであろう。彼女は、至って小柄で、撫《な》ぜ肩で、春信が描いた女のように、日本的特徴に富んでいる。体重を計っても、精々、十貫ぐらいのものであろうか。体と同じように、顔も小さく、顔の諸道具も小型揃いで、写真を撮れば、損をする。しかし、決して、醜い女ではない。福田嘉代のような老人に見せたら、むしろ、美人の評価を与えるかも知れない。美人不美人といっても標準が頼りないのは、亮子の場合も同じだが、この娘なぞは、かりに美人だとしても、流行遅れの美人といえるだろう。その上、服装や髪かたちが、全然、面白くない。これくらい、洋服の似合わない女もないのに、貧弱ながらオーバーとスエーターとスカートを一着に及び、髪も、申訳のようなパーマを、かけている。女性悉く洋装するから、浮世の義理を果してるとしか、受け取れないが、彼女も働く女の一人であってみれば、この方が便利というところもあろう。

その娘は、花咲千代子といって、横浜生まれの両親の間に、横浜で生まれたのであるから、生粋の浜ッ子というべきであるが、一向に、外国臭のないのは、前述のとおりである。べつに、彼女が例外というわけではなく、一体、生え抜きの横浜庶民には、東京の下町——というより、場末の気風に似たところがあり、思想は輸入されないので、知識的でない代りに、気サクで、古風な人情を持ってる。横浜港には、ハンカチ問屋の下請けをやっていたが、その父も、母も既に亡く、現在は、久保町のバラックに住む伯父の家に、厄介になってる。といって、遊んでいるわけではない。横浜駅で、ちと変った職業についている。

シュウマイ・ガールという商売。エンジ色のシナ服を着て、応召兵のように、肩からタスキをかけ、それに、赤く「シュウマイ娘」という字が、書いてある。肘《ひじ》に、商品を入れたバスケットをかけ、列車の窓に向って、

「エー、名物のシュウマイ、お召しになりませんか」

と、可憐にして上品な呼声を、張り上げる。戦前から、シュウマイの駅売りはあったが、このような体裁の女子を出現させたのは、戦後的商策である。

シュウマイという食品、よく日本人に親しまれているが、どこか滑稽味があって、若い娘が売るにしては、調和の妙を欠いてる。その上、紅いシナ服に白ダスキときては、内気で、古風な千代子にとって、かなり迷惑な職業だった。

しかし、本給四千円に、売上げ三分の歩合がついて、勤務時間七時間——決して、悪い職業でない。それに、貧しい伯父一家に、いつまでも、厄介はかけられない。恥かしいぐらい、辛抱ができなくて、戦後の日本に生きていけるか。若い娘が舞台で衣服を脱ぐ職業もあるのに、この方は、風変りな衣服ではあるが、とにかく、衣服を着るのだ——

そこで、プラット・フォームに立って、既に一年、この頃は、あまり恥かしいこともなく、呼声を立てられる。百円紙幣と引き換えに、サッと、竹籠を差し出す手つきも、馴れたものである。

それにしても、生来の内気は変えられないが、そういう彼女が、どうして、およそ女に縁のなさそうな赤松太助と、懇意になったかというと、これは、はなはだ理由簡単である。

太助が、関東電鉄のハンターズ軍に買われて、上京の途次、横浜駅で、珍らしいものを売ってるなと、一籠を買ったのが、最初の機縁である。それから、彼は、地方試合で東海道を往復する時に、必ず、横浜でシュウマイを買う癖がついた。そして、彼が買う時の売子は、きまって、千代子であった。数人いるシュウマイ・ガールのうちで、いつも、千代子の手から買うハメになるというのは、不思議に聞えるが、これまた、理由は簡単であった。太助は、車窓から覗いて、千代子の姿が見えない時は、シュウマイを買わなかったからである。

つまり、太助は、シュウマイを好むというよりも、千代子を好んだのである。

彼のような、ジミで、前近代的で、消極的な青年でも、女性を愛することは、知ってる。いや、現代では、そういう青年の方が、恋愛の道を、心得てるかも知れない。

とにかく、彼の胸中は、いつか、千代子に通じたのである。それほど彼は、度々、シュウマイを買ったからであるが、それよりも、彼女という娘が、同様にジミで、前近代的で、消極的な生来であり、心的音波に共鳴し易かったのであろう。一種の血族結婚のようなものであるから、大西説子は断種を薦めるかも知れぬが、太助の郷里あたりでは、従兄妹の結婚なぞは、平気で行われる。少くとも、同じ村同士が結婚する。その方が、オサマリがいいからであり、遠い海を隔てた人なぞとは、まちがっても、一緒にならない。

交際を始めるようになってから、二人は、笛と琴のように、よく調和した。いろいろのことで、話が合う。同じ程度に貧しく、似たような慎ましい不満と不幸を、今の世に感じてる。太助が、着たくもないユニフォームを着て、球場を走り回ってるように、千代子も、恥かしい、エンジ色のシナ服を着て、車窓を呼び歩かなければならない。そういう境遇を脱するには、二人が結婚して、ささやかな家庭を営めばいいのである。それには、太助の契約期限が切れ、且つ、現在と同様な月給をくれる職業を探さなければならない。それは、いつのことだか、わからない。だから、太助は、結婚ということを、まだ口に出さない。しかし、心の中は、その希望で一杯である。暗黙のうちに、千代子も、同じ想いで、胸を膨らませている。

それほどの仲だが、二人は、まだ、手を握り合ったことすらない。二人とも、非常にスロ・モーであり、すぐ、温泉マークの旅館へ駆け込む男女から見れば、古代人のように、悠々としている。しかし、それで二人の愛情の浅さを、測ることはできない。彼等は、羞恥《しゅうち》という、世にも愉しい、味深い酒の酔いを、知ってる。その酒で、自分たちの恋を祝《ほ》ぎ、肥らせている。そんな恋愛は、流行しないというだけで、今の世にも、絶無というわけではない。いや、広く日本を見渡したら、ジミで、前近代的で、消極的な人民は、案外、多いであろう。

その上、二人には、情慾の触手に捉えられないで済むように、境遇から護られた。太助は、試合のスケジュールがあって、そう自由に横浜へ来れない。千代子も、九時から四時までは、フォームに立たねばならない。二人の逢瀬は、思うに任せない上に、偶々、その好機を獲ても、太助は、合宿の門限があり、千代子は、伯父の眼があった。だから、今日のような機会が、二人にとって、どれだけ愉しく、貴重であるかは、説明するまでもなかった。

二人は、新繁華街の野毛へ出た。野毛の山からノーエと、古い唄に出てくる所だが、戦後、山より町が有名になった。盛り場の伊勢佐木町が、占領色に塗られ、そこにあった性格が、こっちへ移動したと、見ていい。

「ずいぶん、人が出てるわねえ」

と、千代子は、眉をひそめた。これは、ムリな不満であって、盛り場に人が出るのは、あたりまえ——ことに、野毛山公園の桜が、花時を迎えているのだから、平素に倍する混雑である。も少し、時間が早かったら、その混雑の中を、動物園帰りの双葉園園児の一行が、人に笑われながら歩いてるところも、見たであろう。

「ほんとですな。どこかで、お茶でも飲んで、休みますか」

太助も、ガール・フレンドと一緒だと、少しは、シャれた文句をいう。

「ええ。映画館も、もう少し経たないと、きっと満員よ」

二人の目的は、マックアーサー劇場へ行って、映画を観ることにあったが、真の目的が、ただ二人で語り合うことで完了するのは、いうまでもなかった。

「いつか来た店のコーヒーは、うまかったですね」

太助は、その喫茶店へ急いだが、いけない——空席一つないのが、窓越しに見える。

その一軒置いて隣りのシルコ屋が、大入り。すぐ隣りのシナソバ屋が、一ぱい。スシ屋も、テンプラ屋も、相当の混み方。ウナギ屋と鳥料理は、値段が高過ぎる。

「休むの、やめましょうよ。野毛山公園でも歩いた方がいいわ」

「いや、公園も、混んどるでしょう」

それでは、行く場所がない。焼け禿げた丘陵に、赤い湯気の大看板を出した御休憩所が、数軒見えるが、そんなものは見るだけで、こっちの顔が、赤い湯気を出す。

結局、二人は、伊勢山大神宮に詣でることにした。そこにも、多少の桜樹があるが、野毛山公園の花に人気が移って、人出が少いだろうという、千代子の見解だった。

なるほど、野毛坂下を過ぎると、人の数が減ってきた。二人は、やっと、肩を列べて歩くことができた。

「お妹さんの病気、その後、どう?」

千代子が、話しかけた。

「やはり、ハカバカしく、いかんです。なんせ、結核性だすけんな」

「困るわね。アメリカからきた新薬、効かないかしら」

「効くかも知れんが、わしが、どこかのチームに、トレードされんことには、よう買えんですわ」

太助は、苦笑した。この上、身売りは御免であるが、彼のような振わない選手を、買ってくれる球団もないであろう。

「お母さんも、ご心配だわね」

「はア、母は、気の毒です。早う帰ってやりたいですが……」

それでなくても、故郷忘《ぼう》じ難い太助である。しかし、今は、帰るにしても、一人では帰りたくない――

太助が、今日、横浜へきたのは――今日には限らないのであるが、いい機会があったら、千代子の意志を、確かめてみたいからであった。

二人が、心の中で許し合ってることは、互いに、よく知っていた。一人が、結婚ということを切り出せば、もう一人が、否という筈はなかった。千代子は両親もないし、彼女が望めば、誰とでも結婚できる体だった。しかし、太助としては、野球選手をやめてもいい時がきたら、四国へ帰りたい。母が生きてる限り、彼は帰郷を断念することはできない。

そうすると、自分の妻となった千代子に、寂しい田舎で、姑《しゅうと》に仕える生活を忍ばせなければならない。それで、今日まで、結婚という言葉が、口に出なかったが、もう今では、自分の妻として、千代子以外の女を、考えることはできないのである。たとえ、すぐ結婚できなくとも、婚約という安心が得られれば、何よりである。それには、彼女が納得して、どこまで自分に随《つ》いてきてくれるかを、確かめねばならないのだが――

「ああ、ええ眺めやね。横浜が、丸見えやが……」

大神宮の伊勢風石柱の間に立つと、晴れかかった空を映して、港内は青く、家々は紫灰色に、展がっていた。横浜の旧市内は、一望のうちにあって、ドックや、港の煙や、海岸寄りの巨大な建物が、やはり、五港の第一らしい風格を、描き出していた。

「ずいぶん、家が建ったわね。横浜の復興は、一番遅いって噂だったけれど……」

千代子も、久振りで、生まれた土地の鳥瞰図を眺めた。

「四国には、千代ちゃん、これだけの都は、一つもないのやぜ」

「そう？　太助さんのお国は、どんな所？　この半分ぐらい？」

「半分やったら、大都会や」

「じゃア、三分の一？」

「とても、とても……」

「あら、そんなに、小さいの」

「ひどい田舎ですわ。ここから見えるような、巨《おお》けな建物は、一つもあらへん。映画館も、喫茶店も、ロクなものはないけんな。それに、わしの家は、町外れやけん、蛙も鳴きよるし、夜はフクロが鳴きよるし……」

「まあ、怖い。そんな、寂しいところなの？」

「はア、空気は、ええのやけんど……」

「いくら、空気がよくても、そんな所へ住んだら、神経衰弱になるわね」

「いや、気分はノビノビしよるのやけんど、少しは、阿呆になるか知れんな……。ま、それは別としてやね、仮りにやね、僕が千代ちゃんに、そんな寂しい所で、一緒に暮してくれいうたら、あんたは……」

太助は、呼吸を止めて、返事を待った。

それと、ハッキリいわないにしろ、内容的な結婚申込みである。同時に、田舎行きの打診である。両方を、一度にやってのけたのは、話のハズミでもあったが、まったく、空恐ろしいことであった。

千代子は、暫らく、無言だった。やがて、極《ご》く低い声で、

「わかってるじゃないの、そんなこと……」

と、いったと思うと、玉垣に添って、境内の隅へ歩き出した。それは、智慧のある動作で、その樹立ちの中は、桜が咲いていても、人の姿は、見当らなかった。

「どう、わかっとるのですか」

太助が、跡を追いかけてきた。

「訊かなくたって……」

「それやったら、あんた、田舎へ行きとうないのでしょう。寂しい所で暮したら、神経衰弱になると、いうたけん……」

「ええ、いったわ。でも……」

千代子は、消え入るように、細い、低い声で、後を続けた。

「……それは、一人の場合のことよ」

「え？　二人やったら、ええのですか」

愚問である。太助が、不必要な念を押すものだから、彼女は、クルリと背を向けて、黙ってしまった。

しかし、太助の喜びが、どれほどのものであったかは、彼自身も何もいえないので、五分

ほど、グルグル地面を歩き回ったことでわかる。

「ありがとう、千代ちゃん」

　やっと、彼は、自分を取り戻した。

「そんなこと、太助さんが訊くのが、おかしいと、思ってたわ。もう、とっくに、あたしの気持、きまってたんですもの……。それより、あたしは、その先きのことを、心配してるのよ」

「わしの母と、暮すことですか」

「いいえ、そんなこと――太助さんのお母さんなら、あたし、きっと仲よくやっていけると、思うわ」

「じゃア、なにが、心配ですか」

「こんなことというと、笑われるか知れないけれど、あたし、戦争のこと、心配してるのよ」

「戦争ちゅうと……」

「あなた、東京にいるから、そんなこと考えないかも知れないけれど、横浜にいると、朝鮮から帰ってくる負傷兵なんか見て、とても、心配になる時があるの。だって、戦争が始まれば、太助さんは、体がいいから、きっと、兵隊にとられるわ……。あたし、今日、あなたが繃帯《ほうたい》してるの見て、とても、いやな気がしてるのよ。左の手ぐらい無くなすのなら、まだいいけれど……」

「大丈夫ですよ。戦争があっても、今度いくのは、わしより若い連中でしょう」

「そうはいかないわ。アメリカのテッド・ウィリアムスという野球選手が、海兵隊へ入ったって、新聞に出ていたわ。年を見たら、あなたより上よ」

太助は、グッと、詰まった。実は、彼自身も、その記事を読んで、人事《ひとごと》ならず、感じていたのである。

——戦争は、いやだ！——

これくらい、切実な叫びはない。敗戦日本人の誰もが、測り知れない切実感をもって、この言葉を叫んだ。誰が叫んでも、この言葉は真実だった。ところが、怪しむべし、近頃はこの切実な言葉を、広告塔のアナウンスの調子で、叫ぶ者が出てきた。それも、一人や二人ではない。戦争イヤダ業という新職業が、生まれたのか。

そこへいくと、赤松太助の戦争ぎらいは、戦前から始まってるのだから、品物の素性がちがう。球投げは好きだが、試合は嫌いという天成で、選手としてウダツは上らぬが、平和主義者としては、筋金入りである。だから、戦争中は、ブルブル震え、震えながら、軍隊に入り、戦後も、当分震えが止まらなかった。その震えが、だいぶ緩慢になって、ヤレヤレと思ったのも束の間、この頃は、再び世間が穏かでない。

——また、サイレン鳴るんかいな。

彼は、警戒警報を空耳に感じ、イヤーな気分に沈んでしまう。というのも、闘志ゼロではあるが、体格は理想的に兵隊向きで、一旦緩急あれば、真ッ先きに引っ張り出される運命を、予知するからであろう。その実感の切なさは、ビラ貼り大学生の知るところでない。

此間の戦争の時は、それでも、まだ忍ぶに足りた。今度、万一の場合があれば、ただ、ブルブル震えるだけでは、済まされない。死んでも死にきれない、身の上なのである。彼には、千代ちゃんという意中の人がある。そして、彼女は、たった今、意中の人から未来の妻に、変化したばかりで、その彼女が、彼と同じような心配で、小鳩の胸を戦《おのの》かしていようとは

——

「千代ちゃん、正直な話、僕もそのこと、考えんではないのやが……」

太助は、もう、気休めをいって彼女をゴマかす気がなくなった。

「そうでしょう。今の若い男の人、みんな、そのことを、考えてるわ」

千代子も、沈んだ声でいった。

「しかしなア、千代ちゃん、考えても、しょうがないわ。わしたちの及ばんことや……」

太助は、自分の打順が近くなって、白い円の中にシャがんでる時の気持と、似たものを感じた。そこへ入ったら、監督が代打者を立てぬ限り、やがて、彼が球に立ち向う運命は、免れない——

「そんなことないわ。太助さん、そんな弱気じゃ、ダメよ。まだ、徴兵も始まってないんだから、なんとかして、兵隊にとられない工夫して見てよ」

「そんなウマい話があったら、ええのやが——千代ちゃん、なんぞ、ええ智慧あるかいな」

「外国にでも、帰化したら、どうかしら」

「外国にも、戦争、あるけんな」

「どこかへ、二人で、逃げ出したら……」

「どこへ?」

久振りの、愉しい逢瀬が、こんな、暗い会話のやりとりになろうとは、彼等も、予期しなかった。夕づいた空の色が、半ば咲いた桜の花を、淡い紫に染め、人影も疎《まば》らになった境内《けいだい》に、どこやら鳩の声が聞え、青銅の鳥居を前に展《ひろ》がった港の景色は、お蝶夫人の甘美な舞台を連想させるのに、二人は、世界情勢の怒濤に怖《お》じ戦いて、彼等の恋を語ることも、できなかった。

「じゃア、太助さんは、もしも戦争になったら、やっぱり、兵隊になって、出ていく気なの?」

千代子は、仮定の形で問いながらも、実は、赤紙を眼の前に見てる気持だった。

「それがやね、自分では、サッパリ、行きとうはないのやがね……」

因循を極める太助の言葉が、温順で、内気な千代子にさえも、歯痒く、苛《じ》れったかった。

「行きたくもない兵隊に、行かなくてもいいじゃないの」

「でもな……なりとうもない選手になって、野球やりよるように……」

「それとこれとは、ちがうわ。妹さんが、ご病気になったから、太助さんは、プロに入ったんじゃないの」

「そうや、それと同じことや。わし等が兵隊に行かんと、国が亡びるちゅうのやったら、やっぱり、出て行かんならんけんな……」

太助は、屠所《としょ》の羊のように、弱々しい声で答えた。

「そんなことといってるから、いけないのよ。東京の大学生みたいに、再軍備反対でも何でも、やったらいいのに……」

と、やるせない声で、千代子が迫ったが、太助は、何とも答えなかった。

二人の間に、話が途切れた。

太助は、玉垣の御影石にもたれて、暫らく考えていたが、ふと、怪しい胸騒ぎを、感じた。

「千代ちゃん、あんた、わしが兵隊へ行くような時がきたら、わしを、見捨ててしまうというのですか」

一心籠めたような問いに、千代子は、驚いて、彼の顔を眺めた。彼女の顔も、同じような緊張が、漲《みなぎ》った。

「あたしを、そんな女だと、思ってるの太助さんは?」

「いや、そういうわけやないけんど……」

「ひどいわ、そんなことといって……。あたしは、太助さんと、いつまでも一緒にいたいから、そういったんだわ……」

彼女は、涙を堪えきれなくなって、両手を、顔にあてた。

「どんな時がきたって、あたしが心変りをするなんて、そんな……」

「済まんです、千代子ちゃん……」

太助は、われ知らずに、彼女の手を握ってしまった。ここまでくるのに、一年二カ月かかった。

柿若葉

若葉が美しくなってくると共に、亮子は、ひどく、忙がしくなった。

乳児室が、庭園の下段の花畠だった場所に、新築されることになり、もう、金港建築会社が、工事を始めている。そのトンカチの音を聞くだけでも、彼女は気忙《きぜわ》しいのである。三十坪の箱のような洋館で、つくりつけの造作に、いろいろ特殊なものがあるが、一切会社持ちで、坪三万円――せめて、三万五千円というのを、亮子は、遂に値切り倒した。後家さんの普請には、大工が泣くというが、彼女も、ソロバンの細かいことに於て、いかなる未亡人にも、劣らない。

しかも、彼女は、その三十坪のうちの三坪の一室を、将来、自分の私室にあてる計画だから、採光通風に気を配り、その上、調乳室、浴室なども付属させるので、注文がむつかしく、設計に、どれだけ頭を使ったか知れない。その私室は、四方吉を避けて、彼女が安眠する場所に用いようという心算《つもり》であるのは、いうまでもなかった。

建築費は、九十万円でも、家具や用具や、その他の雑費を入れると、バザーで挙げた収入は、全部無くなるばかりでなく、或いは、足を出すだろう。それで、彼女も、増築計画を躊躇していたのであるが、ガストン・ドウヴァルと遇ってから、気が変った。

約束の如く、彼は、あの日の翌々日に、自分の車を運転して、双葉園を訪ねてきた。そして、園内隈なく参観した後で、著しい感動を面に表わし、

「奥様、なんという、適切な、そして、美しいご事業でしょう。私は、連合国の一国民としても、あなたの事業をお助けせねばならぬ義務を、感じます」

と、百ドルの寄付を申出たが、彼も商人であるから、すぐに現ナマを出すような真似をしない。ある簡単な儲け仕事があるから、それを亮子に譲ろう。もし、亮子がビジネスに不慣れなら、自分が側について、指導しよう。そして、その利益はどれだけあっても、亮子のものであるし、百ドル以下だったら、彼が不足分を負担して、全額が彼女の手に渡るようにしよう。そういう方法でよかったら、今後も、時々、仕事を分けてあげよう――

こんなウマい話は、滅多にない。絶対に損をしない儲け仕事があるなら、誰だって、乗らぬ者はない、亮子は、よい後援者を見出したと思い、それから、急に、懸案の乳児室増築を、開始したのである。

もう一つ、彼女を喜ばした理由は、双葉園の資金を獲《う》ること以外に、そういうビジネスに手を出して、彼女自身の腕を養いたいというところにあった。彼女も、父親の血をひいたのか、取引きや金儲けには、一方ならず、興味を持ってる。のみならず、彼女が胸に描いてる生活は、社会的地位と共に、財力がなければならない。もう、そろそろ、その下拵《したごしら》えにかかって、いい時である。

今日も、亮子は、朝から多忙で、度々、普請場へ通ったり、市役所からの来客に会ったり、嘱託医の意見を聞いたり、それから、左右田寧に手紙の返事を書いたりして、午前を費した。

左右田は、此間訪ねてきた時も、双葉園のことを雑誌に書くといって、長いこと尻を据えたが、どうやら、彼は、亮子に魅了されたらしく、その後、幾度か寄せる書信も、恋文めいた箇所が、少くなかった。といっても、どこにシッポがあるのかわからぬような、知識的で、複雑な恋文であるが、亮子は、それに負けぬ言葉のモザイックで、返書をかくのが、愉しみであった。

その手紙を書いてる時に電話が鳴った。別荘時代の電話室が、奥の廊下にあるが、そこから亮子のデスクに、最近線をひいてある。

「ハイ、ハイ、双葉園です……」

彼女は機械を耳に寄せた。

すると、呼び出しの日本人の声に、代って、

「ハロー、貴女は、ミセス・シムラ?」

と、英語が聞えてきた。ガストン・ドウヴァルの声であることが、すぐ、わかった。

「例の取引きの件で、お打合せをしたいのですが、今夕六時に、セントラル・クラブで、食事をしながら、お話ししたいと思います。ご都合がよければ、自分の車で、お迎えに上りたい……」

そういう意味の言葉が、続いて聞えてきた。

「それは、ご厚意ありがたいですが……」

亮子は、ちょっと、躊躇した。あの取引きの話なら、すぐにも出かけたいのであるが、場所のセントラル・クラブが、ちょっと、気になった。そこは、外人専門のキャバレで、設備は横浜随一といわれてるが、日本の女性はダンサーばかりと想像される中へ、一人、飛び込むのも、勇気を要した。

「いや、ほんの食事だけです。すぐ、済みます。ニュー・グランドか、パシフィックと思ったけれど、ちょうど、彼所《そこ》で、八時に友人と落ち合う約束になっているものですから……」

ドウヴァルが、口を極めて誘うので、亮子も、結局、承諾することにした。しかし、自動車で、彼が迎えにくることは、断った。双葉園の空気に、それは、面白いことでなかった。

午後になると、彼女は、気が落ちつかなかった。

——なにを、着ていこう。

それで、頭が惑乱した。迷うほど、沢山のドレスを、持ってるわけではない。イヴニングがないことに、ハタと気づいたのである。

一体、彼女はオシャレではあるが、衣裳持ちではない。ただ、工夫と選択で、人に優れた装いを見せてるのである。趣味はあっても、金がないから、是非もない。イヴニングも、欲しいと思いながら、つい、手が届かなかった。

結局、彼女は、バザーの時に着た、黒のスーツにする外はなかった。あの時は得意だったが、陽気ちがいの今日着ていくのは、見すぼらしかった。ことに、対手は、衣裳に眼のきくドウヴァルだから——

門を出る時、亮子は、憂鬱だった。

政治家が議席を失った時と、女が自信のない衣裳を着て出る時とは、似ている。夕風が、松の花の匂いを運び、若葉が爽《さわや》かに揺れても、彼女の気分は、重かった。

——いつも、好きなキモノを買うだけのお金が、あったら。

バスでいくつもりだったが、折りよく、タクシーが坂を降りてきたので、彼女は、それを捉えた。

「セントラル・クラブへ、やってね」

運転手は、ちょっと、妙な顔をした。ダンサーとも見えない日本の女を、そんな場所へ運ぶのは、珍らしいからだろう。

車が走り出すと、彼女は、いよいよ、気が滅入った。しかし、稼ぎ時間の車は速く、じきに、関内へ入り、吉田橋の袂《たもと》へきた。セントラル・ビルの淡緑の外装が、眼の前へ展がった。棒縞の日除けが突き出た入口に、車が止まれば、中へ入るより仕方がなかった。若いドア・マンが、何か文句でもいったら、引っ返してやろうと思ったが、気取って、丁寧なお辞儀をするだけだった。

紅いジュータンを敷いた階段を、昇っていくと、上から音楽が流れてきた。地階から四階まで、種類の異ったキャバレとダンス・ホールで充たされた、この建物は、通路の空気まで、陽気で、浮々としていた。

「クラブは、この階《フロア》なんですね」

彼女は、階段を昇ったところにあるクロッカーで、そう訊いた。三階、四階へ昇る階段があるが、それはG・I専門のダンス・ホールと聞いていたので、ウカウカ、足を運ばれなかった。

「そうでございます」

「あたし、ドウヴァルさんていう人と、約束があって、きたんだけれど……」

「承わっております。どうぞ、こちらへ……」

白服のボーイが、先きに立って、能楽堂の揚幕のような、幅広いカーテンの間を進んだ。亮子は、もう度胸をきめて、その跡に従った。

色彩照明で、曙の海のような色に染まった広いホールが、現われてきた。戸外は、まだ夕陽が輝いていたのに、窓一つない、この大きな部屋は、完全な夜の景色だった。しかし、時間が早いので、客の影は極めて疎《まば》らで、踊ってる者は一人もなく、肩を露わにした多数のダンサーたちが、方々に、団《かた》まって腰かけているのみだった。

「やア、ようこそ……」

思いがけない、隅のテーブルから、紺縞セビロのドウヴァルが、立ち上って、歩いてきた。亮子は、対手の服装を見て、イヴニングを着てこなくてもよかったことに、ホッと、安心の吐息をついた。

「こんな場所で、ご迷惑かと、思いましたけれど……」

「いいえ」

「改築したばかりで、気分がいいですから……」

ドウヴァルは、このホールの設計や装備が、アメリカのP・L汽船、クリヴランド号の舞踏室を模してるらしい、と語った。そういえば、正面に、屏風形に鏡を回《めぐ》らせた、半円形のバーからして、日本放れのした、巨きさと、意匠を持っていた。

「まず、あなたの双葉園のために……」

すべて、注文ができてると見えて、ボーイが、すぐに運んできたカクテールの盃を、彼は、眼八分に揚げた。

「ありがとう」

亮子も、それに倣って、口をつけると、バラ色の重い液体が、ひどく、口当りがよかった。盃も、シャンパン・グラスを用い、彼女は、始めて味わったカクテールだった。

「ピンク・レディー。淑女には適しますが、断じて、ウォーカー中尉には向きません」

彼は、亮子を笑わすことに努めた。

「今夜、お待合わせになるお友達はあの人ではないのでございますか」

亮子は、それ次第で、早く用件を済ませる必要を感じた。

「いや、彼ではありません。そんなことより、どうぞ、ごゆっくり、食事をなさって下さい。ここの料理人《コルドン・ブルー》は、なかなかシッカリしてます……」

オー・ドウヴルが、運ばれてきた。亮子が先きに、品々を取り分けてる間に、バーの隣りにいる楽団が、ラ・パロマを始めた。

「奥様、失礼ですが、今夜のお召物は、日本人の手になったものでしょうか」

また、ドウヴァルは、亮子の趣味を礼讃する。

「ええ、元町のドレス・メーカーですけど、まるで、気に入りません」

彼女は、冬物を着ている恥かしさに、身が縮むようだった。それなのに、彼は、繰り返して、彼女の服装を賞め、そして、アメリカ趣味を貶す――

「酒にしてもですね、私は、アメリカ産を、一切、好みません。ことに、ワインは、ひどいですよ。今夜も、ボルドーを注文して置きましたが……」

そういって、彼は、銀桶から白ブドー酒の罎を取り上げ、亮子の盃に充たした。

「とても、結構ですわ」と、彼女は、香気のいい酒を、一口味わってから、そろそろ、用談に入ってもいい頃合いだと思って、「此間のお話でございますね。大変、ご厚意に充ちたお話で、とても、感謝しているのでございますが……」

「ああ、あのことですか。あれは、不幸な孤児たちに、ほんの小さな、私の贈物のつもりなので、決して、お礼には及びません」

「で、どういう仕事を、頂けるのでしょうか」

「いや、仕事というほどのことでもないのですよ。バナナの輸入を小部分、あなたの方に、お頒けするのですから……」

バナナの取引きとは、話が意外で、亮子も微笑を洩らした。

「いや、何でもないのです。あなたは、社会事業団がバナナ輸入を希望する場合、関税が免ぜられることを、ご存じですか」

「いいえ」

ドウヴァルの言葉は、救済物資を抜目なく、双葉園のために利用してる亮子にとっても、初耳だった。

「そのお世話を、私にさせて頂きたいと、思うのです。あなたの方としては、県の認可をおとりになるだけで、結構です」

「でも、安いバナナが手に入ったとしても、まさか、全部、双葉園の子供に食べさせるわけにもいきませんし……」

「ハッハハ。そのご心配は、無用です。私が奥様に差し上げるのは、現物のバナナではなく、無形の権利なのですから……」

話を聞くと、彼の広汎な取引きの一つとして、バナナ輸入にも手を出しているが、普通、輸入価格が一パケット十ドル近くなるのを、双葉園の名義を用いれば、関税二割が助かり、且つ彼の関係してる輸入会社で、扱い料や手数料を軽減させるから、殆んどC・I・F（到着港渡し）値段で、市場に出せる。その利益を亮子に提供するのだが、彼女が資金を出したり、販売に尽力する必要は、少しもない。すべては、彼自身が引き受ける。ただ、免税許可を受ける時に、数量を彼の指示する通りにしてくれればいい――

「それは、とても、有難いことですが……」

といったが、亮子は、何やら裏切られた感じだった。彼が、免税に便乗して儲けようという下心を、看破したからではない。そんなことは、商人にありがちなことである。それよりも、彼女は、期待した商取引きに、自分自身触れることができず、ただの寄付を仰ぐと異《こと》らないのが、不満だった。

ドウヴァルは、彼女の顔色を、早くも察して、

「奥様、もしや、金額がご不足のようでしたら、ご遠慮なく仰有って下さい」

「いいえ、それどころではありませんわ。双葉園に対して、それ以上のご厚意は、期待していませんの。ただ、あたくし個人の今後の希望があるのですけど、そんなことお話ししたら、お笑いになるかしら……」

亮子は、媚びのある視線を、対手に送った。

「いや、決して……」

ドウヴァルは、わざと、むつかしい顔をつくった。

「あたくしね、前から、自分のサイド・ビジネス（副職）を、持ってみたいと、思ってますのよ」

「それは、結構なご希望ではありませんか」

「あたくしは、戦災で、家を失いましたから、せめて、一軒の家を建てる資金を獲るためにも、そういうビジネスに携《たずさ》わる必要がありますの」

「奥様のような方が、家を持たれないなんて！　そのご希望は、是非、達成なさらなければいけません。それについて、私がお役に立つことができるなら、何よりなのですが……」

ドウヴァルは、お愛想とも見えない熱心さで、テーブルに半身を乗り出した。


食事が終ると共に、彼らの相談も終った。

「実は、私の方でも、是非とも、そういう人が、欲しかったのです。立派な日本人で、各方面に交際が広く、そして、国情に疎い私を、充分に補佐してくれるスマートな人物——その人と共にだったら、私も、今までの倍も三倍も、大きな商売ができますよ。いや、奥様がその役をお引き受け下さって何と感謝申上げてよいか……」

ドウヴァルは、満更、お世辞とも思えない、喜びの色を、顔に溢れさせた。

亮子のサイド・ビジネスの希望に対して、彼は、自分の仕事の協力者として働く気はないかと提議したのである。勿論女秘書のような、雇用人ではない。彼女は、べつに彼のオフィスへ通勤する義務はなく、彼が必要とする時に、時間を割いて、通訳や紹介や、その他の便宜を与えるだけで、一つの取引き毎に、儲けの歩合を取得することができる。そんな、いい条件はないから、亮子は即座に承諾して、二人は、契約の印《しるし》に、グラスを高く揚げたのであった——

「あたくしも、急に、前途が開けてきたような、気持がしますわ」

亮子は、果物で濡れた指を、ボールに浸《ひた》しながら、対手を見た。彼女も、そんなウマい話を持ちかけられるのは、半分は、独身外人の男らしい色気であることは、すぐに、見抜いていた。しかし、後の半分の慾気を、彼女は、相当充たしてやる自信を、持っていた。横浜だけでも、旧福田財閥の関係を辿れば、いくらでも顔がきくし、東京方面も、この間のバザーで、有力人や有名商社と道がついたから、ドウヴァルの望むような仕事で、活躍してやれる。そして、何よりも、彼女に希望を植えつけたのは、彼女自身に、普通の女の持たない、機敏な商才があると、自信してることだった。

「今夜は、近来になく、愉快な晩です。いかがでしょう、少しの間お対手をさせて頂けませんか……」

ドウヴァルは、ナプキンを置いて、立ち上った。踊ろうというのである。亮子も、キャバレへ男ときて、ダンスを拒《こば》む理はなかった。

音楽が、「支那の夜」を始めたところだった。いつの間にか、客が殖え、軍服の胸に、頭だけ届くようなダンサーを抱えて、踊ってるG・Iも、二十組以上、見られた。中には、一人寂しくテーブルについて、ビールを飲んでるG・Iもあり、亮子の顔から体つきを、ジロジロ眺め回した。平服のドウヴァルが、商売人でない日本女性を、そのように抱《かか》えて踊ってるのが、羨望に値いするのだろう。

そして、ドウヴァルは、舞踏会の紳士のように、上品振って踊った。G・Iの乱暴な踊り方と、ちがったところを見せたい量見らしかった。事実、彼の踊りは巧みで、最初は硬かった亮子のステップも、次第に解きほぐされ、波に乗る体の快感を味わった。

「奥様は、よく、お踊りになる……」

踊りながら、彼が囁いた。

男に似気なく、ドウヴァルは、濃い香水を用い、体臭も強かった。西洋人の臭気は、亮子も、女学生時代から嗅ぎ慣れているのだが、今夜は、新しい刺戟だった。そして、彼の背に回してる手に、日本人より高い体温を感じ、幅広い筋肉の厚みを感じた。優男《やさおとこ》のように見えても、やはり、西洋の男は、逞《たくま》しかった。手の甲にも、毛が渦巻いてる——

良人から遠ざかってる彼女は、久振りに、男性に接近してる自分を意識した。そして、食事の時に過ごした酒の酔いが、踊り出してから、快く体に回り、時には、ドウヴァルの胸に顔を伏せたいような、衝動を感じた。

——いけない！

彼女は、ハッと、心の狂いを制した。そんなことをしたら、この男との今後の取引きが、不利になる。そして、衝動で不貞を行うことは、彼女の主義でない——

音楽が、終ったので、彼女は、先きにテーブルに帰った。

「もう、お友達がお出でになる時刻では、ありません？　あたくしそろそろ、お暇しなくては……」

「いや、この時間になったら、もう来ないでしょう。どうぞ、ごゆっくりなさって……」

友人と会う約束は、明らかに口実らしかった。すると、今夜の招待は、明らかな誘惑である。誘惑の期間を、延長させるためにも、今夜は長居をしてはならないと、彼女は考えた。

ちょうど、その時に、アトラクションが始まった。東京の劇場から駆けつけた、ストリップ娘が、銀の橋のような、バーのカウンターの上を、背後の鏡に姿を映しながら、シナシナと踊って歩いた。それを機会に、亮子は立ち上った。

「ほんとに、面白い晩を、過ごさせて頂きました。子供たちが、気になりますから……」

キッパリと、暇の言葉を告げると、ドウヴァルも、余儀なさそうに、

「では、お宅までお送りしましょう」

亮子が断るのを、強いて、同行してきた。

外へ出ると、夜気が冷たく、星が輝いていた。ズラリと、横付けた新型車のうちの一台の前で、ドウヴァルは、運転台の扉《ドア》を開けて、亮子を招いた。

車が走り出すと、彼はハンドルを握りながら、亮子に話しかけた。

「いつでも、書類が整い次第、私のオフィスへお出で下されば、すぐ取り運ぶようにしますから……」

彼のオフィスは、貿易ビルの三階にあり、家は、神奈川区の白楽《はくらく》にあることを告げた末に、独身で異国に生活する不便や寂しさを、細々《こまごま》と訴えたが、話半ばで、車は早くも根岸へきてしまった。

「ここで、降して頂きますわ」

亮子は、坂の曲り角で、そういった。門前へ乗りつけるのは、遠慮したかった。

暗闇の中で、亮子は、別れの握手の手を差し出した。ドウヴァルはその手の甲に彼の唇を

寄せた。

その晩ぐらい、亮子が、わが閨《ねや》の惨めさを、感じたことはない。

狭い六畳に、暗い電燈がともり、壁には、古着屋のように、自分や良人の衣類が吊され、散らかった雑具を押し除《の》けて、ムリに寝床が敷かれ、汚れた夜具の襟から、モジャモジャと乱れた、良人の頭髪が覗いている。彼は熟睡して、妻の帰りも知らないが、よほど早く床に入ったとみえて、ムッと貧乏臭く、寝息が立ちこめている。

さすがに、四方吉も、妻の寝床は敷く気がなかったらしいが、それでも、彼女の分を押入れから出して、壁際に重ねてあった。亮子は、その上へ、イスにかけるように、腰を下し、フーッと、溜息をついた。衣服を着換える勇気もない。

飛行機の旅で、熱帯から寒帯へきたようなものである。あの贅沢なキャバレから、十五分とは経たぬうちに、この部屋へ帰ってきたのが、いけなかった。

――なんていう生活よ、これは。

酒の酔いが、まだ残ってるせいか、彼女の感情は、荒々しかった。

――そこに寝てるのは、なんという男よ。

芋虫のように、いい気持そうに眠っている良人を眺めて、心に叫んだ。

心に叫んだ声は、聞えないのが当然だが、それにしても、あまりに天下泰平な寝相だった。八端の縞目の色が変るほど汚れ、綻《ほころ》び口から、大きく綿を覗かせている夜具に、いかにも、いい気持そうにクルまって寝ている男——

　その夜具にも、歴史があった。疎開地にいる時に、彼女が買溜めた最後の布と綿とで、一人でつくり上げた寝具なのである。自分の分は、古物で我慢して、帰還してくる良人には、新調の夜具に、久振りで、手足を伸ばして、眠らせたかったのである。あの頃は、どんなにこの男を愛し、尊敬していたか——

　あれから、七年の間に、一度も手を入れなかったから、こんなボロ夜具になった。尤も、双葉園の仕事に明け暮れて、彼女自身の寝具も、手入れの暇がないから、救済物資の毛布を用いてるが、良人の分は、わざと、不潔と綻びのままにした。そんな夜具に寝させられることに、少しは、憤りを感じてくれれば、と思って——

　侮辱、無視、虐待のあらゆる手段を、尽したのであるが、何の反応もなかった。なんという男であるか。まさか、わざと、不感性を装っているのではあるまい——

「ちょいと！　外人の男が、あたしを誘惑してるのよ。あたしがイエスといえば、それまでなのよ」

　彼女は、遂に、声を出して、そう叫んだ。しかし、同じことである。芋虫は、軽いイビキさえ、立てている。

　大きな溜息と共に、彼女は立ち上り、着換えを始めた。そして、自分の寝具を敷き、その上へ寝転んだ。突然、彼女は、われにもない衝動で手を伸ばし、良人の襟ガミを掴むと、烈しく揺すった。

「な、何だ、火事か……」

四方吉が起き上った時には、彼女は毛布を被って知らぬ顔をした。

横浜の志士

朝の太陽が、土と、草と、古びた物置小屋と、隣りの鶏舎を、明々と照していた。

「トウ、トウ、トウ……こら、お前、そうひとりで食うんじゃない」

四方吉が、餌箱から、菜とニボシの刻《きざ》んだのを振り撒いていた。鶏は、白色レグホンばかりであるが、一羽だけの雄が、ひどく威張って、餌を独占しようとする。

鶏が、餌を拾ってる間に、彼は鶏舎のワラの中に手を入れて、卵を探した。二つ、生んでる。それを、カラになった餌箱に入れて、彼は、金網の外へ出た。

しかし、すぐに、立ち去りはしない。飽かずに、鶏の姿を眺めたり、掃除した鶏糞を、容器に入れたり、鶏舎の周囲を、ウロついてる。

彼にとって、一日のうちで、最も愉しい時間である。鶏の世話は、何よりも、気が晴れる、自分は、ボロ夜具に寝ているが、鶏舎のワラは、新しい、乾いたのに、替えてやる。地面もできるだけ、清掃してやる。羽虫を除く砂浴びの砂も、湿《し》めらぬよう、常に注意してやる。鶏舎ともいえない、不恰好なものだが、四分板を叩きつけたトヤも、丸太に金網を打ちつけた垣根も、皆、彼自身の手になったのである。そして、鶏も、野毛の露店で買った五羽のヒナが、二羽育ち、それに卵を抱かせ、十一羽という数に殖やしたのだから、彼としては、手塩にかけた生き物なのである。鶏が病気にでもなると、ひどく心配になる。夜半に、鶏舎を覗きにきて、物音を立てては、亮子に叱られる。

鶏に限らず、小鳥でも、啼く虫でも、何の愛着もない彼であったが、戦後、こんなに変ったのを、自分でも、不思議に思っている。尤も、卵が売れて、煙草銭の一部を稼いでくれるから、恩を感じてるのかも知れない。

鶏舎へくると、気が休まるのは、一つには、位置の関係もあった。ここは、物置小屋が建ってるくらいだから、福田別荘の隅の隅であり、壊れた食器や、朽ちかけた木箱なぞが散乱してるだけで、滅多に人がくる場所ではない。ここだけは、彼の世界であり、領分なのである。

今朝も、もう食堂で、朝飯を掻き込んできたし、午後は、オカメ軒へ出張する日であるけれど、それまでは、何の用事もない。そこで、空木箱の上へ腰を下して、ヨレヨレのバットを一本抜き出し、静かに煙を吐きながら、日光の感触を愉しむ。なかなか、いい身分である。

――ゆうべは、亮子の奴、どういう量見で、あんなことをしたかな。

イキナリ、揺り起された時は夢かと思ったが、頭から毛布を被ってる妻の姿が、却って、彼女の仕業であることを、教えた。

何の用で、人を揺り起したのか。火事かと思ったが、そうではない。怪しい物音でも聞えたのなら、その旨を告げる筈である。すると、動機は何か精神的なものに違いない。例えば、良人の惰眠《だみん》を覚醒してやろうというような——

——そうだとしたら、まことに、申訳がない。

四方吉も、古風な男で、義理とか、責任とかいう観念が、人並み以上なのである。例えば、自分が養子であることを、忘れたことがない。自分が、亮子の良人たるのみならず、亡き志村の両親によって選ばれた、養子であることが、常に念頭にある。

しかるに、結婚後十三年にしてまだ、子供が生まれない。それでは養子の種族保存的責任にもとるから、虚脱の肉体に鞭打って、細君に夜の訪問を企てたこともあったが、断然たる拒絶に遇った。それを押して、義務履行もできないので、交渉は控えているものの、内心、忸怩《じくじ》たるものがある。

子がないことを、申訳なく思ってるくらいだから、今日《こんにち》、何の働きもなく、双葉園の居《い》候《そうろう》となってるのが、平気というわけではない。志村家を昔日の繁栄に返して亮子にも、不足のない日々を送らせたいのは、山々なのである。

それが、養子の義務であり、また男子の責任と思うのだが、思うばかりで、魂がいうことをきかないのは、是非もない。正直に生まれついたのが身の因果で、驚愕精神病とか、感動精神病とでもいうのか、大きな打撃で、魂がシビレてしまった。これは、環境がよくなると、癒る病気だそうだが、講和発効の声を聞いても、どうも、シャッキリしない。実は、日本の独立と共に、自分も魂の自主性を取り戻そうぐらいの、胸算用はあったのだが、いざとなると、アテがちがった。まだ、どうも、働く気になれない。去年あたりから見ればだいぶ、魂にツヤが出てきたように思うが、まだ、活動はムリなようだ。志村家にも、亮子にも、相済まぬことだが、もう少し、辛抱を願わねば――

四方吉は、煙草を喫い終って、惜しそうに、地面へ投げた。それ以上喫うと、指を火傷《やけど》するから、仕方がない。

――あア、しかし、いい朝だ。

彼は、眩しい空を仰ぎながら、大きなノビをした。朝の微風が渡り、春蟬《はるぜみ》の声さえ聞え、近頃にない日和《ひより》である。彼の気分も、近頃になくいい。睡眠中に、女房にカツをいれられたためかも知れない。

ふと、物置小屋の方から、人の足音が聞えた。雑役婦がゴミでも捨てにきたかと、四方吉は、領分を侵犯された不快を感じたが、わざと、知らぬ顔をしていると、生温《なまあたた》かい手が、彼の胸に触れた。

「オジさん……ここにいたの」

トムだった。赤いジャケツに、鼠色木綿《もめん》のオバー・オールを着て、栗丸太のような色をした裸の脚に、大人の下駄をつっかけている。大きなお凸《でこ》の下から、いかにも人懐っこい、いやに白い眼が、四方吉を見上げていた。

「トムか……、こんな所へくるとまた、理事先生に、叱られるぞ」

「うん……。だけど、ニワトリ、可哀そうだろ」

四歳の子としては、声帯の発育した、太い声で、トムが答えたが、言葉の意味は、わからなかった。

「なぜ、可哀そうなんだい」

「ボクが、ご飯持ってきて、やらなかったら……」

彼は、小さな、茶褐色の拳を、つき出した。何かの雑草が、二三本、萎れかかったのを、シッカリと、握っていた。

「あア、そうか。トムは、鶏に餌をやりにきたのか」

四方吉は笑って、頷《うなず》いた。そういえば、近頃、彼が餌に用いる菜ではない、青いものが、柵の中に投げ込まれてあることがあった。

「毎日、やりにくるのか」

「うん」

「誰に、教わったのだい」

「オジさんのやるの、見てた……」

「いつ？」

「この前、ズッと前……」

「へえ、そいつは、知らなかったな」

四方吉は、自分の部屋に、ひそかにトムを呼び寄せて、菓子なぞ与えたことは、何度かあった。そんな時にでも、鶏舎へ連れて行ったか。

一体、四方吉は、園児に同情がないというよりも、彼等の顔を見ると、胸が迫って、苦痛に堪えないので、なるべく、近寄らない工夫をしていたのであるが、トムに対して、自ら進んで、そんな愛情を示したのは、バズーカお時の告白を聞いて、間もない頃であった。

テンプラ屋の二階で、彼女から、あんな相談を受けた時に、四方吉は、グッと詰まって、一言の返事もできなかったのである。その憐れむべき黒人兵の許へ走れとも、反対に、見捨てろとも、いえなかったのである。その癖、彼はその黒人兵の底抜けの愛情にも、アバズレ女のお時の意外な悩みにも、深く心を動かされたのだが、さて、彼女にこの道を行けと、指示する言葉は、どうしても、口から出なかった。

「まア、あんたの好きなようにするんだな……」

と、われながら、意気地のない、無責任な返事をすると、彼女は、果して、烈火の如く怒り、

「なによ、オジさん、そんな返事が聞きてえくらいなら、誰が、おめえに相談するもんか」

と、真ッ向からやられて、四方吉は、心中、深く恥じ入った。亮子から、どんな侮辱を受けても、平然としてる彼が、体じゅう、足の裏まで、真ッ赤になるような気がした。

それは、七年間の慢性虚脱中で、最初に体験した、魂の刺戟であった。彼も、まだ、どこかに、人間らしい感情の火種が、消え残っていたらしい。といって、その羞恥を家まで持ち帰っただけで、どう始末することもできず、ただ、トムをそんな風に可愛がることで、ゴマかしていたのである。

「そうか、そいつは、有難う。トムは、鶏が好きだと、見えるな」

四方吉が、トムの方へ向き直ると、彼は、少しオズオズしながらも、八字に開いた彼の膝の間に、寄ってきた。

「うん、ニワトリ好き。スズメ好き。アリ好き……」

「蟻？　ヘンなものが、好きなんだな」

「うん、それから、オジさんも好き」

「そうか。オジさんも好きか……」

四方吉は、焦げた毛糸のような、トムの頭髪を、撫《な》ぜてやった。それは、固く渦巻いて、櫛《くし》も通らないような気がするが、掌に受ける感触は、案外、柔かだった。だが、頬や耳の色は、煤《すす》けたように光沢がなく、街で見受ける黒人兵の生々した漆色《うるしいろ》とは、まったく異っていた。

——この子は、いまに、どんな日本人になるのか。

四方吉は、始めて、双葉園の児童の将来を、念頭に浮かべた。今までは、考えるのが面倒で、且つ不愉快だった。それに、タカの知れた問題ではないか。占領軍の兵隊と、被占領国の女との間に、子供の生まれる現象は、歴史と共に、何度繰り返されたか。戦争とはそういうものだ。今度の占領軍が特に好色なわけではなく、戦後の日本女性が、急に堕落したわけでもない。この横浜でも、開港当時は、今と同じ現象が見られたのだ。そういう女のことを、パンパンと呼ばずに、黒船夜鷹とか、ラシャメンとか、称したに過ぎない。日本の女は、気宇が大きいのか、中国の女とちがって、外国人を毛嫌いしない。また、いつも貧乏で、金が欲しい。その結果として、あんな子供が生まれる。それだけの話である。それを、大騒ぎして、双葉園なんて事業を始めた、亮子の奴の気が知れない――

そんな風に考えていた、四方吉ではあったが、トムを見ると、そう簡単には、問題をカタづけられなくなった。

――とても、こいつが、幸福な日本人になるとは、思われない。

彼は、トムの頭を、撫ぜ続けながら、考えに耽った。トムの髪の中から、ある臭《にお》いが湧き出し、彼の鼻を打った。それは、戦時中に配給になった、ヤシ油の臭いと、似たものだが、双葉園に住んでる彼は、黒い混血児に共通の体臭であることを、知っていた。その臭いに、彼は、いつも鼻を反《そむ》けたが、今日は、それが、ひどく、トムを可憐に思わせた。

――この臭いも、お前の罪ではないのに……。

ラシャメン時代にも、混血児は生まれたが、白い子に限られていた。そして、一世紀近い間に、どこにどう消えたのか、日本の社会に吸収されてしまった。今度も、白い混血児の将来は、案外、問題が少いかも知れない。だが、トムの仲間は、そういかないだろう。彼等の肌色と容貌とは、二代や三代で、消え失せるような、生優しいものではない。そして、日本人の差別観は、白い子よりも、トムの仲間に対して、いつまでも、執拗に追いかけるだろう。

――可哀そうに。しかし、おれは無力で、どうしようもないんだよ。お前のお母さんの相談にさえ、頭を抱えて、逃げ出した男なんだからな。

午後になって、四方吉は、オカメ軒へ行くために、家を出た。

どうも、気分が、サッパリしない。朝、鶏の世話をした時は、気も晴れ晴れとしていたが、トムのことで、いろいろ考えさせられたら、風船玉に穴が開いたようなことになった。それに、もう一つ、思わしくないことがある。

馬車道界隈へ行くと、バズーカお時に遇う危険がある。この前の火曜日は、いいアンバイに、彼女と出会わずに済んだが、今日はそうもいくまい。遇えば、どんな眼つきで、睨まれるか。

「なんだ、おめえ、それでも男かよ」

恐らく、彼女の視線は、そう語るであろう。それは、骨身にこたえて、痛い。志村四方吉、一言もないことになる。なるべく、そんな目に遇いたくないから、今週は休業にしたいのだが、前週に、二通も注文を受けたので、それを依頼主に渡さなければ、義理が欠けるし、小遣銭にも不足を生じる。

――どうも、昨今、足許がグラついてきた感じだな。

慢性虚脱患者の癖に、人並みなことを考える。

やがて、馬車道へきた。お時姐《ねえ》さんが、そこに立っていないかとビクビクしながらも、彼は、講和発効日以後、始めて見る街の様子を、眺めた。どこにも、別段の変化はない。祝賀装飾なぞやってる家は、一軒もない。新聞で見ると、東京も、あまり騒がなかった様子だが、今度ばかりは、ヒネくれた彼の心も、国民の態度に、同感した。この講和、とても、提灯行列というシロモノでない。といって、知らん顔をしては、義理に外《はず》れる。その中間の道というやつ、ひどく歩き難いのに、国民は隊伍堂々と、やってのけた。いや、見上げたもので、とても、十二歳の芸ではない。

――だが、待てよ。そんなことに感心するのは、世間よりも、おれの方が、変ってきたのかな。

彼は尻がカユイような気持で、道を急いだ。街の角々から接収区域の鉄柵が、チラチラ見えるが、それも、今年じゅうには、取り払われるだろう。その跡に、どんな街が建つか。横浜の心臓部が、どんな形で、再生するか。

――横浜も、やっと、七年間の縄から、解き放されるのか。

戦前は、四方吉も、嘉代婆さんのように、横浜を愛する横浜人の一人だったが、久しい間、郷土を忘れていた。何を考えても、仕方のない時代だったが――

いつか、セントラル・ビルの角まで、来ていた。輪タク屋や、源氏屋らしい男が、例によって、ウロウロしてるのを見ると、彼も職業意識を取り戻し、横丁へ入って、オカメ軒の扉を開けた。

すると、ワーッと笑声が聞え、大入りの客の姿が見えた。

オカメ軒に、こんなに客が入ってることは、珍らしい。五、六人の街の女と、一人の外人の男と、それから、いつもカーテンの奥へ引っ込んでるオカミさんまで、店へ出てきて、ワイワイ、騒いでる。

「あら、いいとこへきたね。ここへ、お坐りよ。オジさんだって、関係のある話なんだから……」

四方吉の顔を見ると、女の一人が、壁添いのベンチに、尻をズラして、席をつくってくれた。

四方吉は、子供のように若い外人の隣りに、ちょっと会釈して、腰を下した。知らない仲でもないからである。

「今ね、レモネードさんから、もう、横浜は見込みないって、いわれてね。皆、総掛かりで、やっつけてるところなんですよ。あたしだって、商売が上っちゃったら、大変だから、話を聞きに出てきたんですがね……」

オカメ軒のオカミさんが、白いエプロンの腹を反らして、四方吉に説明した。

「へえ、どうして、横浜がダメになるんですか」

四方吉は、薄笑いをして、話の仲間に加わった。

「オー、アナタ、紳士、話ヨクワカルネ。コノヒトタチ、キノドク……」

レモネードさんと呼ばれた男は、ひどく、真面目な顔で、吃《ども》り加減に、ヘタな日本語を話す。真面目になればなるほど、愛嬌が出てくるといった、男である。

「失礼しちゃうわね。なにが、気の毒よ。あんたこそ、いつもシケてて気の毒だわよ」

女の一人が、遠慮会釈もなく、キメつけると、ドッと、他の女が笑う。彼女等は、この外人を、客にする可能性を認めていないらしい。同時に、同類としての親しみを、充分に現わしてる。四方吉と等しく、彼も、彼女等と共に生き、彼女等の世界の住人なのである。

「オー、ソウ。ワタシモ、キノドクヨ。デモ、アナタタチ、モットキノドク。イマニ、ミナサン、商売ナクナル……」

そして、彼は、薄汚れたジャンパーの胸を抑え、腹ペコになった人間の真似をして見せた。役者のように、身振りが巧い。

彼は、横浜でなければ見られない、変った外人の一人だった。まるで、カツギ屋のような、貧乏臭い姿をしてるが、もとは船乗りで一年前には、キャバレ・セントラルあたりで、金費いの荒い上客だった。従って、女からモテ過ぎた結果、船の出帆に間に合わず、いわゆる脱船者となった。嚢中《のうちゅう》、忽ち窮乏したが、それでも、彼は夜毎の如く、キャバレやダンス・ホールへ姿を現わした。しかし、彼は決して無銭遊興をするような、無頼漢ではなかった。毎夜、一番安価な飲料のレモネードを注文し、踊るでもなく、騒ぐでもなく、夜更けまでネバって帰る。やがて、レモネードさんという綽名が生まれ、そういう場所の経営者、女、客たちの間に、愛嬌者として扱われ、木戸御免的な存在となった。彼もまた、厚誼に報《むく》ゆるべく、海員クラブあたりから、客を案内してきたりする。

それが、習慣となって、今では海員やG・Iの遊興方面のガイドとして、生活しているらしく、この付近の女たちに、顔の売れてることは、四方吉に劣らない。レモネードさんを知らなかったら、モグリといっていいようなものだが、彼も、すっかり、この環境に順応して、外人の意識なぞは、素振りにも見せない。生まれは、スペインだというが、日本のアンチャン的地位に甘んじ、カタコトで炭坑節も歌えば、オカメ軒へきてアンミツを食べることも、知ってるのである——

「ダカラ、ミナサン、早ク、座間ヘユク。O・Kネ。ワタシモ、ユク。O・Kヨ」

彼が、一所懸命になって、説得してるのは、どうやら、講和発効で、横浜の米軍が、相模《さがみ》原《はら》方面へ移動するために生ずる、影響であるらしかった。つまり、横浜は火が消えたようになり、座間付近に、新しい伊勢佐木町や馬車道が出現することになるから、親愛なる諸嬢は、早く移転の準備にかかれと警告を発してるらしかった。

なにも、レモネードさんの警告を待たなくても、その問題は、昨今、土地の人たちの胸を、火事のサイレンを聞いたように、騒がしていた。港湾施設と、市の心臓部を奪われた横浜は、貿易港として麻痺状態に墜《おち》入《い》ったが、また一方、その七年間を、市民が細々と食い繋いだのは、占領軍駐屯のお蔭だった。中には、太々と食い肥ったのもあり、直接間接に、占領景気に浴さぬ者は、稀《ま》れであった。

それが、接収解除、司令部移転となれば、大異変を起さずにいない。女たちは、身軽だから、ゾロゾロと、部隊の跡をついて行けばいいが、キャバレや、スーベニア屋や、ホテルや、その他モロモロは、そう簡単には移動できない。そこで、一部の平和論者と同様に、占領継続を希う声も起き、また、希望的観測で、移動後も、G・Iたちは、遊び慣れた横浜へ通ってくるだろうという説も、生じた。ところが、最近、機敏な商人が、続々と、座間町に店舗の新築を始め、そのために地代が三倍に騰貴したというような噂が飛ぶと、ソレ立ち遅れたと、動揺が始まり、横浜を見捨てようとする横浜人が、資金の奔走で夢中になってるのは、何か、落城前夜の城下町を、想わせるものがあった。

レモネードさんは、そんな形勢を、どこかで見てきたらしく、親切心から、女たちに警告したのだろうが、彼女等は、浮草のような身の上だから、そんなことを聞いても、一向、平気であるが、オカメ軒のオカミさんとなると、そうはいかない。こんな、チャチな飲食店でも、占領の余《よ》沢《たく》を蒙《こうむ》ってる証拠には、女たちがいなくなると、翌日から、商売上ったりとなるのである。

「ねえ、オジさん、あんただってそんなことになれば、飯の食い上げじゃないの」

と、オカミさんは、四方吉に向って、共鳴を求めたが、

「ほんとに、そうだよ」

彼も、心から、合槌を打たずにいられなかった。

変る。変る。何も変る。三十年は続くと思われた占領も、六年八カ月で、こんな変化を起した。横浜を占領されて、悲観した連中が、今度は、占領軍が出ていくことで、慌てふためいている——

「すると、あんた達とも、そのうち、お別れかね」

と、四方吉は、自分の商売が干上る心配よりも、気心を知った彼女等の顔が見れなくなる予想の方が、心に響いた。

「なアに、オジさん、そうなったら、あんただって、オカミさんだって、一緒に座間へ行くさ。あたいのハウスに、置いてやってもいいよ」

と、女の一人がいえば、レモネードさんも、側から、

「ネバー・マイン、ヨ。ワタシ、イロイロ、ヨイ話アル」

と、慰めてくれた。

そこで、彼は、今日の商売にかかった。二通の手紙を、依頼主に渡して、四百円貰ったが、新しい注文も、一口あった。尤も、それは、色文《いろぶみ》ではなくて、詰問状だった。結婚の約束をして置いて、黙って、帰国してしまった兵隊に対して、ウラミ・ツラミのありったけを、書いてくれというのである。

「ジムの畜生にア、あたいも、商売忘れて、親切にしてやったんだよ。あいつのアンダ・シャツまで洗濯してやったりさ。それを、こんな目に合わしゃがったんだから、タダじゃ置かねえよ。今に、あいつを、祈り殺してやるからってことを、あいつの身に沁みるように、巧く書き込んでおくれよ。三百円払ってもいいからさ」

と、無念の形相を、表わすのを、

「よしなよ。そんなことしたって泥棒に追銭だよ。それより、他のG・Iを騙《だま》して、仇打ちしてやんなよ」

と、実際的な勧告をする朋輩もあったが、

「そんなこっちゃ、胸が納まらねえよ……。オジさん、頼むから、身を入れて、書いてくん

な」

「精々、ご注文に従うがね、料金は割増しに及ばないよ」

四方吉も、お馴染みさんには、商売を勉強しなければならない。

そこで、女たちは、賑やかに喋りながら、オカミさんに勘定を払って出ていこうとするのを、四方吉は、ちょっと、呼び止めた。

「君たち、知らないかね、お時ちゃんは、近頃、どうしてるか。暫らく、会わないんだが……」

先刻から、気になってならないことが、口に出た。

「そういえば、お時姐さん、さっぱり、このところ、出てこないわね。病気かしら……」

「あたいは、先週、大江橋の側で、会ったけど、とても、ご機嫌が悪くて、オッカないから、すぐ、逃げ出しちゃった……。何か、用？」

「いや、べつに……」

四方吉は、言葉を濁した。そして、女たちが出ていくと、例の如く、一杯の焼酎を命じた。

「いや、オカミさん、二杯にして下さい。レモネードさんも、飲むだろう」

チュウというものまで、味を知ってる、この外国人は、安物の厚いコップを、手にしながら、

「ゴチソーサン。アリガト、ゴザイマス」

いつも日本人から、ご馳走になりつけてる身分だから、挨拶も、淀みがない。

「いや、なに……。あなたも、あたしも、あのガールたちのお蔭で、収入を獲《え》ているのですから、同業者のようなものですな。一パイ差し上げるのは、当然ですよ」

四方吉が、サビしいことをいう。

「イエ、アナタ、紳士デス。私、ゴロツキ。私、英語、話スケレド、少シモ、書ケマセン」

「なアに、あたしだって、いい加減なもんですよ。しかし、レモネードさん、あなたも、まだお若いのだから、こんな、敗戦国の港で、苦労なさらなくても、お国へ帰られたら、いい仕事があるでしょうに……」

「アルカモシレマセン。デモ、私、横浜、大好キデス。横浜ノ人、ミナ、親切……」

「そうでもないんですがね。しかし、昔から、外国人には、住みいい土地かも知れませんな」

「ソーデス。私、働カナクテ、食ベラレル……」

「なるほど、それで、横浜が好きですか」

「私、働クコト、大キライ……」

「わかりますよ、その気持……」

四方吉は、面白くなってきた。東西のナマケモノが、一堂に会して、焼酎を飲むとは――

「デモ、アナタ、ソノウチ、ジョッブ（仕事）ナクナルネ。キノドクデス」

「ああ、さっきの話ですか。いや、そうなったら、何とか考えますよ。それに、そう早く、座間へ移動することもないでしょう」

「イエ、私、G・Iノ話、聞キマシタ。タイヘン早ク、ユキマス」

「そうですか。そいつは、困ったな。あたしも、ガールたちと一緒に、座間へ移動できるといいんだが……」

「アナタ、横浜、出タクナイネ。奥サン、イルデショウ、可愛イ奥サン……」

「あんまり、可愛くないのが、いることは、いますがね。しかし、それと関係なく、あたしは、やっぱり横浜にいたいね。講和後の横浜が、どんなことになるか、見届けて置きたい、気持がするんですよ」

「O・K、アナタ、横浜ニイナサイ。私、トテモ、ヨイ仕事、アナタニアゲマス」

焼酎の酔いが、回ってきたのか、レモネードさんは、大いに広言を吐いた。自分も、シガない生活をしてるくせに、四方吉に職を与えるというのは、滑稽である。

「ハッハハ、有難う……」

「デハ、スグ、行キマショウ」

彼は、残った焼酎を、グイと、飲み干すと、イスから立ち上った。

「どこへ、行くんですか」

「スグ、近クデス」

「弱ったな、これは……」

四方吉は、オカミさんに勘定を払うと、頭を掻きたいような気持で、レモネードさんの跡に続いた。

レモネードさんは、足が速く、サッサと、橋を渡って、伊勢佐木町通りへ出たが、じきに、裏道へ曲った。

そこに、赤い鳥居を前に、白壁と、ナマコ壁で、日本の城の外装を模した、異様な建物があった。空襲で焼け爛れた小ビルを、そんな風に改造して、夜はネオンで、富士山が屋上にそびえる仕組みになっている。スキヤキ・ハウスの「フジヤマ」である。日本人立入禁止というわけではないが、牛鍋《ぎゅうなべ》なら、他に安くてウマイ家があるから、邦人は足を入れない。G・Iやバイヤーの客が、毎夜、溢れるほどである。二、三階が日本座敷で、芸妓を呼び、スキヤキ・パーティーのできる設備、一階が洋風で、鍋を煮てくれる女を相手に、バーの酒を飲む趣向、地下室も洋風だが、スキヤキ・ダンシングと称して、食うよりも、飲んで踊るのが目的——スキヤキ屋に、ジャズ・バンドがあるのは、日本広しといえども、ここだけであろう。

その地下室の入口に立って、レモネードさんは、遅れて歩いている四方吉に、一本指で、手招きをした。

——ヘンなところへ、連れ込むな。

四方吉が驚いてるうちに、レモネードさんの姿は、暗い階段の下へ、消えていく。こうなっては、その跡に従う外はなかった。

地階は、昼間は客を受けないから、電燈もほとんど消してあり、闇に近い階段の下に、人

のいないクロッカー（携帯品預所）があり、そこから曲ったところに、ホールがあるらしいが、レモネードさんは、

「チョト、待ッテ……」

と、逆の方向の狭い廊下へ、入って行った。

四方吉も、評判は聞いていたが、この家へきたのは始めてだった。普通の外人専門キャバレとちがって、特色があるので繁昌《はんじよう》してる噂よりも、経営者が、戦後の横浜の成功者として有名な、武智秀三であることが、四方吉の頭に、浸み込んでいた。武智は、終戦直後、路上で靴直しをしていたという噂さえあるが、よほど機略と胆力に富む男らしく、G・I対手の享楽施設に手を出すようになってから、メキメキと売出し、今では、この「フジヤマ」ばかりでなく、数軒のホテルやダンス・ホール、スーベニア・ショップなぞを経営し、横浜の高額納税者の三位に、名を連ねている。つまり、武智秀三なぞは、全然、虚脱の味を知らなかった日本人で、四方吉も、自分と対蹠的人物として、記憶に残っていた。そういう人物の店に、用はないから、四方吉も当惑を感じて、暗い中に佇《たたず》んでいると、やがて、レモネードさんが、姿を現わした。

「モ少シ、待ッテ。イマ、支配人イマセン。スグ、帰リマス」

「いや、もう、いいですよ。僕は失礼さして貰いますよ」

「失礼、イケマセン。モ少シ……」

レモネードさんは、わが家のように心得た態度で、クロッカーの中から、小イスを持ち出

し、四方吉を坐らせると、また、どこかへ出ていった。

また、暗いところへ、一人取り残されて、四方吉は、所在もないし、バカバカしくもあったが、対手がレモネードさんでは、文句をいう気にもなれなかった。

前夜のスキヤキの匂いが、微かに漾う、地下室の空気は、重く、湿めっぽかった。夜は、どんな賑わいを呈するか、知らないが、シンと、昼間の闇に閉された周囲は、お化大会の見世物小屋の中へ入ったような、愚劣な陰惨ささえあった。

四方吉は、煙草を喫おうとしたが、生憎、一本もなかった。退屈のあまり、彼は、スキヤキ・ダンシングというものの設備でも、覗いてみようという気になった。

少し歩くと、ビロードの厚いカーテンが、食い交いに垂れ、そこが、入口らしかった。彼が、オズオズ、首を突っ込むと、低い天井の下に、普通のダンス・ホールと少しも変らない様子なのに、失望を感じたが、ふと、右方の隅のテーブルに、意外にも、赤い笠のスタンドを灯して、数人の男が語り合っていた。ボックスの仕切りで、二人の男は、後頭部だけしか見えないが、正面にいる、布袋《ほてい》のように肥った日本人は、上着なしで、ワイシャツの胸をハダケ、声も筒抜けに、大きかった。彼らのすべてが、外国人でないのは、会話を聞いて、すぐ知れたが、遊びにきた客でもないことは、テーブルの上に食物や飲料が一つも列べてないことで、判明した。そして、場内の燈火が悉く消され、そのテーブルの人々だけ、赤い灯の反射を受けてるのが、夜の峠道で、山賊が焚火でも囲んでるような印象を、与えた。

「すると、君は、五港の首位という昔日の夢を、もう一度、追おうというのかね」

と、肥った男が、短く刈った頭を、左右に振った。

「必ずしも、夢とは、いい切れんと思うが……」

向う側の一人が、答えた。

「わしは、遺憾ながら、賛同できんよ。まア、考えても見給え。これが、七年間の接収によって生じた打撃だけだったら、回復の道は、いくらでも、考えられる。しかし、横浜の衰微は戦前に遠く溯《さかのぼ》るのだからな。そもそも、明治の終りに、清水港に茶の輸出を奪われた時から、下り坂になったと、わしは見るんじゃ。やがては、生糸も、半分、神戸に持って行かれ、その生糸さえ、ナイロンに、押されて、未来は知れたものさ。といって、この優秀な港の価値を、否定するわけじゃないが、従来の方針では、通用せんのじゃないか。単なる貿易港として、明治期の繁栄を、繰り返そうとしても、それア、出来ない相談じゃないかな」

その会話を洩れ聞いて、四方吉は、微笑した。どんな密談でもやってるかと思ったら、横浜港の将来についての討論会らしいので、アテが外れた。しかし、ラジオで放送しても差支えないような話を、なぜ、人目を忍ぶように、こんな場所で行わねばならないのか。それに、こんな問題を論ずる人は、狭い横浜では、算《かぞ》えるほどしかないが、一体、どこの誰であるかと、不審が起きた。

「どうも、君は、悲観説だね、武智君……」

武智という名を聞いて、四方吉は、ハハアと、頷《うなず》いた。

——あれが、武智秀三か。

ゴム・マリのような顔に、細い眼が、鎌のように、鋭く光る男——いかにも、有名な戦後派のボスらしい、面魂《つらだましい》だった。髪は薄いが、まだ、禿げる齢でもないらしい。昔の横浜実業家のような品位は、どこにもないが、見るから、生活力に溢れた、そして、抜目のなさそうな男である。彼が、市政方面にも、隠然たる勢力を持ち始めたことは、四方吉も、知らないではなかったが、このような論議に、滔々と、意見を述べるような男とは、予想しなかった。

その武智秀三が、自分の経営する「フジヤマ」の地下室で、人と密談するからには、よくよく重大な問題が、絡んでいるのだろう。そして、対手の人物は、どんな連中かと、四方吉も、横浜の土着人だけに、興味が起ってきた。

「いや、悲観は、わしの性分に合わん。単なる貿易港一点張りでは、見込みがないと思う。だけど、横浜を旧に倍して繁栄させる道には、大楽観しとる。但し、それには、思い切った新構想で、進まにゃ……」

「すると、広川さんの自由港論が、登場すべきですね。ねえ、広川さん？」

「それよりも、谷戸君の特別市制論を、一席、述べたらいい。君は現実派だから……」

その言葉で、後向きの二人の正体が、四方吉にわかった。戦前から市の有力者で、最近、追放が解けたばかりの広川安左衛門と、勢力のある市会議員の谷戸隆夫が、会談に加わってるらしい。

「自由港論は、わしも、大賛成ですが、足腰の立たん現在の政府に、そんな思い切った措置はできんでしょう。それに、工場設備の敷地も不足していますな。それよりも、わしア、横浜の一隅に、自由区域の建設を、提唱したい。それを、われわれ横浜人の自力で、やれんことはないと思う……」

「しかし、そんなウマイことが、実行できますか」

「いや、それを一つ、聞いて頂きたいのじゃが——わしは、貿易港としての復興に、努力する側《かたわ》ら、外国人の観光地、享楽地としての観点から、その方の新開拓を、大々的にやるべきだと、考えるんですよ」

「だが、こんな、平凡な風景の土地を……」

「いや、風景そのものは、問題じゃないですわ。根岸あたりの眺望でも、設備に金をかければ、観光地として、結構、通用するのですよ。しかし、ただ、いい道路といいホテルをつくっただけじゃ、駄目ですな。一言にしていえば、東洋のモナコを、横浜に出現させる——女と賭博の大本山を、築き上げるんです。賭博もルーレットばかりではない。ドッグ・レースでも、ハイアライでも、全ての種類を、網羅するのですな。しかし、モナコと同様、自国の国民は、絶対に入場させません。外国人だけに、金を費わせる……」

「それくらいのことだったら、現在の復興計画ほど、金もいらんし、すぐ、実行できるでしょう」

「ところが、広川さん、今の法律じゃ、むずかしいのです。そこで何とか道を講ぜねばならんが、それには……」

それから、ヒソヒソと、長い話が続いた。武智秀三が、会談にこんな場所を選んだ理由は、むしろそれからの話の内容で、合点できるのだった。

四方吉は、思わぬ立ち聞きをして興味を催した。講和発効の波紋はオカメ軒の常連ばかりでなく、こういう横浜の主要人物たちにも、連鎖反応を起しているのが、面白かった。確かに、世の中が変ったらしい。占領軍のお蔭で大儲けをした武智も、もう、G・Iの落す金は過去のものだと、考えているらしかった。今後は、世界各国から、金の費いたい人間を、横浜の一角に、招き寄せる計画で、いつかは、鉄のカーテンの向う側からも顧客を吸引してみせると、雄大な構想も、描いてるらしかった。

そして、そのモナコ地帯を、どこに建設するかという問題で、武智と広川の間に、議論が起きた。広川は、関内の中心部が適当だといったが、武智は、根岸説を執って、降らなかった。根岸の競馬場は、現在、接収されてるが、あの敷地が、ドッグ・レース場として甚だ適当であり、また、海に面した丘陵は、カジノやホテルの建設地として、比類ないものだと、主張した。さすがは、外人接客業で、富を成した男だけあって、着眼が当を得ていた。

「あの辺は、ほとんど、接収地や接収家屋ばかりで、何とか、早く解除の運動をせねばならんが、わしが、特に目をつけているのは、旧《もと》のアイケルバーガー将軍居宅から、今は例の双葉園になってる、福田別荘にかけての一帯じゃね……」

と、武智が述べ立てた時には、四方吉も、ニヤリとして、一層、聞き耳を立てた。

——これは、面白いことになったものだ。双葉園がバクチ場になるのは、変化の妙を得てる。亮子に聞かしたら、どんな顔をするかな。

彼も、細君の本心は、見抜けなかったらしく、彼女の失望落胆を、心に描いた。

しかし、彼は、武智秀三の計画を、笑う気にはなれなかった。横浜に物が集まらなければ、人を集める外はない。観光地、享楽地の横浜に着眼したのは、新構想にちがいなかった。外人の賭博のテラ銭で、市民が生きてくのは、体裁が悪いが、市営の競輪や競馬で、同胞の汗の代償を捲き上げるより、どれだけ筋が立ってるか、知れない。また、外国人を愉快に遊ばせる技術は、日本全国で、横浜人が最も心得ているし、占領七年間で、一層、磨きをかけた。占領軍が撤退すれば、その技術も、宝の持ち腐れとなるが、武智案が実行されれば、多々益々弁じるだろう。武智は、それで大儲けをする気だろうが、そんなことは、どうでもいい。福田家初代にしても、自分が儲けてから、横浜を富ませたのだから——

そんなことを考えてる四方吉を、レモネードさんの声が、驚かせた。

「ゴメンナサイ、遅クナッテ……。支配人、帰ッテキマシタ。行キマショウ……」

劇場の楽屋へでも行くような、暗い、狭い廊下のつきあたりに、地上の光りが、薄明るく洩れる窓があり、その左に、支配人室と、札の出てる扉があった。レモネードさんは、形式的なノックをしただけで、返事も待たずに、扉を開けた。

「連レテキタヨ……」

そういって、彼は、四方吉を押し込むように、室へ導いた。

コンクリートの壁が露出した、留置場のように、殺風景な部屋だった。弱い外光と電燈の混合した光りに照された室内は、それでも、新しい書類棚や、イスとテーブルが列べられ、その前に、パステル・カラーの服を着て、赤いネクタイをつけた、若い男が、大きくもない腹を反らして、腰かけていた。

「コノ人、トテモ、正直。ソシテ、紳士ヨ……」

レモネードさんの紹介を、半分聞いて、若い支配人は、ジロリと、四方吉の風体を一瞥《いちべつ》しただけで、明らかな失望と軽蔑を、表わした。ボロ服に下駄履きの紳士というのは、滅多にないからだろう。

「レモちゃんにも、困るね。僕ア、忙がしいんだから、暇潰しはご免だよ」

彼は、四方吉を前に置いて、不遠慮なことをいった。

「困ル、ナイヨ。コノ人、英語、トテモ、上手。ナンデモ、書ケル」

「英語の書けるぐらいの男は、腐るほど、いるんだよ。それに、うちの店は、マドロス対手じゃないからね。外人のうちでも、客種は極く上等なんだ。外国の礼儀作法は、一通り知ってる人でないと、雇うわけにいかないんだよ」

彼は、一言も、四方吉に対しては、口をきこうとしないで、外人流に組んだ脚を、レモネードさんの方に、ブラブラさせた。この外人に対しては、礼儀作法を守らなくてもいいのだろう。

「ソレデモ、コノ人、仕事ナイ。可哀ソウヨ」

そういう当人の方が、よほど可哀そうに見えるほど、彼は、汗の出そうな、赤い顔をして、支配人に懇願した。好人物の彼は、四方吉に安請合いをして、こんな結果になり、立場に困ってるらしい。

四方吉は、それが気の毒であり、また、小生意気な支配人の態度も、気に障《さわ》っていた。

「レモネードさん、ご親切は、有難いけれど、もともと、僕は就職をお願いしたわけではなし、この店で働きたい希望もないんですからね。さア、用事のない所は、早く、引き揚げましょう」

と、いい捨てて、扉の方へ歩いていく彼を、若い支配人は、意外そうに、見送ったが、ふと、一層大きな驚きが、心を掠《かす》めたように、イスを立ち上って、

「失礼ですが、もしか、志村さんじゃ……」

四方吉は、ギクリとして、立ち止った。

「お声を聞いて、やっと、思い出したんですが、すっかり、お変りになりましたね。私は、以前、福田組本店で、給仕をしていた、木村なんですが……」

羽蟻

亮子は、外出の支度をして、事務室へきた。

この頃、ドウヴァルの世話で、思わぬ収入もあるので、彼女の装いは、眼覚ましかった。白に近い卵色のワン・ピースの腰を、兵隊のベルトのような、幅広い金茶の皮で、グッと締

め、金色の大きな留金が、ハデに輝くのが、伊達女らしかった。

今日も、行先きは、ドウヴァルのオフィスであるが、自用で外出するにしても、留守中、園の仕事に渋滞のないように、書類を見たり、保姆に命令したりすることを忘れない、彼女だった。

自分のデスクの前に、立ちながら、まず、明日の園児食事献立表に、眼を通していると、

「郵便が、参りました」

保姆助手が、数通の手紙やハガキを、持ってきた。

「後で、原さんに来るように、いって下さいね」

彼女は、そう命じながら急いで郵便に眼を通した。園児委託の手続きの問い合わせが、二通もあった。園児の母親から、子供の近況を聞き合わせてくる手紙もあった。こういう手紙は、滅多に来なかった。

どれも、双葉園関係の手紙だと思ったら、一通は、大西説子から亮子に宛てたものだった。いつか彼女が赤松太助と訪ねてきて以来、何の通信もなく、また一度も会う機会はなかったのである。

手紙の筆蹟は、彼女の言葉使いと同じように、乱暴だった。彼女は、その後も、度々、横浜支部へ足を運ぶが、多忙なので、つい、訪問もできない詫びが、冒頭に書いてあった。そして、前回、横浜へきた時に、支部長の紹介で、左右田寧という文士と会い、その後、彼が雑誌に発表した「日本の広場」という評論を読んだら、双葉園と亮子のことに触れているの

で、驚いた。あの評論は、子供が生まれることを安易に肯定してるから、論旨は気に入らないが、文章に知性の香気が溢れてるところは、筆者その人とソックリで、あんなよい友人を持つ亮子が、羨ましいと、書いてあった。

その評論は、亮子も、左右田から雑誌を送られて、読んでいたが、ドウヴァルが現われてから、彼に対する関心が薄らいできた折柄、それほど感激もしなかったのである。

手紙の最後に、赤松太助のことが書いてあった。

「あら、あの人、ホーム・ランを打ったの？」

亮子は、思わず、ひとり言をいって、笑い出した。

太助は、負傷が癒《い》えて、出場するようになったが、どういう風の吹き回しか、二試合連続して、二本の本塁打を放ったそうである。何か感ずるところあって、発奮したらしいが、原因はわからない。しかし、後援会の規約として、二本分二百円を送金して欲しいと、結んであった。亮子は、すぐにも為替を組んでやろうと、愉しい気持になった。

「お呼びですか」

そこへ、原保姆が入ってきた。

原ちか子は、双葉園で一番古参の保姆であるのは、前にも述べたが、仕事熱心という点でも、彼女に優る者はなかった。病児の看護で、徹夜をしても、翌日の休暇をとらないのは、彼女だけである。子供のことというと、夢中になるのは、天性が、保姆か看護婦に、生まれついてるのであろうか。その代り銀縁の眼鏡をかけた彼女の顔は、醜女とはいえないのに、およそ、色気が乏しく、性質も、正直過ぎて、強情なところがあった。しかし、亮子は、そういう性質を巧みに用い、育児の実務は、彼女に任せきりにして、却って、成績を挙げてきた。彼女も、亮子に心服して、すべては好調に運んできたのであるが、最近、亮子がドウヴァルと結んで、サイド・ビジネスなど始めてから、彼女の態度が変ってきた。勿論、彼女は、亮子がそんなことに手を出してるなぞ少しも知らないのだが、何か、敏感に、不信の臭いを、嗅ぎ出しているらしい。少くとも、外出勝ちになった亮子に、慊《あきた》らないらしく、ややともすると、反抗的な態度を、見せるようになった。

今日も、ひッ詰《つめ》の髪に、白粉気のない顔を、ニコリともさせない、不愛想さで、亮子の前へ、現われたのである。

「ちょいと、出かけてきますから、何か、お打合せをすることがあったら……」

亮子は、優しく、原保姆をイスに招いた。しかし、彼女は、坐ろうともしなかった。

「はア、別に……」

「今、明日の献立を、拝見しましたわ。人参のクリーム煮は、思いつきですわね。そんなことにでもしないと、子供たちは、お野菜を食べませんもの……」

亮子の言葉は、対手の機嫌をとる調子があった。

「いえ、先週も、そう致しました。理事さんは、お忘れになったのでしょうか」

「ああ、そうでしたね。でも、カロリーの高いものは、何度でも、結構ですわ……。それから、ハマ子の虫歯は、もう癒りましたか」

「はア、もう……」

「普請場へ、子供がいくと、危いのですが……」

「はア、一切、近寄らせないようにしています」

「では、ほかに用事はありませんね」

「はア、でも、ちょっと伺って置きますが、お帰りは、何時頃になりましょう？」

「そうですね。夕方になるかも知れませんわ」

それを聞くと、原保姆は、明らかに、不快の色を示した。

「困りますわ、そんなに長い時間、お留守では……」

「なぜ？　原さんがいて下さるから、あたし、安心して、外出できるのよ」

「飛んでもございません。どんな、突発事故が起らないとも、限りませんし、あたくし一存では、とても、とても、計らいきれません」

「そんなことないわ。すべて、あなたに、お任せしてるんですもの」

「とても、それだけの責任は、持てませんわ。あたくしは、理事ではないのですから……」

彼女の言葉に、角が立った。

「あら、なにも、そんな責任まで、あなたに背負わせる気は、ありませんわ」

と、亮子も、つい、対手に釣り込まれて、語調が強くなった。

「庶務のことなら木村さん、会計は飯島さんと、それぞれ、責任者があるのですから、あなたは育児のことだけ、預かって下されば、いいのよ。たとえ、あたしが外出しようと、しまいと、その点に変りはないわ」

「いいえ、分担以外の重要なことが、沢山ございます。この前、お留守の時、しつこい園児委託者がきて、どれだけ、困ったか知れません」

「そんな人、あたしが帰るまで、待たして置けば、いいのよ」

「でも、お帰りを待っていられない、突発事故もございますわ」

「どんなこと？」

「火事だとか、園児の大怪我だとか……」

「ホッホホ。そんなことといっていたら、あたし、一足も、外出できないじゃないの。原さんだって、あたしが、県庁や、市役所や、児童相談所や、その他、どうしても、自分で出かけなくてはならない場所が、沢山あるのを、知らないわけはないでしょう。あたし、遊びにいくために、外出してるんじゃないわ」

と、いったものの、亮子の口調は、どこか、弱かった。遊びにいくのではないが、双葉園に関係のない用向きで、今日も、出かけるところなのである。

「それは、わかっております。でも、以前は、外出なさっても一、二時間で、きっとお帰りになりましたし、また、長くおかかりになる時は、連絡がとれるように、いつも、電話番号を残してお出でになりましたけれど、この頃は……」

これは、図星であった。近頃は、ドウヴァルと逢うと、つい、食事に誘われて、帰りが晩《おそ》くなる上に、行先きを知られたくないから、電話番号を知らせることも、避けていたのである。そういうところから、原保姆の疑念が、掻き立てられたのかも知れない。

怜悧な亮子は、ハッと、自分の落度に気づき、この上、論争するのが、不利だと思って、

「そうね。あたしが、悪かったわ。ご免なさいね。この頃は、寄付金集めに歩いてるものだから。後援者の方に、食事のお誘いを受けたりすると、つい、断りきれなくなるのよ。なるべく、これから、早く帰るわ。さもない時は、連絡のとれるようにして……」

と、折れて出ると、原保姆は、暫らく無言でいたが、やがて、口を開いた時には、涙声になっていた。

「理事先生、あたくしは、六年前の創立当時の頃が、懐かしくなりました。あの時分は、人数も少くて、今より、仕事はズッと苦しかったのですけど、園長先生始め、所員が一団となって、この仕事に打ち込んでいたような気がしますわ。あたくし、この仕事に、一生を献げるつもりでいますから、理事先生も、どうぞ……」

と、眼を拭いながら、彼女が言葉を詰まらせた時に、玄関の方から、烈《はげ》しい罵声が、聞えてきた。

「なんでしょう？」

亮子が、聞き耳を立てると、原保姆も、涙を拭く手を休めた。

何か、呶鳴ってるのは、女の声である。それに答えてるのが、保姆助手の鈴木の声であるのは、すぐ、わかった。

そのうちに、玄関の式台の板を、靴で、ガタガタ踏み鳴らす音が、聞えた。そんな所へ、

土足で上る者があれば、狂人にちがいない――

亮子と原保姆は、玄関へ、飛んでいった。

「おう、理事さんか」

汚れたブラウスに、荒い格子のスカートを穿《は》いた脚を、大きく式台の上に、立ちハダかった女は、バズーカお時だった。

「それ、見ろ。理事さん、チャーンと、家にいるじゃねえか」

と、鈴木を睨んだ彼女の眼は、トロンと濁り、口許《くちもと》は弛み、吐く息に、強い酒の香があった。彼女は、バザーの時よりも、もっと泥酔していた。ただ、あの時は、ペンキ絵のように、顔を彩《いろど》っていたのに、今日は、髪は乱れ、顔に白粉気はなく、土色の唇に、残りの紅の色もなかった。

「時ちゃん、よく来たわね。取次ぎの人が、まちがえただけよ。あたし、これから出かけるところだけれど、あんただったら、いつでもお目にかかるわ……。さ、靴をお脱ぎなさいよ。そんなところへ靴で上っちゃ、おかしいわ」

亮子は、瑞鳳殿の時と同じように、落ちつき払って、対手の懐柔にかかった。ところが、同じことは、二度ないと見えて、今日のお時は、その手に乗らなかった。

「なにョいってやがるんだよ。猫撫で声、出しなさんなてンだ。お目にかかってなんか、貰いたくねえよ。おめえは、おれを案内さえすれば、いいんだ……」

彼女は、靴を脱ぐどころか、式台から畳の上へ、足をかけた。

「どこへ、いくんです。あたし達の大切な双葉園を、土足で踏み躙《にじ》るんですか」

原保姆は、先刻の昂奮が鎮《しず》まらないうちに、こんな光景を見たので、カッとなった。

「なんでえ、おめえは。保姆か。おれたちの子供のお蔭で、食ってやがるんだろう。メンツ知ってんなら、おれを、トム公のところへ、案内しなよ」

それで、お時が暴れ込んできた目的がわかった。子供を借りにきたのである。子供をタネに、父親から金を捲き上げ、用が済むと、また、園に返しにくる。そういうことを、園児の母親は、よく行う。お時も、一、二度、それをやった。

「あなたは、また、トムちゃんを、連れ出しにきたんですね。いけません。決して、渡しませんよ。あんた達の手口は、よく、知ってます。子供は、品物じゃありませんからね。勝手に、出し入れされて、堪るもんですか。園の規則を、あなたは、知らないんですか」

原保姆が、ヤッキとなった。

「おれの生んだ子サ、おれが貰いにくんのが、規則に外れるって？　笑わせやがら」

と、お時は、腐った柿のような吐息を、真っ向から、原保姆に吹きかけた。

「あなたの生んだ子なら、なぜ、あなたが育てないんです。そんなに可愛い子なら、なぜ、こんな所へ入れたんです？」

園児を愛してる原保姆は、かかる母親に対する平素の憤りを、一度に湧かせたらしかった。

「おれア、トム公なんか、ちっとも、可愛かねえンだ。今だって、そうなんだ……」

お時の語調が、やや、弱まった。原保姆は、勝身になって、

「それ、ご覧なさい。愛のない母親の手に、どうして、子供を渡すことができるんです？」

「そうだよ。おめえのいう通りだよ。だけど、仕方がねえや……」

どうしたものか、お時は、下を俯《む》いて、眼をパチパチさせた。大粒な涙が、霰《あられ》のように、頬を転がった。しかし、そこにいる人々には、泣上戸《なきじょうご》の酔態としか見えなかった。

「……ちっとも、可愛くねえトム公だけどな、おれ、育てることに、きめたんだよ」

「そんな話って、あるもんですか。あなたは酔っ払って、自分のいってることも、わからないのね」

「なにが、わからねえンだよ。散々、考えた揚句に、きめたことなんだ。そうしなけれア、義理が立たねえンだ。だから、おれ、きっと、トム公を、大事に育てるよ、可愛くなくったってな……。さ、トム公を、連れてきてくれ」

お時は、ヨロヨロする足を、踏み締めながら、他人には、わけのわからぬことをいった。

「ねえ、時ちゃん、今日は、そんな話、止しましょう。ほんとに、トムちゃんを引き取る気なら、改めて、いつか正規の手続きを踏んで、入らっしゃい。その時に、また、相談に乗るわ」

亮子が、いい頃合いと思って、口を入れた。精々、優しく持ちかけたつもりだったが、お時は、頑として、頷かなかった。

「いけねえよ。どうしても、今日、連れていくんだ。ツベコベ、いわねえでくれ」

「そんな、わからないことというなら、警察へ電話かけますよ」

原保姆が、脅してみせた。すると、お時の形相が、忽ち変った。

「サツへ、知らせる？　面白れえや。そうなったら、一番、ジャズ（喧嘩騒ぎ）入れてやるか」

彼女は、原保姆の体を、突きのけて、奥の園児室の方へ、進み入ろうとした。

「どこへ、いくんです」

と、遮《さえぎ》る原保姆の頬に、パチンと、平手打ちの音がした。お時は、悪い乾分《こぶん》や、悪い客に対して、この手を用い慣れてる。

「まア、ひどい――」

眼鏡を飛ばされた原保姆は、夢中になって、お時の体に、ムシャぶりついた。助手の鈴木も、昂奮して、加勢の手を出すと、したたかに、靴で蹴り返された。こうなると、女三人寄って、姦《かし》ましいどころではない。

三ツ巴《どもえ》になって、女体が絡み合い、摑み合い、搏ち合う状態は、七花八裂という形容の法もあるが、事実は、それ以上に惨澹たる風景はなく、じきに、髪を摑むという手を用いるから、一層、味気ないことになるのである。

原保姆も必死であり、若い鈴木助手の馬力も強かったが、二人の力を併せても、バズーカ砲の暴威には、敵しかねる形勢なので、亮子は、警察に電話をかけようと、事務室まで、飛んで行ったが、隣りの玄関の物音は、一層、烈しくなり、ドシン、と壁にブツかる物音と、悲鳴さえ聞えてきた。

彼女も、頭脳戦では無敵だが、こういう闘いには、カラ意気地がなく、烈しい物音にわれを忘れて、

「誰か、来て！」

と、救いを求めるために、奥へ駆け込んだ。

といって、この建物に住むのは女子供ばかり――雑役の爺さんが、一人いるが、ものの役に立つとも、思わない。恐怖と狼狽の頂上に立った彼女は、半ば無意識にわが部屋の襖《ふすま》を、ガラリと明けた。

六畳の中央に、四方吉が、大の字になって古雑誌を読んでいる。

「あなた、大変。すぐ、来て下さい――」

何年振りだろう、彼女が、妻らしい言葉で、良人を呼んだのは、四方吉は、眼をパチクリさせたが、今度こそは、ほんとに、火事だと思い、ガバと跳ね起きて、妻の跡を追った。

玄関の修羅場は、まだ続いていたが、双方とも、疲労の気味で、

「畜生！　さア、なんとでもしやアがれ」

と、お時は、呼吸《いき》を切らせて、壁を背に、立ちはだかっていた。

その姿を一目見て、四方吉は、サッと、困惑の色を表わしたが、お時の方は、酔眼のためか、四方吉ともわからぬようで、

「なんだ、てめいは、用心棒か。面白れえや。対手になってやろう」

と、気勢を揚げ始めた。

「あなた、グズグズしてないで、この乱暴女を早くなんとか……」

亮子は、オロオロして、良人の蔭に隠れながら、叫んだ。

絶体絶命の時がきたかと、四方吉は感じて、覚悟をきめるように、暫らく、呼吸を呑んでいたが、やがて、お時の前へ、ツカツカと進んでいった。

「済まん、時ちゃん。君の相談に乗ってやれなかったのを、許してくれ。なんとも、腑甲斐ないことだった。しかし、今、やっと、君の相談に、返事をする気になったよ……」

彼の頭は垂れ、声は沈んだ。

「誰だ、おめえは……。おや、オジさんじゃねえか。どうして、こんなところに……」

お時は、ひどく驚いて、酔いも覚めたような顔をした。

お時は、おとなしく、双葉園を出て行った。まるで、人が変ったように、おとなしく――さア、わからない。亮子も、原保姆も、鈴木助手も、その他、騒ぎに飛び出してきた連中も、口を開いて、四方吉を見まもるばかりで、劇的光景の意味するものは、さっぱり、見当もつかなかった。

誰も、何ともいわずに、佇んでいる、四方吉だけが、ひどくキマリが悪そうに、コソコソと、わが部屋へ帰っていく、それを、多くの視線が、追いかけるが、やがて、後姿は、花道のような、長い中廊下を通り、揚幕《あげまく》のようなフスマの奥へ、消えてしまった。

――どうして、彼が、お時を知っていたのか。

——なぜ、彼は、あの乱暴女にあんな支配力を持っていたのか。

その疑問は、乱雲のように、皆の頭に渦巻くのであるが、真相を知りたい慾望が、誰よりも強かったのは、亮子自身だった。しかし良人の跡を、すぐ追いかけて、質問に及ぶような、アサハカな女ではない。なに、時間はユックリある。いずれ、ジリジリと、とっちめて、泥を吐かせればよろしい。それよりも、配下の女たちの疑念やら、好奇心やらを、増大させない工夫が、肝心である。

「皆さん、さア、お仕事に帰って下さい。あたしは、これから、外出しますから……」

努めて、冷静を装いながら、彼女は、一同を見回した。その声で狐が落ちたように、女たちは、ゾロゾロと、園児室へ引き揚げていったが、原保姆だけは、一足残って、

「こういう突発事件がございますから、お留守居は、困るのですわ」

と、先刻の話に、釘を打つのを忘れなかった。

「ホッホホ、そう何度も、こんな騒ぎがあっては大変よ」

亮子は、わざと笑って、外出の支度にかかった。

ドウヴァルとの約束の時間に四十分も遅れたので、彼女は、急いで門を飛び出すと、乗物もバスをやめて、競馬場の近くから、タクシーに乗った。

やっと、車中で、ハンド・バッグの鏡を覗《のぞ》き、化粧を直す忙がしさだったが、心は、良人の残した謎に飛び、捉え難い先刻の光景を追った——

「時ちゃん、君の悩みは、よくわかるが、まず、あの黒人兵のところへいって、トムはお前

の子だといってやり給え。それで、彼も救われるが、それよりも時ちゃん、君が救われるんだよ」

と、良人は、不思議なことを、お時にいった。すると、俄かにシオらしくなったお時が、訊き返した。

「おれ、トムを自分で育てると、決心したんだが、それだけじゃ、いけねえかね」

「いけない。トムを、シモンの子だと、思ってやれ」

四方吉は、断乎としていった。

「そうか。わかったよ……」

お時は、そう答えると、すぐに帰り支度を始めたのである。人が変ったように、おとなしく――

「貿易ビルですよ……」

運転手にいわれて、亮子は、ハッと、われに返った。目的の建物の前へ、いつ、車が止まったかも、知らなかったのである。

キマリの悪いのを、冷たい気取りに掏《す》り替えて、賃銀を払うと、彼女は、大股に、ビルの入口の石段を登った。ここへくると、半分、西洋婦人になったような気になる。ドウヴァルと逢う意識が、そうさせるのだろうが、彼女の歩き方も、自ずと変ってくるのである。

戦後にできたビルだけあって、内部は、塗料の匂いも残ってるほど真新しく、アメリカ的な清潔が、保たれていた。横浜で最も室料の高いビルだから、名ある国内の会社支店や、外国商社が、標札を連ねてるが、ドウヴァルが借りてるのは、三階の北側の奥の最小室で、エレベーターを降りても、リノリュームを敷いた廊下を、相当、歩かねばならなかった。

室番号の下に、英字で彼の名を掲げた扉を、亮子は、軽く叩いた。そして、返事を待たないで、扉を明けるほど、彼女は、この部屋の出入りに、特権を持っていた。

「あ、やっと、来ましたね。一時間も遅刻するとは、どうしたことです」

ドウヴァルは、イスを立ち上って、扉口《とぐち》に歩いてきた。詰問は言葉だけで、眼と口は笑っていた。

「出がけに、意外なことに、妨《さまた》げられて……」

亮子は、自分の二の腕に置かれた彼の手を、軽く外して、微笑を返した。二人は、握手なぞ抜きで会話に入るような、間柄なのである。

彼は、亮子を導いて、肘掛《ひじかけ》イスにかけさせると、自分はその袖に尻を乗せて、

「今日は、あなたに、二つの重大なお頼みがあって、お目にかかるのを、待ち焦れていたのですよ」

と、囁くようにいった。

「まア、どんなことですの」

「両方とも、秘密を要する話です。だから、故意に、内山を外出させて、私一人で、あなたをお待ちしたのです」

そういえば、老嬢のタイピストの姿は、席に見えなかった。その女一人が、雇人であるが、そんな貧弱なオフィスでも、こういうビル内に持ってるのは、まだバイヤーらしい方で、中には、理髪店の二階に間借りしてるようなのも、いるのである。

「私事？　それとも、商用？」

亮子は、わざと、子供ッぽく、小首を傾けて、対手を見上げた。

「両方！」

ドウヴァルも、気を持たせるような笑みを含んで、亮子の顔を見つめた。

彼は、今日は、上着を脱いでいた。絹のワイシャツが好きな男で、ハデな肉色のそれを着込み、濃いエンジの蝶ネクタイを結んでいるが、薄い地質を透して、香水と肌の匂いが、いつもに倍する強烈さだった。その匂いをかぐと、亮子はドウヴァルに逢ったことを、シミジミと感じ、四方吉のことも、バズーカお時のことも、まったく忘れ果てた。

「では、比較的、重要でない方の話から、聞いて頂きましょうか」

ドウヴァルは、イスの背に、亮子を抱くように回していた手を解いた。

「と仰有《おっしゃ》るのは、つまり、私用の方ね」

亮子は、わざと、逆をいって、戯《たわむ》れた。二人の間で、商用でない話といえば、いつも、愛情に関することだった。それを、ドウヴァルは、最近、執拗に持ち出しているのである。

「人の悪いことを——勿論、ビジネスの話に、きまってるじゃありませんか。私は、ただ、より重要でない、より愉しくない話を、先きにかたづけてしまいたいだけなのですよ」

「結構ですわ。どちらにしても、あたくしが、あなたの商売の協力者という事実を忘れはしませんから……」

また、亮子は、裏のある言葉を用いた。愛情と算盤《そろばん》と、どっちで結ばれてるのか、今のところ、ハッキリしない二人であるから、勢い、かかる厄介な会話が、生まれる道理であるが、言葉の戦い、戯れというものを、知性に富む日本婦人が好み、ラテン人種の血をひく男も、得意とするのだから、是非もない。パンパンと兵隊は、決して、こんな気の長い前戯を、試みないのである。

「いや、真面目な話――私も、日本に於ける商売について、一応の時機がきてるのを、感じてるのですよ。あなただからお話しするが、今までは取引きというものではなかった。往来に落ちてる金貨を拾うような、他愛のない儲け仕事でした。私は、堅気な商人としての腕を、一度だって用いたことはありませんでしたよ。しかし、これからは、そうはいきません。日本も、法律的には、独立国になったのですからね。変態的なバイヤーズ市場から、本来のセーラーズ市場に返っていくでしょう。そうなってから、この貧弱な国に留《とど》まって、小さな商売にアクセクするより、本拠の香港に帰って、再挙をはかる方が賢明だと、考えてきたのですよ」

と、ドウヴァルが語るのを、亮子は平静を装いながら、ジッと、聞いていた。

彼が、日本を離れるという意志を仄めかしたのは、今日が始めてである。これは、重大な発言である。そうなれば、二人の間に芽生えつつあるものは、プッツリと、鋏《はさみ》で切られることになる。それを知って、彼がそんなことをいうのは、どういう気持であるか。

――誘惑の一つの手ではないか。

彼女は、そう疑ってみた。まるで恋仲のような二人であるが、彼女は、まだ彼に、手の甲や首筋の接吻以上のものを与えていなかった。そこは、お嬢さんとちがって、濫売のいかに恐るべきかを、知っている。良人の四方吉に背《そむ》いて差支えないだけの交換条件を、彼がまだ持ち出さないのに、それ以上のものを与えては、取引きの道に外れるし、むしろ対手の買気を煽《あお》って置く計に出ていたのであるが、敵もまた、新しい手を打ってきたのではないかと、一応、疑ってみる必要があった。

だが、ドウヴァルは、詭計とも思えぬ率直さを、言葉の端に見せて、

「しかし、私も商人ですから、空の財布を懐《ふとこ》ろにして、香港に帰る気はないのですよ。三年間の不在で失った地盤の挽回に、必要な資本だけは、持って帰らねばなりません。そこで、私は、最後の一儲けをする気になったんです。昨日、私は、お宅の近くにある、62キャムプの家屋と地所を、司令部の不動産課で、払下げを受ける手続きを、完了しましたよ」

その言葉は、亮子を驚かせた。福田別荘と、旧司令官私邸との間に挿《はさ》まれて、横浜の兵舎のうちでも、最も景勝な地にあり、最も設備の完全した、高級将校用の62キャムプがあり、そこへ四方吉が卵を売り歩いて、彼女に叱られた過去もあった。最近、そのハウスが、軍隊の移動で、空家になったことを知り、亮子も、金があったら、あんな家の一軒に住んでみたいと、空想を描いたほどだったが、それをドウヴァルが、払下げを受けたとは、意外であっ

た。軍用物資や物件の払下げは、二束三文で行われ、此間も、P・X本部から放出する物資を買い占めて、一回の商売で、八億円を儲けたバイヤーがあった噂を聞いたが、算盤に明るいドウヴァルも、恐らく、捨値のような、安い値段でなければ、62キャムプの払下げに、手を出さなかったろう。それにしても、彼は、あんな建物や地所を買って、何の用途に宛てようとするのか――

「まア、いいものを、手にお入れになったのね。双葉園の児童のために、あのキャムプを解放して下さるのだったら、きっと、神様のお恵みが、あなたの上に加わるのだけれど……」

冗談めかして、亮子は、彼の目的を聞き出そうと、かかった。

「ハッハハ、私も、まだ、それだけ慈善に打ち込むほど、年老いていないつもりですがね。それどころか、ここで一儲けしないと、香港へ帰るにも帰られない、身の上なんですよ。だから、私は、あの不動産を、右から左に転売したい。無論、日本人に売るのです。あの付近が、横浜で一流の土地であり、あの建物の利用価値は非常に高いから、買手は、いくらでもあると思います。しかし、私は、前にいった理由から、最も高い値で、そして、最も迅速に、それを売らなければなりません。そこで、あなたのご協力が、どうしても、必要なのです。少しでも高く、少しでも早く、そして、充分信用の置ける買手――それを、見出して下さい。恐らく、三千万円以上に、売れるでしょう。そして、取引きが成立したら、例によって、あなたにその額の一割を差し上げるのは、申すまでもありません……」

ドウヴァルは、眼を光らせて、計画を語った。恋の雰囲気の中に、数字が出てくるのは、不調和だが、外国人は、そういうことに、平気らしい。亮子の方も、平素はそれに慣れているのだが、今日は、不思議と、日本人的潔癖を感じるのである。ドウヴァルが、香港へ帰る決意を聞いてから、彼女の心理が、乱れてきたらしい。

彼が、ほんとに、日本を去る気だとすると、あたしを諦《あきら》めたのか。

亮子は、それが寂しく、また、侮辱と感じた。早い話が、彼女の魅力は、商売の利欲に見返られたことになる。なるほど、彼女はドウヴァルを、まだ恋するところまで、行っていない。しかし、彼女のような年頃の女に、そう右から左に男に惚れろといっても、ムリな相談である。惚れてはいないが、これくらい好きになっていれば、大事件のようなものである。条件が揃い、時機が熟すれば、一気に惚れる用意があるが、ほんの少し手前で逡巡《しゅんじゅん》してるというだけのことである。

それなのに、男は短気にも、彼女を諦めたのか。それとも、始めから、本気というわけでもなかったのか。どっちにしても、彼女は、面白くない気分である。その大きなコムミッションも、一種の手切金ではないかと、ヒガミが出たりする。

「そうね。たいへん、結構だわ」

と、答えたが、声音は冴えない。だが、ドウヴァルは、一向、気にもしないで、テキパキと、話を進めていく。

「これまでが、比較的重要でない方のご相談です。それが済みましたから、第二に移ります。といって、二次的という意味ではありません。これが、最重要——そして、私事です」

「そう。どんなことかしら」

亮子は、お義理のような返事しか、できなかった。彼女を顧みず、一儲けして、国外へ去ろうとする男の用談なんて、知れたものではないか——

ところが、ドウヴァルは、突然、亮子のイスの前の床に、片脚をつき、両手で、彼女の手首を摑むと、

「奥様、私と結婚して下さい！」

それは、青天に打ち上げられた、一発の花火のように、亮子を驚かせた、今までも、彼は彼女に対して、求愛のあらゆる言葉を連ねたのであるが、いつも情事への誘いであって、結婚という語は、一度も、彼の口に上らなかったのである。

「私も、世界を跨《また》にかけて歩いた人間ですが、自分の妻に値いする女性は、どこにもいませんでした。西洋人と、日本人とを問わず、結婚の申込みをしたのは、奥様、あなた唯一人なのですよ。私も、青年ではありません。一時の情熱で、こういう言葉を口にするのではないのです。あらゆる分別と、そして、永遠の愛の見究《みきわ》めの後でなければ、この決心に到着しなかったのです……」

ドウヴァルの言葉は、切々として、亮子の心を撃った。

「でも……でも、あなたは、遠からず、日本を離れると、仰有ったではありませんか」

「そうですとも。私は、あなたを香港に伴《とも》ない、やがては、モントリオールへ伴ない、そこで、二人の生涯の安息の巣を築く計画なのです。それには、最初の関門として、先刻ご相談

をした件を、お耳に入れる必要があったのです……。あなたの現在の良人が、あなたに値いしないことは、あなた自身にも、おわかりでしょう。また、双葉園の美しい事業も、更に美しい二人の未来の前には、捨てて惜しくない花束だとは、お思いになりませんか……」

亮子は、その日、九時を過ぎてから、福田別荘へ帰った。

ドウヴァルから、晩餐に誘われ、それから、床《フロア》のいい元町の踊場《おどりば》、リヴァー・サイド・クラブで時を送り、クタクタになった体を、車で送られてきたのである。原保姆から、あんな、忠告を聞かされた手前から、今日こそは、早く帰らなければと思っても、結局、このような時間になった。

例によって、ドウヴァルは、車を別荘の門前へつけずに、坂下の暗闇に駐めると、名残り惜しげに、彼女の手をとって、車外へ導いたが、

「いいですか、一刻も早いお返事を、忘れないで……」

と、情を籠《こ》めた囁《ささや》きと共に、両の腕に、彼女を抱き締めた。

クタクタに疲れていた彼女は、それを、拒《こば》むことができなかった。レストオランでもダンス・ホールでも、ひっきりなしに、甘美な幸福に充ちた言葉で、結婚の承諾を迫られた彼女は、陶酔と心の闘いとで、気力を失った。勿論、この生涯の大事を、即答する気にはならぬが、心は傾いていた。そこへ、ドウヴァルは、接吻を求めてきたのである。

瞬間が過ぎると、亮子は、男の腕を振り解《ほど》き、

と、答えも浮《うわ》の空に、門の方へ走り出した。同時に、彼女の心も、走り出したといって、よかった。処女に返ったような、胸のトキメキのなかで、彼女は、半ば、ドウヴァルへの承諾を決意したのである。

そうなれば、四方吉と話し合わなければならない。彼女は、良人を騙《だま》すとか、良人を不意打ちするとかして、他の男に走ることは、好まなかった。四方吉個人には愛想をつかしても、良人という地位は尊重しなければならない。これこれの理由と事情で、アナタと別れ、他の男と結婚するということを、ハッキリと語り、ハッキリと理解させなければならない。それが、夫婦の別れ方というものである。

――いつ、良人に話そう？

その決心が、ちょっと、つきかねた。良人が、生まれつき、慢性虚脱のナマケモノだったとしたら、亮子も、時機なぞを見計らう必要はない。借家人に店立《たなだ》てを食わせる量見で、ビシビシやればいい。しかし、十三年間の結婚生活を回顧すると、いやでも、戦前の良人が、頭に浮かばずにいられない。あの男らしい、キビキビした、有能な男の面影が、忘れかねるのである。死児の齢を算える母親のような未練が、彼女の心の片隅に残ってるのではないか。それがなかったら、ドウヴァルなぞが現われなくても、彼女は疾《と》うに四方吉と離婚していたであろう。そして、その気持が、今、別れ話を持ち出そうと考えると、奥歯を一本抜く時と同じような、残り惜しさを感じさせるのである。

だが、所詮、それは返らぬ夢である。戦後七年間も経って、虚脱を続けてるような男に、何の希望が繋がれるか。抜かなければならぬ歯なら、早い方がいいにきまっている。それなら、異常に昂奮してる今の気持を利用すべきではないか？

――そうだわ。今夜、話そう！

門の潜戸《くぐりど》を開ける時には、亮子の覚悟も、固く、定まっていた。

――もう、この双葉園にも、長くいないかも知れない。

そう思って、彼女は、夜空を黒く劃《くぎ》る、破風屋根を仰いだ。もともと、好きで飛び込んだ仕事ではないから、未練も起きなかった。それに、最近、彼女が原保姆を始め、所員の人望を失いかけてることも、よく知っていた。彼女の方でも、戦争の落し子の世話なぞ、嫌気がさしてきたところだった。

玄関のガラス戸が、安全栓が掛ってるので、彼女がベルを押すと、当直の保姆助手の松木が、仏頂面をして現われた。その顔色にも、亮子は、以前と異るものを読んだ。

「もっと早く帰ろうと思ったんだけれど、生憎、用が重なって……」

彼女は努めて、笑顔をつくったが対手は何とも答えなかった。

子供たちは無論のこと、当直以外は、所員も床に入った時間だから、家の中は、シンとしていた。長い中廊下は、家が古いから、電燈の反射が暗く、亮子の歩みで、ミシミシと音を立てた。彼女は、その音を聞いて、昂奮してる自分に気づいた。これから行おうとすることの前に、おのずから、彼女は呼吸と足を、速めていたのだった。

——いけない、いけない。水のように冷静に、良人と語らなければ。

恐らく、良人は、いつものように、寝床に転がりながら、古雑誌でも読んでいるだろう。或いは、もう寝込んでるかも知れない。そうしたら、静かに彼を揺り起し、静かに彼と対《むか》い合って、たとえ暁までかかってもいいから、筋道の立った結婚解消を、説得しなければいけない。それには、人の寝静まった今がいい。今夜、それを決行しようときめたのは、すべてによかったのだ——

部屋の前まできて、彼女は、呼吸を整えるために、暫らく、廊下に立っていた。そして、もうよいと、覚悟ができた時に、ガラリと、襖を開けた。

「あら」

彼女は、思わず、叫んだ。部屋の中には、寝床も展《の》べてなく、四方吉その人の姿も見えず、暗い電燈が、赤く、古畳を照しているだけである。

戦前は、夜遊びの好きな男だったが、虚脱と共に、その悪癖も失って、早寝の朝寝坊、眠るのが商売みたいな毎日を送っているのに、折りも折りという今夜、風を食らって、どこへ消えたのか。

——あ、そうだわ。きっと、お茶室へ呼ばれて、話し込んでるんだわ。

その自問自答は、亮子の疑念を氷解させた。嘉代婆さんのお気に入りの四方吉は、時に、話相手に呼ばれることがあるのである。それなら、対手《あいて》が老人のことだから、そう夜更けまで、長居をする筈もなし、じきに、帰ってくるだろうと、彼女は、その間に着換えをする気になった。

そこで、整理ダンスの前まで行くと、その上に置いてある小さな乱れ箱の中に、一通の手紙があった。良人の筆蹟で、「亮子殿へ」と書いてある。

忘れた歌なら思い出しましょう

亮子の推察どおり、四方吉は、嘉代婆さんの茶室へ話しに行ったのは、事実だった。ただ、時間がちがう。まだ、日のカンカン照ってる、午後四時頃である。そして、嘉代婆さんから、呼ばれたわけでもなかった。

「ゴシンさん、ちょいと、ご挨拶に上りました……」

彼の方から、飛石伝いに、庭先きに現われたのである。

「へえ？　改まって、何事ですか。まア、お上んなさい」

嘉代婆さんは、いかなる場合にも、人にお茶を飲ませないと、満足しない。そこで、四方吉も、座敷へ上って、座布団に畏《かしこ》まった。尤も、お茶といっても、此頃は、青いアブクを立てる方でなく、九谷の小さな茶碗に、煎茶をいれる。

「いい陽気になりましたね」

「はア」

「メリケン波止場も、返ってきたそうで、追々、横浜も、イキを吹ッ返しましょう」

「さア」

「お亮ちゃんが、いつも、精出して働いてくれるので、双葉園も大助かりですよ」

「いや……」

四方吉も、対手が、あまり悠々としてるので、用件を切り出しにくかったが、そういつまでも、苦い茶ばかり飲んでいられないので、

「実は、ゴシンさん、ちょいと、お暇乞《いとまご》いに上ったのですが……」

「へえ。どこかへ、ご旅行でも……」

「いえ、実は……その、ちっと働いてみようかという気に、なりましたので……」

と、彼は、何か悪い事でもするような、羞恥の表情で、首筋を撫《な》ぜた。

「それは、それは……。四方さん、よくその気に、なりなすった……。芝居なら、待ってましたと、声をかけたいところですよ」

「いえ、そんなにいって頂くと、困るんです。どうも、福田組のような、堅実な事業じゃありませんので……」

「何だって、結構じゃありませんか。これだけ、横浜が変ったんだから、事業だって、変らずにアいませんよ。四方さんの腕だけは、昔どおりに、願いたいもんですがね……。でも、お働きになるからといって、暇乞いにお出でになったのは、腑に落ちないじゃありません

か」

と、婆さんは、ニコニコ笑いながら、急所を衝《つ》いてくる。

「はア、ご尤《もっと》もです。こちらに置いて頂いて、勤めに出かければ、いいようなものですが、やはり、その、仕事の関係上……」

四方吉は、ヘドモドして、答えた。

「へえ、すると、お勤め先きが、よほど、遠方なのですか」

「というわけでも、ないのですが……」

「じゃア、きっと、今お貸ししてある部屋が、狭過ぎるから、他所へお探しになったんでしょう。ひどい部屋だから、ご無理はありませんよ。それなら、お亮ちゃんも一緒に、お移りになるんでしょうね？」

「いいえ、亮子は、置いて参りますので……」

四方吉は、冷汗を流さんばかりの態度だった。

「へえ、お亮ちゃんは残って、四方さんだけが……なるほどね」

と、嘉代婆さんは、火膨《ひぶく》れしたような、厚い瞼《まぶた》の下から、ジロリと、四方吉を眺めた。それから暫らく黙り込んで、肥った膝に手を重ねていたが、やがて、

「いいでしょう。四方さん、おやんなさい」

「へ？」

四方吉の方が、ビックリした。

「何をおやりになるのか、知りませんが、四方さんのなさることなら、まちがいないと、思っ てるんですよ」

「飛んでもありません」

「あなたが、今日まで、ノラクラ遊んでいたのも、なかなか、人にはできない芸当だと、あたしア感心していたんですからね」

「いやはや、どうも……」

「いいえ、お世辞じゃありませんよ。あれだけ戦さに敗けたら、腰が抜けるのが当り前で、シャアシャアしていた日本人の方が、おかしいくらいのもんですよ。でも、もう、そろそろ、正気に戻ってもいい頃だと思ってると、チャーンと、あなたは心得てらっしゃるから、見上げたもんだ……。そこへいくと、お亮ちゃんの方は、始めから元気なだけに、ちっと、危っかしいところがありますがね」

と、嘉代婆さんは、珍らしく、亮子に対する批判を洩らした。平素は、一口も、そんなことをいわぬのに――

「あの人も、そこらに、ザラにいる女じゃありません。あれくらい切れる人は、男にも少いほどで……あれで、年をとったら、富貴楼のお倉ぐらいのキケモノに、なるかも知れません。ただ、なんといっても、まだお若い。あれじゃ、切れ過ぎるカミソリみたいに、自分で自分の顔に、疵《きず》をこしらえないとも限りませんよ。四方さんも、さぞ、留守がご心配でしょう?」

「いや、そこまでは、どうも……」

妻に対する支配力は、現在でさえ、皆無な彼なのである。

「ねえ、四方さん、あなたの気持は、つまり、出稼ぎなんでしょう。いつかは、お亮ちゃんの所へ帰ってくるつもりでしょう」

「無論、その覚悟ですが……」

「じゃあ、その間、あたしがお亮ちゃんを、預かろうじゃありませんか。モーロク婆アが、口幅ったいことをいうようですが、精一杯、やらしてみて下さい。その代り、長いことは、いけませんよ。いつ、あの世から、お迎えがくるかも知れない年ですからね……。実はね、あなたが、暇乞いにお出でになったんだから、あたしも、何かお餞別を差し上げなくちゃならないが、この婆さんは、アイノコの子供にすっかり入れ揚げちゃって、一文なしだから、まア、この約束だけで、勘弁しておくんなさいよ……」

それから、四方吉は、わが部屋へ帰り、身支度を整えた。明日は早朝に家を出たいから、今のうちに、準備をして置きたかった。といっても、楊枝、歯磨、タオルと、着替えのシャツでも、古鞄に詰めれば、支度は済んでしまう。

――さて、亮子の帰りを、待つだけだが……。

彼は、自分の気持を妻に語り、よく話し合って、家を出たかった。

そして、彼は、トムにも、会って置きたくなった。庭から、園児室の前へ回ると、数人の子供が、一台の三輪車を交互に乗るために、列をつくっていた。その中にいたトムは、四方吉が手招きすると、潔く、三輪車の権利を放棄して、馳けてきた。

彼は、トムを、鶏舎の前へ、連れていった。

「トム公、オジさんはね、暫らく、留守をするんだ。お前と、遊んでやれなくなるんだ……」

そういうと、トムは、大きな眼玉を、睨むようにして、彼を見上げた。眼の底に、繊細な日本の子供に見られないような、鈍くて深い、感情の訴えがあった。

「そのうちにア、きっと、帰ってくるんだ。そしたら、トムと遊んでやるけど、それまで、我慢しろ――いい子だから」

四方吉は、トムの縮毛《ちぢれけ》を撫ぜてやったが、彼は、一口の返事もしなかった。反り返った唇は、明らかに不承諾を表わしていた。

――お前のお母さんが、先刻《さつき》、来たんだ。それも、お前は、知らなかったな。

彼は抱き上げてやりたいような愛情を、トムに感じたが、そんなことをしたら、跡の始末に困るのが、わかっていた。ふと、彼は、一計を考え出した。

「その代り、オジさんは、お前に、いいものをやるよ。ここにいる鶏は、一匹残らず、お前にやるからね。可愛がって、育てろよ。お前一人で、世話ができなかったら、皆で、やればいい……」

見る見る、トムの顔に、喜色が展がった。この代償条件は、四方吉の予想以上に、効果があった。それほど、トムが鶏を愛していようとは、知らなかった。

「じゃア、おとなしく、我慢して、待ってるな」

「うん」

始めて、トムが口を開いた。

それから、四方吉は、物置小屋を開けて餌料の在り場所を教え、朝夕にやる分量を教えた。青いものや、水をやることも、産んだ卵の取り出し方も教えた。それ等が、小さなトムに、実行できるとは思われなかったが、彼の示す異常な熱意に対して、一応、全ての方法を、伝授しないでいられなかった。

「餌がなくなったら、保姆さんに頼んで、買って貰うんだ。理事先生に、オジさんから、話して置くからな……」

と、四方吉の言葉も、半分聞き流して、トムは、鶏小屋の金網に顔を押しつけて、呼声を立てた。驚いたことに、いつか鶏が彼によく馴れていて、その声を聞くと、側へ寄ってきた。真ッ白な鶏の前の真ッ黒な顔を、四方吉は、いつまでも眺めていた。


園の晩食は、五時に済んでしまうので、四方吉は、妻の帰りを待ちあぐむ、時間の長さを持った。

青々と、初夏の暮色が庭に湧くが、夜のくるのは遅く、彼は、わが部屋の縁先きに、アグラをかき、柱を背にして、考えに耽《ふけ》った。

――働いてみる気になったのが、不思議でならない。人間の心理なんて、デタラメなのか、それとも、眼に測られぬ広大なものなのか、どちらかであろう。

今朝起きた時には、まだ、そんな気持にならなかった。十時頃に、「フジヤマ」の木村支配人から、電話があって、決意を促《うなが》された時にも、やはり、考慮中という以上の返事はできなかった。

その話は、四方吉が、レモネードさんに連れられて、スキヤキ・キャバレの「フジヤマ」の支配人室へ行った時から、始まっていた。小生意気な、若い支配人が、戦前は、太田町の福田組本店で、学生服を着て働いていた、給仕の木村とわかり、四方吉も、戦後の横浜の変転を、身にシミジミと感じたのであるが、木村は、それから、四方吉を捉えて、放さなかった、レモネードさんに、金を与えて、去らしめると、彼の上役たちが、いかに四方吉のような人物を、索《さが》し求めていたかという事情を語り、進まぬ彼を、無理やりに、あの地下室の会合の席へ、連れていったのである。

彼は、そこで、武智秀三と一座の人々に、紹介された。もう、カーテンの蔭から、透き見と立ち聞きをしてるのだから、驚くことは一つもなかったが、武智の方では、福田組の専務の養子で、敏腕で聞えた男が、零落の姿を現わしたことに、眼を見張った。そして、話は倏《すぐ》れた初代福田のことから、嘉代婆さんに及び、現在、四方吉が福田別荘に起臥《おきふし》してると聞いて、信用と安心を高めたようだった。

四方吉が徒食してることがわかると、彼等は、頻《しき》りに、彼等の横浜復興計画に加盟することを勧めた。その計画がどういうものだか、四方吉は立ち聞きしてるので、苦笑を感じるだけだった。彼は、再起して働くなら、福田組のような貿易業に就きたかったし、たとえ、その機会を与えられたとしても、まだ、気持はそこまで動いていなかった。そして、生返事をして帰ったのであるが、その後、木村を通じて、度々、督促を受けても、無刺戟だった彼の気持が、突然、今日の午後になって、一変したのである。

いうまでもなく、お時のためだった。暴れ込んだ女が、最初から彼女と知れていたら、彼は裏口から、逃げ出したかもわからぬが、あの思いつめた顔と言葉に接しると、彼の胸の底に眠っていたものが、ハッと、眼を覚まし、今まで、口に出なかった相談の返事を、口走らせたのである。それを聞いて、彼女が、掌を返すように、おとなしく帰った跡で、彼は、事件の起きる前と、まったく異る自分を、感じた。

日は、トップリと暮れてしまった。

――亮子の奴、どうしたのか。

四方吉が、妻の帰りを気にしたなんて、生涯最初の経験かも知れない。今夜だけは、妻と語る必要を、生じたからである。

その時刻に、亮子が、食事の席からリヴァー・サイド・クラブへ回って、いい気持に踊りつつあったことを、彼は知らないから、も少し待ってみようという気になった。

——人間は、思わぬ時に、思わぬ量見になるものだな。

彼は、生暖かい夜気の流れてくる、庭の方を眺めながら、考えた。

あの惨めな帰還以来、彼は、誰に対する反抗ともなく、世間に自分の背を見せる算段ばかりしてきた。世間とも、人とも、向き合って語る気はなかった。その姿勢でなければ、生きていけない気がした。ところが、今日、お時と会った時に、われ知らずに、前向きになってしまったのである。

——おかしな話だ。

それよりも、おかしいのは、急に、働く気持になったことで、その因果関係は、どう考えても、腑に落ちない。

——弱ったな。おれにも分らないことを、亮子に話したって、理解を求めるのは、ムリではないかな。

彼は、そこに気づくと、不安になってきた。そうでなくても、亭主の言に耳を傾けず、タツミ上りに、自分の言い分を立て通す女が、この雲を掴むような話に、乗ってくれるとは、思われない。

——いっそ、会わずに飛び出した方が、無事ではないかな。

日本男子は、じきに、こういう心理になる。言語よりも、行動に語らせたいのであろうが、そう考えると、グズグズしていられなくなった。明朝まで、便々と待っている必要はなかった。即刻、家を出て、五月闇《さつきやみ》に紛れてしまいたくなった。

といって、ただ姿を消してしまっては、亮子も、面食らうであろう。

——では、一筆残していくか。

彼は、せめて、心理の一端でも、彼女に伝えたいと思って、燈下に便箋を持ち出した。その便箋は、彼が、オカメ軒へくる女たちのために、常に使用していたのだが、さて、ペンを握ってみると、代筆の時とちがって、サッパリ文章が浮かんでこない。商用と私用は、こんなにもちがうものであるか。

——ええ、面倒臭い。おれの気持は、おれにもわからんのだ。茶室の隠居には、わかってるらしいから、なんとか、亮子に話してくれるだろう。

彼は、極く簡単に、次ぎのような文句だけを、書き残すことにして、ペンを走らせた。


暫らく、家を明けます。

万事よろしく。

トムに鶏を譲ったから、餌を買ってやって下さい。


そして、彼は、小さなスーツケースを持って、立ち上った。

門を、四方吉が出るのと、亮子が入るのと時間のちがいは、いくらでもなかったが、そのズレは二人にとって、不幸ともいえなかった。四方吉は、妻が暗闇の中で、外人の男に抱かれてるのを、発見しないで済んだ。そんな光景は、なるべく、良人が見物しない方が無事であるし、妻にとっても、何の利益も齎《もたら》さない。五月の闇がすべてを、永久に塗り消してしまうのだったら、それに越したことはないのである。

そういうわけで、四方吉は、優しく、妻のことを考えながら、門を出た。

――亮子よ。まア、暫らく、待ってくれ。うまく事が運んだら、きっと、迎えにくるから。

彼の気持は、昔、横浜港からキャリホルニア州に旅立った、多くの出稼人と似ていた。バスが、なかなか来ないので、彼は、間門《まかど》から電車に乗った。乗り慣れた市電であるが、大汽船のタラップでも踏むような気持がした。しかし、尾上町で降りると、すっかり、覚悟がきまった。

そこは、サンフランシスコのような場所だった。燈火が輝き、外国人が往来し、四方吉に手紙を頼むような女たちが、各所に佇んでいた。ただ、最大の稼ぎ時であるから、彼に目礼しても、話しかける者はなかった。

伊勢佐木町は、まだ、宵の口の賑わいだった。占領の七年間に、ここの夜の世界は、確然たる性格を描き出し、レモネードさんの警告は、杞憂としか思われなかった。わけても、「フジヤマ」の前は、壮観だった。真ッ赤な富士山のネオンが、家を掩い、路上を赤く染めた。四方吉も真ッ赤になって、入口を潜った。

「おや……」

一階のレジスターのところにいた木村支配人が、驚いた顔をして、彼を迎えた。

「来ました」

彼は、ただ一言、そういった。

「それは、ようこそ……。今朝のお電話の模様では、まだ、ご決心がおつきにならん様子で、悲観してたところなんですが……」

と、木村支配人は、少し解《げ》せない顔つきだったが、喜色は、溢れんばかりだった。

「ちょうど、いいところで、今、大将が、店へきています。早速、ご案内しましょう」

大将というのは、武智秀三のことだった。

「それアいいが、木村君、僕は今夜から、泊るところがないんだ。どこか、心当りがありますか」

四方吉は、古ぼけたスーツケースを提《さ》げた手を、揚げて見せた。

「へえ？　お宅を出て入らっしたんで……」

支配人は、いよいよ、解せない面持ちだった。

「ええ。双葉園の間借りなんかしてちゃ、思うように、働けませんからね」

四方吉は、広言を吐いた。

「ご尤もです。いや、志村さんが、それほど本腰を入れて下されば、大将も、どれだけ喜ぶか、知れませんよ。さア、ご案内しましょう……」

フジヤマの三階の日本座敷は、一言でいえば、ペンキを塗られた接収家屋の書院みたいなものだが、中でも、経営者の武智秀三が、自分の接客用に使ってる八畳の間は、その上に、七福神をかいた金屏風とか、朱塗りの大木魚とかいうものを、列べてるので、輸出骨董屋の店先きの観がある。

　その中央に、商売物のスキヤキの鍋を囲んで、赤い木魚に負けないほど、丸々と肥った武智が、ノー・タイの白シャツの腕をまくり、ドッカと安坐してる前に、四方吉も、遠慮のないアグラをかき、左右に、これはひどくスマートな、肩の怒った合服を着た、屈強な三十男が、二人、畏まっている。

「さア、志村さん、大いに飲んで下さい。今夜は、あなたの歓迎会ですからな」

と、武智が、体に似合わない細い声で、薦めると、即座にスマート男の一人が、ビール壜を摑んで、

「どうぞ」

「いや、恐縮……」

四方吉は、平然と、コップを差し出した。先刻から、日本酒とチャンポンで、大分、飲んでいる。飲むばかりではない。スキヤキも、誰よりも多く、平げている。なにしろ、双葉園の食事は、児童本位だから、消化はいいけれど、質量感を伴なわない。スキヤキなんて、六年間に一度も食べたことがない。その上、大好物だから、自然と手が出るのであるが、彼も、口腹の慾が抑えられないほど、卑しい男ではない。この不遠慮は、むしろ、彼が、すっかり度胸をきめ、彼が飛び込んだ世界の住人と、親類交際《づきあい》を始めた徴候と、見るべきであろう。

今夜の集まりは、いつか、ここの地下室で催された密談会より、もっと打ち解けた、親しい空気が、流れていた。四方吉が、フジヤマに姿を現わした時に、ちょうど店にきていた武智は、早速、電話で腹心を呼び集め、紹介の小宴を始めたのだが、二人のスマート男は、一人を梅宮と呼び、一人を本橋といい、一見、街の兄チャンの風があるけれど、実は、頭脳も胆力も兼ね備わった、堅実な戦後派壮年であって、いずれも、武智産業株式会社の重役であり、武智産業チェーンの重要部署を受け持つ人物だった。ホテルやスキヤキ屋やスーベニア・ショップの経営に、産業の名を冠するのは、多少のズレが感じられるが、それは戦後の流行であり、また、広い観点からは、そう呼んで差支えがないと、考えられるのである。

「志村さん、わしア七転び八起きの人間で、今までに、ずいぶん、いろいろの経験を積んできたが、事業というやつは、結局、一人じゃどうにもならんもんです。一人でやれることは、タカが知れとるですな。参謀が、大切です。参謀のいない軍司令官なんちゅうものは、ただのオイボレ爺さんに過ぎん。わしア、まだオイボレとは思わんが、この二人の若い参謀が、わしの手足となって、助けてくれたので、どうやら、今日《こんにち》へ漕ぎつけたのです。わしア、どれだけ感謝しとるか、わからん……」

と、武智は、やや演技的に、声を張り上げた。

二人の部下が、その言葉で、一層畏まって、膝頭を固くしたのは武智との間に、完全な親分乾分の関係があると、四方吉は見たが、

「ところで、わしも、今日を以て満足してるような、男ではないです……」

と、武智は、氷塊入りの水を、グッと、呷った。酒は、用心して、あまり飲まぬらしい。

「講和を迎えて、横浜は新しい時代に入るですな。わしも、それに即応して、事業を展げます。いや、展げるというより、大飛躍をやるです。いずれ、内容は詳しくお話しするが、それに比べると、今までの事業は、まア、小手調べですよ……。さて、そうなると、ちと、参謀本部が、手不足でな。この二人は、よう働いてくれるが、その上に立って、わしの相談相手になってくれる人物――つまり、参謀長ですな。そういう人が、是非、欲しい。その役を、一つ、志村さんに……」

「いや、僕なぞは……」

四方吉は、決して、謙遜してるのではなかった。もう七年間も、世の中から遠ざかって、頭も感覚も、鈍っているだろうし、一兵卒から出直したいというのが、偽りのないところだった。それには、大会社よりも、この異様な産業会社の方が、却って適してると考えたに過ぎなかった。

「僕は、スーベニア・ショップの小僧にでも、使って貰う気なんです……」

「何を、仰有る……。あなたが、福田組でどんな働きをされたか、わし等はよく知っとるですぞ。戦争に敗けなんだら、あなたは、福田組を明治時代の威勢に盛り返したろうと、皆がいってますぞ」

「いや、飛んでもない……」

「目下は、横浜に人物大払底――少し気の利いた奴は、皆、東京へ出ていく。怪しからんことです。あなたのように、横浜生まれで、横浜に住んでる優秀人物は、滅多におらんですよ。年配といい、経験といい、学歴といい、あなたほどの人を、遊ばせて置いては、横浜の損失というべきである……」

武智は、人をオダてるのが、上手なのか、それとも、四方吉を買い被《かぶ》ってるのか、見当がつかなかった。

「それに、わが武智産業では、腕ッこきは大勢いるが、なんせ、学問のある者がおらん。社長のわしからして、無学でな。大学出た人を、兼々《かねがね》、雇い入れたかったのだが、さて、人物試験をしてみると、皆、腑抜けです。インテリちゅうものは、縁日商人にはなれるか知らんが、大商人は落第ですわい。ところが、あなたはインテリでありながら、勇気がある。この勇気というやつは、算盤以上に、商人に必要であって……」

と、武智は、一席ブチ始めた末に、

「これで、わが武智産業が、いかに、あなたを必要としてるか、おわかりと思うが、ただ一つ、ご反省を願わねばならんことがある」

「なんですか」

「失礼ながら、あなたの服装ですよ。それだけは、社則に反するですからな。わが武智産業に於ては……」

その晩、四方吉は、御所山の武智秀三の本邸に、連れていかれた。

新築の料理屋のような、ケバケバしい家だったが、門は、石と鉄格子を用いて、県知事官舎のように、厳《いか》めしかった。四方吉の乗った車は、自家用車らしく、門脇に大きな車庫があった。

「今日は、もう晩いから、これで失礼する。わが家だと思って、ゆっくり寝《やす》んでくれ給え」

そういって、武智は、玄関から居間の方へ引っ込んでしまった。四方吉の案内されたのは、離れの八畳で、ちょいとした旅館のような設備が整い、美しく装った女中が、イキな浴衣を持って入ってきた。

「お風呂を、どうぞ……」

その浴室が、温泉風に低い浴槽を、細かいタイルで貼りつめ、透明な湯がヒタヒタ溢れていた。双葉園で、児童たちの後の垢だらけな湯に入りつけた四方吉は、六年振りで、ほんとに入浴したような気がした。

湯から出ると、もう、床が展べてあった。

「ご用がありましたら、どうぞ、そのベルをお押し下さいませ」

女中が、煙草と水差しを持ってきて、そういった。下にも置かぬ待遇である。

四方吉は、友禅のフカフカした布団の上に、身を横たえて、やっと、ホッとなった。しかし、何か、狐にでも化かされてるような気持で、われを疑いたかった。

――なぜ、武智は、こんなに、おれを優遇するのだろう。

どう考えても、理由がわからなかった。四方吉の学歴と経歴を、彼が、それほど尊重すべきわけもなかった。そして、また、あの海千山千の男が、四方吉の人物を、そんなに買い被るとも、思われなかった。

——何か、思惑があるのかも知れない。しかし、それを考えたって、仕方がない。暫らく、彼のするがままに、任せよう。

そう思って、四方吉は、枕許《まくらもと》のスタンドを消し、眠りに入ろうとしたが、疲れてる癖に、寝つきが悪かった。

——亮子の奴、もう、家に帰ってきたろう。そして、あの手紙を読んで、どんな顔をしたかな。

彼には、妻の怒った顔のみが眼に浮かんだ。怒らく、彼女は、あの手紙を引き裂きはしなかったか。この七年間、生きた屍《しかばね》のようだった良人が、不意に、ノコノコ歩き出したのは、生意気千万にちがいない。不意打ちという理由だけでも、彼女は、眉を逆立てるだろう。そして、あの簡単な文句が、いよいよ、彼女の侮辱感を、煽るだろう。しかし、千万語を連ねて、心境を説明したって、どうなるというのか。

——これでも、おれは、お前を幸福にしてやりたくなったんだ。本音は、そこにあるらしいよ。そして、まず、妻に飯を食わせる良人になって、家に帰るだろう。万事、それからだからね。まア、待てるものなら、待っていてくれ。

彼は心の中の亮子に、話しかけた。

翌朝、四方吉が、七時に起きた時には、驚いたことに、武智秀三は、疾くに朝飯を済まし、洋服に着換えて、庭を歩いていた。よくよく、精力的な男らしい。

「どうです、よく、眠りましたか」

四方吉は恐縮して、匆々に、顔を洗い、食事にかかってると、帽子を持たせた女中を従えて、再び、彼が現われた。

「わしは、これから外出しますが、今日は、遠慮なく、ゆっくり休息して下さい」

「いや、それは……」

四方吉は、慌てて、箸を置いて、いい抗《さから》った。あんな厚遇は、昨夜一晩で、結構である。今夜からは、どんな貧弱な下宿でもいいから、わが巣を探して、引き移ろうと、考えていたところで、それに、働くとなったら、一日も早い方がいい——ということを、彼は、一心に、述べ立てた。

すると、武智は、大きな腹を揺すって、笑い、

「ハッハハ、そうお急ぎにならんでも……。少くとも、一週間は、ここから外へ出んようにして頂かんと、わしが困るので……」

と、不思議なことをいった。

「なぜですか」

「つまりですな。あなたの洋服をつくるのに、特別に急がせても、一週間かかるということですわい。昨夜も申したとおり、わが武智産業では、社員の服装を、特にスマートにする方

針でな。専務取締役になって頂くあなたが、風太郎のような……いや、これは、失礼。わしは、急ぎますから、これでご免……」

彼は、サッサと、出かけてしまった。

十時頃になると、女中がきて、

「床屋さんが参りましたから、どうぞ……」

と、四方吉を庭へ導いた。そこに、イスが置かれ、白布を持った職人が、待っていた。

「旦那、だいぶ伸びましたな。これなら、リーゼントに刈れますがいかがです」

「いや、それだけは、勘弁してくれ……」

それでも、彼の髪は、流行のスタイルに近く刈り上げられ、髭は、眉毛のように、細く剃り込まれた。

午後になると、木村支配人が、中国人の洋服屋を連れてきた。服地の見本やスタイル・ブックを、沢山持ってきたが、四方吉が選択する前に、木村が口を出し、

「志村さんには、これが、似合いそうですな」

「飛んでもない。そんな、アロハみたいな服が、着られるものか」

「じゃア、こっちの無地のブルーに、おきめなさい。これなら、渋いですよ。その代り、仕立てはダブルにして、胸を思い切り張って……」

木村のいう渋い好みとは、四方吉から見れば、チンドン屋の服装に近かった。しかし、彼も、しまいには、観念した。これが、武智産業の制服だとすると、着ないわけにはいかない

ではないか。

その服ができあがるまで、彼は、一週間の軟禁を受けた。そして、始めて外出する時に、鏡の前へ立って、驚いた。そこに、志村四方吉がいないのである。少くとも、戦後の彼は、完全に姿を消していた。

雨の季節

——やられた！

一言にしていえば、亮子の心理は、そんなところにあった。

彼女は良人を無視し、極度に軽蔑し、畑のカガシだと思った。勿論、世上のどんな和合した夫婦の間にも、闘争が認められ、その闘争が、愛の別名ともいえるが、彼女は、自分たちこそは、闘争のない夫婦と、思っていた。対手がカガシで、喧嘩ができない。

しかし、彼女も、良人を完全に諦めてしまったのなら、軽蔑や酷遇をする気にもならなかったろう。良人に対して、イライラする気持も、消えたであろう。戦前の有能な良人が、カガシになったことに、彼女の心の底で、解けきれない謎が、常に残っていた。その謎を解くために、明らさまな無視や軽蔑を加えて、反応を験《ため》したともいえるだろう。ところが、どれほどの圧力に対しても、反撥《はんぱつ》がない。これは、本物のカガシになったかと、彼女もサジを投げかけた。その心理が、彼女を他の男性に視線を送らせ、遂に外国人のドウヴァルに唇を与えるに到ったのだが、折りも折りというその晩、良人に離別の話を持ち出そうと、家へ帰れば、あの手紙を遺《のこ》して、本人の姿が消え失せたのである。

彼女の驚きは、良人が別人になって帰還した時より、もっと大きかった。人間がカガシになるのは、驚くべきことだが、カガシがノコノコ歩き出す奇蹟には、比べられない。

良人が家を出てから、三日間、彼女は、眼を一点に据えて、考えに耽《ふけ》った。手紙の文句が、あまり簡単で、良人の行動を、どう判断していいかわからないが、とにかく、彼が冷たい屍ではなくて、どこかに、体温と脈搏を残していた証拠にはなるのである。良人は、生きていたらしいのである。

その事実に、眼が掩えないとすると、彼女は、飛んだ失敗をしたことになる。

——やられた！

その気持が、胸一杯に展がってくる。尤も、何を、どうやられたのか、自分でもハッキリしない。良人に一籌《いっちゅう》を輸《ゆ》したというのか、運命に先手を打たれたというのか、その点も、アイマイであるが、とにかく、敗北感のようなものが胸の奥に湧いてくるのである。

どうも、面白い気持ではない。その上、保姆や助手たちのコソコソ話も、耳に入る。無能の標本のような男でも、理事先生の良人であった人物が、不意に姿を消したのであるから、女たちのゴシップには、よい材料である。

しかし、彼女たちは、亮子にとって、物の数ではないが、少し厄介なのが、嘉代婆さんである。この対手だけには、なんとか、ツジツマを合わしたことを、いわなければならない。

そう思いながら、今朝も、広くなった六畳の掃除をしてから、髪を直してると、庭先きを、嘉代婆さんが歩いてる。老人の早起きは、当然だが、時々、ジロリと、彼女の部屋を眺めながら、庭土を踏んでる様子が、気になってならない。

「お早うございます、ゴシンさん……」

遂に、亮子の方から、声をかけてしまった。

「はい、お早う……。なんだか、ハッキリしないお天気ですね」

嘉代婆さんは、肥った脚を、ヨチヨチ運んで、亮子の部屋の縁先きに、腰をかけた。

「はア、毎日、こんなお天気で、子供たちの洗濯物が溜って、困りますわ」

亮子は、さり気なく、座布団を差し出した。

「松の芽が、よく出ましたこと……。あの青い色は、なかなか、いいものですね」

「はア、ほんとに……」

「ところで、近頃、四方さんの姿が、見えないようですが……」

知ってる癖に、そんなことを訊くのだから、人の悪い婆さんである。

亮子は、ドキンとしたが、もうこうなっては、秘すべき時でないと、覚悟を定めて、

「それにつきまして、ゴシンさんに、ご相談に上ろうと、思っていたところなのですが……実は、志村は、三日ほど前から……」

と、アラマシを語った。

「へえ、四方さんが、家出をなすった？　それは、それは……。何か、思い当る筋でも、おありですか」

と、婆さんは、大仰に、驚いて見せる。

「それが、さっぱり、見当がつかないんでございます。その日のお昼過ぎに、トムの母親が暴れ込んできたんですけど、あの女を志村は知っているのでございます。何か、そのことと、関係がありはしないかとも、考えますけれど……」

「まさか、あの人が、パンパンさんと、ワケがありもしないでしょうよ。それア、お亮ちゃん、濡衣《ぬれぎぬ》ですよ」

「ええ、あたくしも、そう思いますけど、あんまり、家出の動機が、薄弱なもんですから……」

「男の気持は、あたしたちと、ちがいますからね。一体、四方さんが、戦後に、人が変ったようなナマケモノになったことからして、不思議じゃありませんか。お亮ちゃんは、どう考えますね」

「全然、あたくしには……」

「あたしの考えじゃ、あれア、戦争に敗けて、キマリが悪かったんですね……。いいえ、四方さんは軍人でもお役人でもないけれど、なんといいますかね——つまり、日本男子なんですよ。戦さになると、一も二もなく、覚悟をきめちまうんですね。戦さは、男の受持ちだとね……。それが、あんなに敗けちまって、世の中に顔向けができない……」

「男って、そんなに、戦争だの、国家だのっていうものを、重く考えてるんでしょうか」

「近頃は、そうでないのも、いるらしいけど、昔は四方さんみたいな人ばかりでね。女だって、あたしの若い頃は、ご飯を炊き損って、おコゲでもこしらえると、一日、フサギ込むようなのが、沢山いましたね」

「ホッホホ、戦争とご飯炊きを、一緒になさらなくても……」

「一緒にするわけじゃないけど、昔は、そういう仕事が、女の受持ちでね。そして、自分の受持ちということには、誰も、真剣だったもんですよ……。おや、朝っぱらから、お談議をして、ご免なさいよ。お亮ちゃんも、寂しいだろうから、また話しにきますよ。はい、お邪魔さま……」


今日も、ドウヴァルから、電話が掛ってきた。

「どうしたのです？ あたし達が、五日間も逢わずにいて、いいものでしょうか」

彼の詰問は、道理があった。あれだけ接近した二人は、朝に逢い、夕に語っても不思議はない。愛情は、加速度をもって進行するのが、普通であるのに、彼女の足が、パッタリ、遠のいたのである。

「ほんとに、申訳ないわ。あたしも、一日も早く、お目に掛かりたいと、思ってるのですけど、どうしても手放せない、園の用事が続いて……」

亮子は、ウソをついた。

「それにしても、三十分の時間が割けないとは、考えられませんね。今、貴女に逢わずにいるのは、どれだけの苦痛であるかを、わかって下さったら……」

「ほんとに、許してね、ガストン……」

「あなたの声には、悲しい調子がある。何事か、不幸が起きたのではないですか」

「ええ……。でも、それを、お話ししたくないの。少くとも、電話では……」

「では、一層、お会いする必要があると、いうものです。今日、私が、そちらへ伺ってもいいですか」

「それは、いけません。私の方から、お訪ねします。多分、明日……」

「きっとですね。お待ちしています。それから、62キャムプの件も、よい話が聞かして頂きたいと、思います。では、お目に掛って……」

電話が終ると、亮子は、ホッと吐息をついた。いつもの言葉の戯れどころではない。話の応対だけに、大汗を掻く気持だった。

不思議な変化が、彼女の心に起きていた。

良人がいなくなってから、良人の存在が、大きく、彼女の心に展《ひろ》がり出したのである。その良人は、霧の中の人影のように、ボンヤリしてるが、不気味なほど、重量感があった。その映像を、彼女は、もう、無視することも、軽蔑することもできないばかりか、忘れられない、戦前の良人の面影さえ、それに重なり合ったりするのである。

——あたしは、逸《はや》まったことをしたのではないかしら。

彼女は、ドウヴァルとの関係に、深入りし過ぎたことの疑念を持った。

——いいえ、そんなことはないわ。七年間も、良人の責任を忘れた男に、愛想をつかすのは、当然だわ。あたしの行為は、不貞とはいえないわ。

必死に、彼女は、疑念を打ち消そうとした。

それにしても、不安が残った。彼女の自信が動揺したのは、少くとも、戦後始めてだった。この七年間は、すべてが、彼女の自信を強めることのみに、役立ったのに——

結局、彼女は、良人の行衛《ゆくえ》を早く索し出し、霧の中の正体を確かめる他はなかった。良人と話し合うということは、あの晩の目的でもあった。そして、それまでは、ドウヴァルとの関係を、今より進めないと、決心することで、やっと、心の平静を見出した。

糠雨《ぬかあめ》が、シトシト降る日だった。

亮子は、事務室のデスクで、計算に耽っていた。育児室が、近く落成するが、いろいろ、後から注文を出したりしたので、予算の九十万円では、不足を来たした。もう、六十万円だけ、金港建築に払ってあるが、竣工の時には、恐らく、四十万以上の金を用意する必要があった。

バザーで儲けた資金は、毎月の赤字で、多少、食い込んでいるし、全部を吐き出しても、建築費に足りるか、足りないかというところだった。預金がカラになっては、この事業の経営に、大きな不安が生じるのである。

彼女は、育児室の増築なぞ始めたことを、後悔する気持になった。勿論、彼女も、子供たちに、明るい、設備のいい室を、与えてやりたかった。しかし、それと同時に、自分が良人から離れて、安眠する巣を営みたかったのだが、まだ、工事が落成しないうちに、その必要がなくなったのである。良人は、双葉園から姿を消し、あの六畳には、綿のハミ出たボロ夜具だけが、残っている。どうも、良人はひどくカンがよく、すべてを知って、彼女の裏を掻いたとしか、思われない。

頭が乱れてるので、彼女の計算は、進まなかった。此間《こないだ》うちのように、金策にかけて、流れるような智慧が、湧いてこなくなった。

——いいわ。いよいよ、足りなくなれば、あたしの貯金を出すわ。

彼女は、そうまで決心した。ドウヴァルの世話で、小さな仕事に手を出した金が、十万近く、積っていた。それは、彼女の能力で儲けた金だから、惜しくもあったが、やむをえなかった。

鉛筆を投げ捨てて、窓を見ると、松が雨に煙り、いつ止む気色もなかった。こういう日は、子供たちが外へ出られないので、室で騒ぎ回り、その物音と、異様な体臭とが、閉《とざ》されたガラス戸の中に籠って、頭が痛くなるほどだった。彼女は、見回りに行く時間と知っても、容易に、腰が上らなかった。

——あたしは、この仕事に、不向きなのね。よく、知ってるわ。

経営者としての成功は、この変った育児事業への愛を、証拠立てなかった。口では、いろいろのことを叫んでも、彼女は、占領児たちの運命に、どういう関心を持っていたわけでもなかった。その矛盾が、今までは、何とも感じなかったのに、心を責めてくるのも、不思議だった。また、良人の家出以来、われとわが心を窺《うかが》う怯《ひる》みが出てきたのも、解せないことであった。

彼女は暗い空を眺めて、頰杖をついた。ふと、門の方に、自動車がとまる音が、聞えた。ドウヴァルが、我慢しきれなくなって、訪ねてきたのではないかと、彼女は眉をひそめたが、やがて、雨傘をさして、門内へ入ってくる二人の人影が、ガラス越しに覗《のぞ》かれた。

——あら、あの人たち、家をまちがえて、入ってきたんだわ。さもなければ、ゴシンさんのお客か……。

亮子は、覗き見の腰を下した。

門から玄関までの道を、一本の蛇の目で、雨を除《よ》けながら、ノロノロ歩いてくるのは、人品のいい、老人の男女だった。女の方は、何か包みを抱えて、先きに立ち、袴《はかま》をはいた六十男が、後から傘をさしかけて、腰を屈《かが》めているところは、夫婦とも思われなかった。

やがて、玄関のベルが鳴った。庶務の木村が、取次ぎに出て、

「ご面会の方が……」

と、亮子に告げにきた。

「園長先生の、個人的なお客様じゃない？　よく、伺ってご覧なさい」

木村は、出て行って、また姿を現わした。

「あの、双葉園の責任者に、是非、会いたいんですって……」

「じゃア、仕方がないわ、お通しして……」

今日の亮子は、来客に会うのも、面倒な気分だった。

木村に導かれて、コートを脱いだ老婦人が、擦《す》り足のような、行儀のいい歩き方で、入ってきた。近くで眺めると、思ったほどの老人でもなく、小柄で、痩せているが、六十を越したとも見えなかった。能面のように整った、品のいい顔で、亮子に会釈したが、一言も口をきかなかった。

「ご多忙中を、突然、上りまして……」

と、鹿爪らしく挨拶をしたのは、無地の着物に袴をつけた、白髪の男の方だった。

「理事の志村でございます」

亮子は、応接用のイスに近づきながら、そう答えたが、老婦人の抱えているものを見て、アッと驚かされた。白い絹やレースを用いた、立派な産衣《うぶぎ》に包まれた、嬰児なのである。そして、亮子の慣れた眼から、まだ、眼鼻立ちも定かでない、新生児ではあるが、一見して、白系の混血を受けてることが、明らかであった。

――まア、珍らしいことだわ。

亮子も、更《あらた》めて、二人の様子を、見直さないでいられなかった。

というのも、双葉園に赤ン坊を抱えてくる女は、九分九厘まで若い娘で、それも、外娼と呼ばれる女が大部分――後は、占領軍ハウスのメードとか、雇員のタイピストなぞに、限られていた。身分も旧領事の娘だとか、将軍の姪《めい》だとか、例外はあっても、概して無産階級の女で、教養が低かった。この二人の来客が感じさせるような、上層社会の空気は、どの託児申込者にも、絶無だった。

「どういうご用件で……」

亮子は、注意深く、問いをかけた。

「はい。実は、こちらのことを、人伝てに聞きまして、東京から参ったのでございますが、……手前は、このご隠居様のお邸に、執事を勤める者でございます……」

その男が、立ち上って口上を述べる間、老婦人は、恥多さに堪えられぬように、ジッと、首を垂れたままだった。

――まさか、このお婆さんが、混血児を生んだわけでも……。

亮子は、そう考えるだけでも、おかしくなるのに、老婦人の態度は、真剣そのものであって、やがて、赤ン坊を抱えた不自由な姿勢で、胸からハンカチをとり出し、眼にあてた。あらゆる悲しみを、一身に集めた人のように――

「本日、上りましたのは、余の儀でもございません。このお子様を、是非、当園でお育て願いたいのでございますが、いかがなもので……」

と、執事の老人が、切り出した。

それは、予期したことだから、亮子も驚かないが、事実として、乳児室が落成しないと、新生児の収容能力は、頂点に達してるので一応、その事情を述べた後で、

「もう、一月ほど、お待ち下さると、都合がいいのですが……」

「いや、勝手を申して、恐縮ですが、そこを何とか……。当方では、このお子様を連れて帰られぬ事情が、ございますので……」

執事が、両手を突っ張って、お辞儀をすると、無言の老婦人も、低く、頭を下げた。

「困りましたね……。一体、いつお生まれになったんですの」

「昨晩が、お七夜でございました」

「そういうお子さんが、一番、手が掛かりますのでね……。で、お生みになった、お母さんは？」

亮子は、軽く訊いたが、心の中では、聞き耳を立てていた。

「それを申上げねば、いかんのでございましょうか」

執事は、困却の色を表わした。

「ええ、園児名簿に、両親のことを、書き入れますのでね。それに、収容児は、一応、児童相談所を経てくるのですから、送付書類に、親の名が記載されてある筈ですけど……」

「すると、児童相談所を経ませんと、お預かり願えませんのですか……。実は、そういう手続きを、一切、踏まずに参ったのですが……。と申すのも、何分、世間体を憚《はばか》りますので……」

いよいよ、困惑した執事は、懇願の声を強めた。

「ご尤もですが、手続きなしでは……」

「しかし、こちら様では、道端の捨子でも、お育てになるという話では、ございませんか」

「はア、創立の頃は、そういうこともありました。でも、乳児院と養護施設の認可が下りましてから、ほとんど、県や都の児童相談所を経由してくる子供ばかりを、収容しておりますの」

亮子は、そういって、ジッと、二人の様子に眼を注いだ。

「困りましたな……。ご隠居様、いかが致しましょう」

正直者らしい執事は、老婦人の方を向いてオロオロ声でいった。彼女は、無言で、下を俯《む》いていたが、やがて、片手をテーブルについて、

「何も申しません。お助け下さいませ……」

老婦人は、人に頭を下げない身分なのか、そういって、腰を屈《かが》める態度に、ギコチなさがあるが、その一心さは、驚くべきものだった。

「これは、わたくしの娘が、生んだ子でございます。娘の名を、申しあげるべきではございますが、家の恥になりますので、それだけは、どうぞ、お容《ゆる》しを……。こちら様に、この子を抱いて上りますことだけでも、身を切られるより恥かしいのでございます。でも、この子を、家に置きますことは、どうあっても、事情が許しません。実は、人目につかぬ温泉で、この子を生ませまして、家に帰りませぬうちに、連れて参ったような次第でございます。ご無理ではございましょうが、どうぞ、人助けと思し召して、この子を、お引き取り下さいませ。その代り……」

と、執事の方に、眼をやると、彼は、慌てて、頭を下げて、代弁を始めた。

「その代り、費用の点は、いかほど掛かりましても、当方で、負担させて頂きます。また、こちらのご事業に対しまして、僅少ながら、寄付を差し上げたいと、このように用意をして参ったのでございますが……」

と、彼は、懐中から、フクサに包んだものを、取り出した。

亮子は、黙って、思案の態を装った。正当の手続きを踏まなくても、やむをえない事情の子供は、嘉代婆さんの意志もあって、近頃も、収容していないではないのである。ただ、そういう子供には、児童福祉法による委託費を、県が払わないから、赤字の一因になるのだが、費用を負担するというなら、必ずしも拒《こば》む理由はない。乳児室が落成しなくても、無理すれば、一人ぐらいの嬰児を、受け入れられないこともない。だから、すぐ、承諾の意を示してもいいが、二人がヒタ隠しにする身分や家柄を、多少なりとも、知って置きたいので、返事を延ばしていた。人に知られた家名と、金力とを、併《あわ》せ持つ一家にちがいないが、そういう家の娘が、どうして、混血児を生むようなことになったたか。尤も、ある旧子爵夫人と外人との情話が、近頃の雑誌を賑わしているから、驚くほどの事件ともいえないが、双葉園へ入る子供の経歴としては、絶無の例である。

「それにしても、このお子さんの出生について、多少とも、伺って置きませんと……。お嬢さんは、お若いのですか」

亮子は、好奇心も混って、老婦人に話しかけた。

「いいえ、もう三十でございます」

「ご結婚になったのですか」

「はい、未亡人でございます。戦争で良人を失いまして、寂しく、暮しておりましたが、ふと、ダンス・パーティーに誘われましたのがこんなことになった因《もと》でございます……。それと申すのも、男が悪いのでございます。悪い外人なのでございます。結婚を餌にして、最初から、娘を弄《もてあそ》ぶ気だったらしいのです。その男の手にかかった女が、何人あるか知れません。いいえ……軍人でも官吏でもございません。バイヤーでございます。カナダ人の……」

「もし、ご隠居様、あまり、深いことを、お話しになりましては……」

と、執事が、慌てて、口を出した。


「ありがとうございます。ご恩は、一生、忘れません……」

二人は、生き返ったような喜色を浮かべて、玄関を出ていった。また、老婦人の後から、執事が雨傘をさしかけて、門へ歩いていったが、足取りまで、軽く見えた。老婦人が、重そうに抱えてきたものは、双葉園に残されたのである。

「この赤ちゃん、一号室へ入れて下さいね。お七夜過ぎたばかりだというから、手が掛って、お気の毒ね」

亮子は、原保姆を呼んで、嬰児を渡した。

「おお、可愛い——女の子らしいですわね。名前は、何と申しますの」

「ミツコ……」

亮子は、老婦人の口から、やっと、その名だけ聞き出した。昨日つけたばかりの名だそうである。

赤ン坊が連れ去られると、彼女は、ソファの上に、身を投げた。疲労と昂奮を、同時に感じる気持だった。

――まさか、あの赤ン坊を生ましたのが、ドウヴァルでは……。

あの老婦人が、自分の娘を弄んだのは、カナダ人のバイヤーであると、口走った時から、その疑念が、胸に渦巻いた。彼女が、その嬰児を入園させる決心をしたのもその時からであった。ドウヴァルに対する疑いを、つきとめるために、それは必要な証拠物件と思えたからだった。

疑いの雲を透して見れば、ドウヴァルには、そういった色魔的な臭いが、潜んでいないでもなかった。彼ぐらい、女の気に入る言葉や態度を、心得てる者も、少かった。亮子も、最初は、彼が誘惑を企んでいることを、よく知っていた。むしろ、その誘惑を受け止め、逆に彼女からの誘惑として投げ返すことが、面白かった。しかし、彼が結婚を申込んできた時に、彼女の気持が変った。それは火弄《ひあそ》びではない。結婚という語を口に出したら、真剣勝負である。そして、彼女は、試合を失いかけた。

――それと、同じ手を用いて、彼は、ミツコを生んだ女を、誘惑したのではないかしら。あの老婦人は、結婚を餌にして――と、いった。それが、一番、陋劣《ろうれつ》な、卑怯な男性の用いる手段である。憎むべき、最下等の誘惑技術である。

彼女は、一度だけ与えた唇に、烈しい恥を感じた。あの晩、良人の前へ出て、堂々と、離婚を要求しようとした気持なぞ、どこかへ、ケシ飛んでしまった。あの時は、少しも疚《やま》しくなかった気持が、裏返しになってしまった。

妻に恋愛の自由があることを、知ってる彼女は、同時に、その恋愛が虚偽で失敗であった場合の責任も、ヒシヒシと感じていた。良人に対し、自分自身に対し、いかに過失を償うべきか。しかし、混乱と狼狽の揚句に、彼女は、冷静を欠いてる自分に気づいた。

——カナダ人のバイヤーは、あの人一人ではないわ。なんだってこんなに、思い詰めるのだろう。

それでも、亮子は、ひどく慎重になった。これ以上、ドウヴァルとの関係を進めるのは、彼があの嬰児に無関係である確証を、握らないうちは、危険だと思った。

——会わないのが、一番だわ。そのうちに、あの人を試す機会が、きっとくる……。

彼女は、そう心を決めた。

それから、彼女は、老婦人が残していった、寄付金の包みを開けた。奉書で包んで、水引きをかけただけあって、中味は、双葉園の寄付金として、最高額だった。算えてみなくても、帯封をかけた千円紙幣の厚さで、十万円と知れた。それが、乳児室の建築費の補足に、どれだけ役立つか、いうまでもなかった。

亮子は、ホッとして、札束を眺めたが、それにつけても、秘密の子の始末をつけるために、それだけの金を惜しまない家庭が、想像に余った。名家で且つ金満家に相違ないが、富裕な旧華族か、それとも、旧大財閥の一家でもあるのか、とにかく、新興階級でないのは、あの二人の態度を見ても、明らかだった。上流社会というような人々の、外人に対する弱さが、亮子には、腹立たしかった。今日の嬰児の母親が、他愛なく誘惑され、他愛なく捨てられた姿に、同情できなかった。

――あたしは、騙されないわ。

彼女は、自分自身に、そういって聞かせた。

そして、彼女は、デスクに帰り、園児名簿を開いて、ペンをとった。

捨子。父不詳。母不詳――

そう書き入れるより、方法がなかった。捨子の扱いにすれば、区役所に行って、戸籍を設定してやらなければならない。姓名も、考えてやらねばならない。ミツコという名の上に、どんな姓を冠したら、いいのか。雨の日に持ち込まれたのだから、雨中ミツコとでもするか――

「理事先生、また、お客様……」

鈴木助手が、取次ぎにきた。

「まア、こんなお天気に、よく来るわね」

「でも、今度は、面倒臭いお客じゃありませんわ。いつかきた、文士の人……」

左右田寧がきたとは、意外だった。亮子は、気分がクサクサする今日、彼のような風変りな人物と会うのは、却って、気晴らしかと思った。

「お目にかかるわ……」

やがて、濡れたレーン・コートを、小脇に抱えて、左右田が入ってきた。逆巻く長い頭髪に、霧雨の雫《しずく》が、光っていた。

「やア、奥さん、暫らく……。お送りした雑誌、読んでくれましたか」

彼は、ひどく、元気な調子だった。

「入らっしゃい……。とても面白く拝見しましたわ。褒《ほ》め過ぎて頂いて、恥かしいくらいでしたわ」

亮子は、また、客イスの方へ立っていった。

「そんなことは、ありませんよ。一人の文士が、渇仰する婦人に対して、最高の讃辞を献げるってことは、外国じゃ、ちっとも稀《めず》らしくありませんからね」

左右田は、最初に会った時より率直であり、また、図々しくもあった。

「まア、光栄ね」

亮子も、少し、照れた微笑をした。

「僕が、何遍、あなたに手紙を書いても、本気の返事を下さらないことを、不満に思っているわけじゃないですよ。それによって、あなたに対する讃美は、いよいよ、結晶するだけなんですからね。僕ア、今、『日本の広場』の続きを書いてるんです」

「そう、愉しみに、待ってますわ。今度は、どんな題名？」

「姦通論《かんつうろん》……」

「変ってらっしゃるのね」

「変ってやしませんよ。姦通は、近代生活の最大の、そして、必然のテーマですからね。両性が、ほんとに闘い、ほんとに磨き合う場は、姦通にあるんです。殊に、選ばれた、優秀な妻が、姦通する場合、どんなに美しく、高貴に輝くか、スタンダール的な小説を読めば、わかりますよ」

「レナアル夫人のこと？」

「いや、日本のベスト・セラーにもあります……。僕ア、奥さんの恋人になる資格はなくても、奥さんをインスパイア（鼓舞）する能力はあると思って、そんなものを書き出したんだけど、少し、情勢が変ってきたようなので、筆が進まなくなってるんですよ」

彼は、意味ありげなことをいった。まさか、ドウヴァルのことを嗅ぎつけて、そんなことをいってるのではあるまい――と、亮子は不安になったが、さり気なく、

「まア、なぜなんでしょう」

「だって、奥さんは、近頃、ご主人と別居してるそうじゃありませんか」

ズバリといわれて、亮子は、ひどく、面食らった。園内でこそ、とかくの噂は高いが、それが世間へ拡がっていようとは、思いも寄らなかった。

「まア、どうして、そんなことを知ってらっしゃるの？」

「いやなに、大西女史から、聞いたんです」

再び、亮子は、驚かされた。大西説子が、どうして、そんなことを知ってるのか——

「あの女史は、愉快な人物ですね。僕ア、横浜タイムスの座談会で一緒になって、帰りに、全産制の支部長たちと、飲んだんですよ。あなたの親友なんですってね。でも、彼女は、あなた方の別居問題を、心配もしていませんでしたよ。恐らく、別居は、最も完全な避妊法だと、思ってるんじゃないかな」

「そんなことより、説子さんは、どうして、志村が家を出たことまで、ご存じなのかしら」

「女史は、どこかで、お宅のご主人に、会ったらしいですよ」

「だって、志村の顔も、ロクに知らないのに……」

「さア、そいつは、僕に興味のない問題でね。それより、奥さんが一人になると、僕の評論がクサっちまうんだが……」

馬車道にて

武智産業の事務所は、馬車道通りにあった。あるスーベニア・ショップの二階であるが、店は会社の経営であるし、混雑する商売ではないし、階段も往来に面しているから、誰も、気軽く、事務所の人となることができる。

四方吉は、毎日、ここへ出勤するのである。住所は、いつまでも、社長の家にいられないから、梅宮重役の世話で、反町《たんまち》の素人下宿に入った、そこから、電車に乗って、馬車道へ出てくる。

妙なもので、服を着て、一定の時間に出勤するというだけで、人間の気持が、ちがってくるのである。半月も経たないうちに、四方吉は、働く男の習慣を取り戻した。すると、七年間の休養がモノをいって、モリモリと、仕事の慾が湧き、頭も冴えてくるのである。

「志村君、そうハリきらんで下さい。夜が晩《おそ》いのだから、朝は、ゆっくり、社へ出て……」

社長の武智が、そういうくらいだが、四方吉としては、社長の家に泊っていた間に、彼の精励恪勤振りを見ているので、負けるもんかという気持がある。尤も、武智の早起きは、事務をとるというよりも、市の有力筋を私宅に訪問して、例の大計画の推進を計ってるのだが、その方も、好調に運んでるらしい。

四方吉は、新任専務取締役として、武智チェーンの各キャバレ、ホテル、ショップなぞを一巡し、いずれも、よく儲けているのに驚いた。戦前の実業人の常識からいうと、そんな商売は、実業よりも虚業であったが、活眼を開いて見ると、どうして、決して、バカにならない。小林逸翁が、この道に身を入れるわけである。しかも、武智産業の方は、同じ消費面企業でも、外国人のみの懐中をアテにしてるところに、時代的な妙味がある。なにしろ、飲む打つ買うの三道楽は、超民族的であるから、どんな国際情勢の下にも、安全な事業であり、且つ、資材の輸入や加工の面倒が要らない。少し、体裁が悪いなんてことは、尾羽打ち枯らした日本人に、不必要な見栄である。

四方吉も、武智産業の禄をハんでから、すっかり、社の目的に共鳴してきたのは、結構であったが、ただ、本社が馬車道にあることが、多少、迷惑に感じた。

いうまでもなく、この付近には、旧知が多い。大キャバレの「セントラル」には、顔知りのダンサーが、沢山いる。殊に、その横丁のオカメ軒に至っては、数年の間、彼に煙草銭を供給してくれた姐《ねえ》さんたちが、屯《たむ》ろしている。その恩恵ばかりでなく、親愛の感情からいっても、彼女等を避ける気持は、更々ないが、あまりに変化した現在の姿を見られるのが、ちと照れるのである。

だが、すべては、杞憂《きゆう》であった。馬車道の女たちは、時々、四方吉と路上で会っても、振り向きもしないで、擦れちがってしまう。なにしろ、コールマン髭に、新調のダブルで、下駄の代りに、白と茶のコンビの靴なぞ履いている紳士が、あのオジさんだとは、気がつかない——

なにも、四方吉の方から名乗る必要はないから、そのまま通り過ぎてしまうが、故郷の人に会った懐かしさが、胸をかすめないでもなかった。一頻《ひとしき》りから見ると、彼女等の数が減ってるのは、レモネードさんの忠告に従って、既に座間方面へ移動したのであろうか。それも、寂しさを感じさせたが、まだ一度も、バズーカお時の姿を見かけないことが、一層、彼の懸念になっていた。

彼女に会って、その後の消息が聞きたいのである。果して、彼女は黒人兵のシモンに、四方吉が教えた言葉を、伝えただろうか。その結果は、どうだったろうか。そしてまた、たとえ彼女は知らぬことにせよ、彼女の心に打たれて、虚脱の眠りから起き上ったのだから、その礼もいいたく、眼を皿のようにして、馬車道の人影を、物色してるが、それらしい姿も、見かけないのだった。

彼は、お時や、その配下の女たちや、それから、双葉園の児童たちについて、今までは考えなかったことを、考えるようになった。それは、武智産業の従業員にも、関係のないことではなかった。現在も、「フジヤマ」その他に、多くのダンサーがいるが、将来、社長の新計画が実現した場合、大いに考慮されねばならぬ問題なのである。

――トムのような子供が、生まれない工夫はないか。

そのことを、ある日、彼は社長に進言した。

「わし等は、外人から、金を儲ければよいので、子供なんかは、頂戴せんでも関《かま》わんよ。まア、ええように、やって下さい」

そこで、四方吉は、全産制横浜支部に申込んで、昼間の閑散時に専属ダンサーや、女子従業員たちに、講義を聞かせる企てをしたところが、乗り込んで来た講師が、大西説子だったのである。

地下室のキャバレで行った講演は、何枚もの大きな着色図解表と、歯に衣着せぬ、ガラガラ声の弁舌とで、始められた。

主題が、実践方法であるから、タンポンとかペッサリーとか、ジェリーとかが、いかなる際にいかなる作用をなすかを詳論するのは、当然であるが、その使用法を、実物と、図表と、手真似によって、微細に亘《わた》って、説明が行われると、聴衆の間に、クスクス笑いが起きた。こういう主題は、女子に対しては、男子が講義する方が、権威を生ずるらしい。

ペッサリー使用の拇指法の説明に至って、聴衆はゲラゲラ笑って、止め度がなかった。

「知ってるわよ、そんなこと……」

と、ヤジを飛ばす者さえあった。

終了後、こんな不真面目な聴衆はないと、大西説子が主催者側に文句をいった。それを宥《なだ》めるために、はじめて、四方吉が顔を見せ、肩書き入りの名刺を出すと、

「もしかしたら、亮子さんのご主人では……」

と、正体がバレたのである。それから、四方吉は、彼女と食事を共にして、懐柔を計り、当分、彼の所在を、妻に告げぬことを、依頼したのである。

そんな失敗もあったが、もとより、志村新専務の評判に影響するほどのことではなく、彼も、自分の力倆を振う機会のくるのを、待っていた。

そのうちに、ある日、武智社長が、事務所へ現われると、すぐ、四方吉を呼んで、

「志村君、今夜は、わし等の第一次計画に関係のある、大切な外人を呼ぶから、君も出席して、一つ、通訳の労を……」

と、依頼した。彼もワン・マンであるから、大切な用件も、事前にならなければ、打ち明けない。

第一次計画というのは、ドッグ・レースやハイアライを含む総合娯楽地帯の建設は、政府

の許可が遅れてるので、とりあえず、ホテルとキャバレとカジノ（賭博と娯楽の殿堂）の要素を兼備した建物を、出現させることだった。しかし、社長の計画は、遠大であって、まず、理想的な地所を手に入れることを、主眼とし、それを第一次計画の第一歩と、称していた。

「君、その外人というのは、かねて、わしが眼をつけておった、根岸の62キャムプの払下げを、受けた奴だが、どういう事情か、売り急いでいるのだよ。そこを付け目に、安く叩いてやりたい。しかし、なかなか、一筋縄でいかん奴だがね」

「その外人というのは、何者ですか」

「なに、二流のバイヤーさ。利権と女に、眼のない奴でね。今夜も、キレイなところを、整えて置かにゃア……」

「しかし、62キャムプは、設備はいいですが、独立家屋が多いから、第一次計画に、そのまま役立つか、どうかと、思うんですが……」

「いや、君、わしア家屋なぞ、問題にしとらんよ。欲しいのは、あの地所さ。後は、熱水供給設備ぐらいのもので………」

　と、社長は、腹の大きいところを見せてから、やがて、金庫の前へ歩いていって、自分で、重い扉を開けた。

「測量図がきとるんだがね……」

　彼は、二葉の図面を持って、テーブルへ帰ってきた。その一つは、旧62キャムプの売手から渡されたらしく、もう一つは、彼が作製させた、横浜モナコの想定図だった。

「見給え、62キャムプの測量図を、スッポリ、想定図の中に嵌《は》め込んでみるとじゃね。まるで、扇のカナメのように、中心点になる」

「なるほど……」

「しかし、中心ちゅうものは、両翼あって、始めて、価値を生ずる。その一翼の端を、志村君は、どの辺と考えるかね」

「そうですね。以前、アイケルバーガー中将の住んでいた付近……」

「その通り——あの邸も、わしは、狙《ねろ》うとる」

「そいつア、大計画ですな。すると、こっちの端は、どの辺に、当りますかな」

「当てて見給え」

「さア、大体の見当では、福田別荘あたり……」

「ご名答。あの婆さんも、適当な換地と家屋があれば、あんな古ぼけた家で、双葉園の事業を続ける気もないだろう。尤も、あの地所の買収には、特に、志村君の尽力を煩《わずら》わさなければならんが……」


今夜の折衝について、一切の打合せを済ませると、四方吉は、日の傾く頃に、社長の車に同乗して、馬車道の事務所を出た。

行先きは、横浜の外れの港北区である。新開地の住宅街のなかに、一流の花柳の巷《ちまた》がある。といって、たった一軒、料亭があるばかりだが、そこの女将は、戦前、関内で常盤《ときわ》という店を持っていたが、戦時中に、そんな辺鄙《へんぴ》へ疎開したまま、居着いてしまって、同名の料亭を開いたのである。すると、以前、関内芸妓と呼ばれる連中が、集まってきて、昔の一流花柳界の空気を、ホノボノと感じさせるので、戦前を憧れる通客共が、不便さを顧みず、「山」へ遊びにいくとか、「登山」するとか称して、この丘陵区へ足を運ぶのである。

だから、客は日本人のみのわけだが、外人というものは、少し甲羅を経ると、彼等の専門遊興機関を、喜ばない。日本人の高級とする場所へ、侵入したがる。そこで、「山」にも、洋客が稀《めず》らしくないが、この現象は、一世紀前の横浜にも見られ、港崎遊廓のラシャメン青《せい》楼《ろう》を嫌い、一流オイランに接せんとして、問題を起した。

「今日の客も、どこに招待しようかといったら、先方から山を指定するんじゃからね、ハッハハ」

武智は、太い腹を揺すった。しかし、四方吉は、戦後、料理屋遊びどころの身分ではなく、「山」も海も、あったものではなかった。

「あすこもいいが、婆々《ばばあ》芸妓ばかりで、外人にアテがうのがおらん。磯子あたりから、呼ばなければならんのが、厄介じゃて……。しかし、今日の客は、女好きで評判だそうじゃから、仕方がない。芸妓で気に入らなかったら、ウチのダンサーでも、呼びつけよう……」

そんな言葉を聞くと、四方吉も、昔を思い出した。福田組の客をするために、よく関内で遊んだが、あの頃は、社用族なんて言葉は、まだなかった――

車は、場末らしい、ゴミゴミした街を通り抜け、坂を登ると、分譲住宅地のような一劃が、展けてた。その横道へ入ると、こんな所にと、驚かれるような、料亭建築があり、車が、何台も駐《と》まっていた。

「やア……座敷は、できとるかね」

武智は、常客と見えて、ズンズン、奥へ上った。

二間続きを、開け放して、夏座敷の模様になってる床の前に、客の席を残して、二人は、縁近く、座を占めた。庭の石に、打水が滴り、ツクバイの色が、眼に浸みた。

濡れタオルで、顔を拭ってると、林芙美子女史に似た女将が、顔を見せた。そして、武智に挨拶してから、四方吉にお辞儀をしようとして、頓狂な声を出した。

「まア、シイさんじゃありません？　なんて、お久振りなんでしょう……」

こういう商売の女は、記憶がよく、昔の四方吉を覚えていて、その頃の話が、それからそれへと、展がった。

「接収もとれたんだから、なんとかして、もう一度、関内へ出たいんですよ。社長さんも、シイさんも、関内花柳界復興のために、是非、一骨折って下さいよ……」

と、女将が熱弁を振いかけた時に、女中が廊下で手をついて、

「お客様が、お着きになりました……」

女中に導かれて、廊下へ姿を現わしたのは、ガストン・ドウヴァルだった。日本座敷で見ると、外人としては小柄な彼も、鴨居《かもい》につかえそうな身長で、迎えに立った武智の短軀と、好対照だった。

「入らっしゃい。ウェルカム」

立ちながら、武智が、日英同盟語で話しかけ、握手して、

「この人、うちの専務……よろしく」

と、紹介をするが、無論、通じないから、四方吉自身で、英語の自己紹介をした。

「あなたの英語は、正確ですね。この間、通訳した重役さんは、あなたほどでなかった……」

ドゥヴァルは、愛想のいいことをいって、四方吉の手を握った。四方吉も、この外人が、わが妻と接吻したなんてことを、知らないから、快活なる笑顔を向ける。

「さア、あちらへ、どうぞ……」

正座へ、ドゥヴァルが安坐《あぐら》をかくと、やがて、膳が運ばれ、芸妓たちが現われた。

「何もありませんが、どうぞ……」

武智が、日本語でいって、盃を揚げた。これは、手真似だけでも、意味が通じるが、以下、彼の発言は、一々、四方吉が通訳するわけで、その度毎の説明は、煩わしいから省く。

「ドゥヴァルさんは、器用に、箸を使いますな」

コマゴマした前菜を、巧みに、口に運んでる彼に、武智が話しかけた。

「特に困難な作業とも、思いません。そして、私は、日本料理を好みますから……」

「サシミも、平気ですか」

「大好き。そして、トーフも……」

「へえ、豆腐をね。よほど、親日派ですな。それじゃ、日本の女が、お嫌いなわけがない……」

「勿論。お嬢さん、奥さん、芸妓ガール、ダンサー……皆、大好き」

「奥さんが好きとは、穏かでないですな、ハッハハ。今日、お側に侍らせた芸妓は、いかがですか。お気に入りませんか」

先刻から、ドウヴァルにくっついて、専門にお酌をしてるのは、磯子から呼んだ若い妓《こ》で、パングリッシュの素養なきにしも非ずなのだが、「山」の姐さんたちに遠慮して、一切、口をきかない。

「オウ、大変、可愛い人です」

そういいながら、彼は、その芸妓の円々した手首を握り、色気タップリの眼つきで、顔を覗き込んだ。

「ヨウヨウ、ベリ・グッド！」

西瓜のように肥った、婆さん芸妓がハヤし立てた。山の芸妓でもそれくらいの英語は知ってる。

四方吉は、その様子を見て、今日の商談は、容易に成立すると、タカを括《くく》った。彼も、福田組にいた頃に、よく、外人の客をしたが、女に甘い対手ほど交渉はラクであった。尤も戦前の外国商人に比べると、今日の客は、どこか重味がなく、青二才臭いけれど——

主客共に、上着を脱いで、酒がハズみ出したが、武智は、酔うと見せて酔わずに、ドウヴアルが芸妓とフザけてる隙を狙って、四方吉に囁いた。

「君、今夜、大体の契約を、済ませてしまいたいのだが、あの額に、負けるだろうか」

「大丈夫ですよ、あの様子じゃ……」

「話が折合ったら、手金を打って置きたい。小切手帳も、持ってきてる。だが、危険だから、あまり沢山は、渡したくないな」

「しかし、受取りをとって置けば、いいでしょう。外人は、サインの信用を、重んじますからね。信用を度外視すると、外人と取引きできませんよ」

「それも、そうだろうな。君、万事、よろしく頼む……」

「承知しました」

その頃に、芸妓が、三味線を弾き出した。心得たもので、ジャズ小唄かなんかを、早間に、弾きまくる。すると、ドウヴァルは、膝の上に乗せていた若い芸妓を、軽く、抱き下して、ダンスを始めた。

「だいぶ、ご機嫌ですな」

四方吉は、社長を顧みて、笑ったが、それが終るのを、汐時と見て、ドウヴァルの近くに、座を移した。

「ところで、例の件ですがね。社長の希望は、もし、二千五百万に値引きして下さるならば、今夜にも、手金《デポジット》を差し上げたいというのですが……」

「オウ、それは、残酷な申込みですよ。あんな、安い値段はないのに……」

彼は、両手を拡げ肩を縮めた。しかし、四方吉は、対手の眼色に、押せば押せるものを読んだ。

「そう。決して、不当な価格ではないでしょうが、将来の値下りの危険は、充分にありますのでね。ご承知のように、米軍の移動で、横浜は大きな打撃を受けています。関内の中心地が、接収解除になっても、復興資金に苦しんでるくらいで、横浜は不景気なんですよ」

四方吉は、冷静に、駆引きを試みた。

「それは、理解できます。では、最大の犠牲を払って、貴社の言い値に従いましょう。その代り、手金の額は、私の要求を容《い》れて下さい」

「どの位、ご希望ですか」

「売値の半額を下っては、絶対に、承知ができません」

四方吉は、手金にしては、あまりに高額なので、武智のところへきて、相談を始めた。

「無茶なこと、いいよるね」

「手金というより、半額前払い、ということになりますね」

「大丈夫だろうか」

「対手が、外人ですからね。その点は、心配ないと思いますけど……」

「君がそういうなら、小切手、書こう。受取りだけは、手落ちないものを、書かしてくれ給え」

それから、三人は、次ぎの間へ移って、契約を完了した。むつかしい商談と見てとって、女中や芸妓たちは座を外したが、磯子からきた妓だけが、ションボリ、煙草をフカしていた。
「さア、これから、景気よく、飲み直しましょう」

ドウヴァルとの交渉は、意外に、簡単に済んでしまったが、四方吉にとって迷惑なのは、福田別荘の地所を買収することである。嘉代婆さんが、あの別荘に深い愛着を持ってることは、彼もよく知ってるし、口説き落しは容易でないが、それよりも、その掛合《かけあ》いに、双葉園へ出かけるのが、閉口なのである。亮子に会うのは、少くとも、一年ほど経って、充分に地歩が固まってからにしたい。昔の日の出町の家ぐらいの住宅に入るようになって、女中の一人も置いて、さア、どうぞ――という風に、彼女を迎え入れたいのは、亭主の虚栄心であろうか。養子の義理であろうか。とにかく、彼は、そういうお膳立てが整わない前に、妻と会いたくないのである。

だが、そんな気持は、社長に通じないから、頻《しき》りに、彼をセキ立てる。62キャムプが手に入った勢いで、一挙に、福田別荘の敷地も、併呑したいらしい。そこで、四方吉も、やむをえず、社長の名を用いて、嘉代婆さんを、外へ呼び出す計を立てた。といって、オイソレと飛び出してくるような、婆さんではない。毎月、彼女が参詣《さんけい》を欠かさない、野毛の不動の縁日に、迎えの自動車を差し向け、お詣りの帰途、近くの御所山の社長宅へ、連れ込もうというのである。

手数のかかる計略だが、首尾よく運んで、彼女の重い体が、武智邸の門を潜った。

「これは、これは、ご老体……」

社長、夫人以下、玄関へ出迎えて、厚く遇《もてな》すのも、あの地所の持主というばかりでなく、戦前の財閥に対して、新興富豪の敬礼なのだろう。それほど名の通った、福田嘉代刀自なのである。

「料理屋なぞへ、お招き申しては、かえって、失礼かと存じまして、ムサ苦しい所ですが……」

と、客間へ案内してからも、武智は、態度インギンを極める。

「大層、お立派なご普請《ふしん》で……」

婆さんは、落ちつき払って、家から庭を眺め回すが、腹の底では、あまり感心もしていないらしい。立派という点からは、床の間を背に、ドッシリと坐った彼女の方が、違い棚のどんな置物より、立派だった。貫禄というものは、争われないと、四方吉は、心に銘じた。

やがて、彼一人を残して、人々が引き退《さが》ると、

「四方さん、大変いい会社へ、お入りになって、結構ですね。武智さんの名は、あたしも、聞いていますよ。大層、腕利きだそうですね。まア、何でもいいから、皆さんで、昔の横浜に、盛り返して下さいよ」

と、いつもに変らぬ、ニコニコ顔になった。

「はア、どうも、一向に、慣れない方面の仕事で……」

「なアに、商売に、二つはありませんよ……。時に、お亮ちゃんは、別に変りはありません

から、ご安心なさい。ただ、少し、ショゲてる様子ですが、それも、四方さんがいなくなったからでしょう……」

亭主がいなくなったって、ショゲるような細君ではないが――と、四方吉は、少し不審を起したが、

「そりゃア、あの人だって、いろいろ、考えちゃア、いるでしょう。迷いの多い、年頃ですからね……。ところで、四方さん、今日は、一体、なんだって、この婆さんを、ここまで、お呼び出しになったんです?」

と、先手を打たれて、ハッとなり、一伍一什《いちぶしじゆう》を物語った。

「そんなわけで、お宅へ伺えなくて、申訳がありませんが、しかし、今の地所の件は、どうぞ、お気持を悪くなさらんように……。ゴシンさんが、お手放しになるお気持がないのは、よく知っているのですが、何分、社長が、ひどく熱望していますので……」

と、四方吉は、武智産業の専務の地位を忘れて、気の弱いことをいった。ドウヴァルに対する時とちがって、この婆さんには、駆引きができない。

ところが、彼女は、急に、シャキリとした声で、

「いいえ、四方さん。売りますよ。売りますとも!」

「へえ、ほんとですか。それは、有難いことで……」

「ただ、普通のお値段じゃ、売りません。あの地所は、あたしの最後の財産でね。それも、このモーロク婆の死金にするのだったら、べつに慾の深いことはいいませんがね。あたしゃ

ア、双葉園てものを、背負っているんです。あの子供たちの行末を、見てやらなくちゃなりません。それに、あすこを売るとなると、どこかへ収容所を建てなければなりません。これが、四方さん、大変なお値段でね。あの、小っぽけな乳児室を建てただけで、いくら使ったと、思し召す？　百万円、超しちゃったんですよ、お亮ちゃんがずいぶん値切ってくれたんですけどね……。まア、今のボロ屋敷でも、まだ、十年や十五年は、使えますから、あたしの方じゃ、なにも、急いで売ることは、ありませんやね……」

と、売るのやら、売らぬのやらさっぱり、見当のつかないことをいう。それよりも、四方吉を迷わせたのは、彼女が、平素のゴシンさんと、別人になった観があることである。モーロク婆さんどころではない。帳場格子の中で、算盤を前に、シャンと坐った、商家の女主人の鋭い態度である。

恐る恐る、四方吉が、伺いを立てた。

「しかし、もし、お手放し下さるのでしたら、どのくらいのお値段で……」

「へ、へ、へ。まア、お聞きにならぬ方が、いいかも知れませんよ。でもね、四方さん、武智さんの会社は外人ホテルをやったり、ダンサーを抱えたりして、儲けていらっしゃるんでしょう」

「まア、そうです」

「すると、双葉園で育ててる子供の製造元みたいなもんじゃありませんか。そういう会社が、あの土地をお買いになるんだったら、世間の相場の三倍ぐらいお払いになっても、いいわけですね、へ、へ、へ」

この商談、破談にする外はなかった。

福田別荘の土地買い入れが、不調になったことは、著しく、四方吉の面目を、失わせた。

「あの婆さんも、強慾だが、志村君だって、そのまま引き退《さが》るテはないな。君はあの家と、特別関係があるのだから、この方の話は、スラスラと進行すると、思っていたんじゃ。時価の三倍なんて、無茶な値を吹っかけるのは、君が、あの婆さんに、信用のない証拠じゃよ。さもなければ、よほど、ナメられとるんじゃ……」

武智社長は、稀《めず》らしく、不興な顔で、彼を睨めた。

四方吉としても、嘉代婆さんが、あんな態度に出ようとは、まったく意外で、社長から何といわれても、一言もないのである。せっかく、ドウヴァルとの取引きが、工合よく纏まったのに、この方の失敗があっては、差し引き、ゼロということになる。

事務所へ出ても、四方吉は、元気がなく、デスクに向って、仕事をしていると、

「専務さん、大西さんというお客様……」

女事務員が、知らせてきた。

大西説子が、何の用があって――と、不審に思ったが、とにかく、応接室に通すことにした。

「此間のご講演の時は、失礼をしまして……」

四方吉は、顔を出すと、すぐ、詫びの言葉を述べた。恐らく、そのことで、文句でもいいにきたかと思ったからである。

だが、彼女は、あの日のことは、全然、忘れた表情で、

「今日はね、志村さん、お願いがあるのよ。あんたの会社で、人を雇ってくれんかしら？」

と、藪から棒のことを、いい出す。

「さア、今、欠員はありませんがね。どんな人ですか」

「まだ、若い男で、学校は、中学出ただけ……」

「学歴は、問わんですが、性質は？」

「田舎育ちで、至って、好人物で、純真そのものやけんど、少し、気が弱いのが、難点か知れん……」

「英語は、どうです」

「その方は、まるで、あかんわ。まア、ストライク、ボールぐらいのところやろ……」

「へえ、野球が、好きなんですか」

「それが、大嫌い――それで、プロ野球の選手しとるの。いいえ……詳しい話を聞いて貰わんと、意味が通じんのやけんど……」

それから、彼女は、赤松太助について一切を説明した。横浜の愛人と婚約ができた途端に、ホーム・ランを打ち出した彼も、その後、その愛人が病気になってから、ミスと三振の続出であって、当人も、すっかりクサリ、選手を廃《や》めたいといい出した。そして、郷里へ帰りた

いというのを、大西女史が引き止めて、横浜で就職させたい、希望なのである。横浜なら、愛人がいるから、帰郷を思い留まるだろう――

「その人、亮子さんも会って知っとるのよ。何とかしてあげてや」

「そうですな。考えて置きましょう」

四方吉は、あまりスマートでもなさそうな、その青年が、武智産業に向くとは、思われなかった。

ところが、後で、そのことを、社長に話してみると、

「フン、そりゃア、面白いじゃないか。外に、能がなくても、仮りにも、プロ選手じゃったら、素人より、野球は巧いじゃろう。うちのチームに、使うてみたらええ」

「会社に、チームがあるのですか」

「君が知らんでは、困るね。去年は、青獅子戦に出場して、第一戦で、敗けたことは敗けたが……」

横浜は、明治時代から、野球の盛んな所だが、最近公園球場が接収解除されて、一層活気を呈してきた。武智産業でも、この気運に乗ろうという。一つには、会社の宣伝になるが、目的は、ノン・プロの王座に登って、横浜の名を輝かしたいという――社長は、なんでも、話をそこへ持っていく。

採用の通知を知らせてやると、大西女史は大喜びで、球団の方と話がつき次第、早速、太助を連れてくることになった。

その話は、それで済んだが、四方吉は、再び、珍らしい来客を迎えることになった。レモネードさんである。

「どうしました？　お目にかかる日を待ち兼ねていたのですが……」

四方吉は、辞令でなく、そういった。今の地位についたのも、レモネードさんの口利きが、端緒になったのであるから、せめて、食事でも共にして、礼心を伝えたかったのだが、就任匆々《そうそう》の忙がしさと、所在を捉まえにくい対手であるために、心ならずも、延々《のびのび》になっていたのである。

「アタシモ、オジサンニ、会イタカッタデス。用アリマシテ……。ソシテ、今日、木村支配人《マネジャー》ヲ、タズネマシタ。ソシテ……」

「そうですか。フジヤマで、僕がここにいるのを、聞いてきたんですか。いや、あなたのお蔭で、僕も……」

四方吉は、少し照れながら、短く刈り込んだ口髭を、撫《な》ぜた。レモネードさんも、故旧の一人であるから、流行のセビロを着て、メカし込んでる自分がキマリが悪い。

しかし、四方吉は、レモネードさん自身の姿も、旧態を脱してることに気づいた。例の汚いジャンパーはもう着てない。ネクタイはしていないが、新しいシャツと、新しい夏服に、パリッと、身を装っている。だが、その理由を訊くのも、わが身に照して、憚《はばか》られた。すると、先方から、

「オジサン、私、今度、船ニ乗リマス。モウ、横浜、サビシイカラ……」

「おや、それは……。どこのメールですか」

「オランダノ貨物船《カーゴ・ボート》。ソシテ、私、スペインへ、帰リマス」

「あなたも、帰国なさるのですか。名残り惜しいですね。オカメ軒へ集まる連中も、残念がっているでしょう」

「オカメ軒、モウアリマセン。座間へ、行キマシタ。アノ姉サンタチモ、皆、行キマシタ」

「おやおや、それは、知らなかった。なるほど、横浜も、寂しくなりましたね……」

四方吉は、感慨に打たれずにいられなかった。

オカメ軒消え、姐《ねえ》さんたち去り、そして、そのことを知らせたレモネードさんも、日ならずして、故国へ帰る――

「皆、別れてしまうのですね。そういうことを、日本では、会《え》者定離《しやじようり》といいますよ」

四方吉は、感傷的になって、その意味を説明した。会うということは、別れるということである。生きるということは、死ぬということである。七年間の横浜占領景気も、ハカない灯の瞬《また》きであった。

「ソウデスカ。ツマリ、入港《メーク・エ・ポート》ハ、出港《クリア・エ・ポート》トイウコトデスネ。ワカリマシタ」

レモネードさんは、海員らしい解釈を下したが、言葉を次いで、

「ソウデス。私、出港シタ一番大キナ船ノコト、忘レテイマシタ。ゴ免クダサイ」

と、上着の内ポケットから、一通の手紙を取り出して、四方吉の前へ置いた。

「なんですか。こりゃア？」

「ソノ手紙カイタ人モ、モウ、横浜ニイマセン。私、アナタニ、ソレヲ渡スコトヲ、頼マレマシタ」

「へえ、誰ですか」

「アナタノヨク知ル人——オ時サンデス」

「え？　お時も、横浜を去ったのですか」

四方吉は、驚きの叫びを立てた。たとえ、ああいう種類の女の全部が、座間へ移動する時があっても、彼女だけは、横浜に留まるであろうと、信じていた。なぜといって、シモンがいるからである。トムがいるからである。その二人の絆が、彼女にとって、何物でもなかったとしたら、四方吉は、大きな詐欺にかかったようなものではないか——

「エエ、昨日デス。アノ人、イツマデモ、横浜ニ帰ラナイト、イイマシタ。ソシテ——」

四方吉は、皆まで聞かずに、手紙の封を切った。

おじさん、シモンは死んじゃったよ——

冒頭に、鉛筆書きの乱暴な文字で、そう書かれてあった。四方吉は、アッと、胸を撃たれて、続く文章を、読み下した。それは、レモネードさんの日本語より、もっと難解な筆の跡であったが、要旨は次ぎのようだった。

——シモンは負傷が悪化して、遂に死んだ。

——彼女は、四方吉にいわれた通りの言葉を、シモンにいった。彼は、満足して死んだ。

——シモンは、彼女にトムを育ててくれと頼んだ。彼女も、その気になった。しかし、そうするには、今の商売を続けていかねばならぬ。彼女は、もう、あの商売をする気が、まったく無くなってしまった。九十九里浜の郷里へ帰るつもりである。といって、田舎へトムを連れ帰れば、トムがどんな眼で周囲から見られ、どんな不幸な一生を送るか、わかりきっている。それで、彼を双葉園で育てて貰うことにしたい。

――双葉園は、大嫌いだった。しかし、今は安心して、トムを預ける気になった。なぜなら、四方吉が、双葉園の人と知ったから。

――シモンの軍隊認識票が、彼女への遺品の中にあった。トムが大きくなったら、それを渡してくれ。

それは、安全カミソリの刃の形をした、軽合金の札であった。姓名や、動員番号や、部隊数字が、圧出機で、打ち出されてあった。隅の方に、所属宗教の略字があった。

アメリカの軍人は、誰もこの票札を身につけている。兵隊言葉で、畜犬票《ドッグ・タッグ》というそうである。なるほど、形がちょっと似ている。或いは、用途も似てるかも知れない。とにかく、この金属製の名刺が、役に立つのは、あまり縁起がいい場合ではない。脱走兵が捉《とら》えられて、いくらシラを切っても、この札が見つかれば、それまでであるが、それよりも、当人が、すでに、もの言わなくなって、戦野の草に、横たわるような時に、一番役に立つのである。どこの英霊だか、わかるのである。Ｐが新教、Ｃが旧教と、宗旨の名まで記されてあるのも、その時の用意であろうか。

「シモンは、カソリックだったのか……」

四方吉は、その札を、ジッと見詰めながら、そう呟いた。

レモネードさんが、帰ってしまってからも、彼は、応接室のイスを、離れることができなかった。テーブルの上には、お時の手紙が、展げられたままであり、手には認識票を持って、彼は、涯《はてし》もないもの想いに、耽っていた。

彼には、お時の気持が、よくわかった。もしも、トムが、ほんとにシモンの子供であったら、彼女も、どんな迫害にも耐えて、トムを、郷里へ連れ帰ったろう。彼女のシモンに対する心尽しは、あの商売をやめるということが、精一杯だったにちがいない。いや、それと共に、彼女自身、あの商売の無常を感じたのであろう。ほんとに、商売が、フッフツ、いやになったのであろう。

——可哀そうな女だ。田舎へ帰っても、幸福に暮して、いけるだろうか。

底抜けに単純で、強情で、一本気だった女の行末を、考えると同時に、彼は、まだ、顔を見たこともない、あまりにも善良な、黒人兵の死を、心から悲しまずにいられなかった。

なぜ、彼が、そんなに、お時を愛したか、それよりも、淫売婦の腹から生まれ、確証のない子供を、なぜ、そのように深く、わが子と信じたのか。それは、お時に対する愛のためなのか。それとも、自分の血への、測り知れない執着のためなのか。

——まるで、わからない。しかし、こんなにも、人を感動させる。

彼は、シモンの死のために、曾ての占領軍に対する感情が、一変したかに、思われた。横浜にいれば、イヤでも眼に入る軍服姿に、彼は、いつも、眼を反《そむ》けて通った。白人兵も、黒人兵も、等しく、彼にとって、不快だった。オカメ軒へくる女たちの手紙を代筆して、彼等を翻弄することに、腹癒《はらい》せさえ感じていたのだ。彼は、その根性の小ささを、シモンの死で、教えられた気がした——

四方吉が、いつまでも、ボンヤリと、応接室の白い天井を、眺めていると、

「志村君……おい、志村君！」

いつきたのか、社長の昂奮した声が、扉の外で聞えた。

「はア……」

四方吉は、急いで、認識票と手紙を、内ポケットに納め込むと、応接室を出た。

「おう、志村君。君は、何も聞かんか」

社長は、出社すると、すぐ、上着を脱ぐ癖も忘れて、自分のデスクの前に、肩を怒らせている。

「いえ……何事ですか」

「どうも、少し、臭いぞ」

「なにが、臭いですか」

「いや、あのドウヴァルという男……」

ドウヴァルの体臭は、亮子を魅したが、男性には、不向きだった。そんな意味ではあるまい。

「わしは、今日、織田運輸の社長と、午飯を食うたのだ。すると、奴が、自慢話を始めて

……」

沖仲仕会社をやっている織田長治は、武智と列《なら》んで、戦後の儲け頭の双璧と呼ばれている男である。占領軍用物資の陸揚げの仕事は、終戦後から、夥しい量であって、沖仲仕会社の繁栄は遥かに戦前を凌いだ。朝鮮事変で一層忙がしくなり、七年間、不景気を知らないのみならず、講和で、部隊が移動しても、軍需品陸揚げ港は、常に横浜であるから、何の影響も蒙《こうむ》らない。武智のように、新構想なぞ練る必要のない、安泰な社運なのである。社長の織田は、船長上りで、商船学校を出ているから、同じボスでも、武智よりはインテリ臭いところがあり、例えば、双葉園の寄付金なぞ、率先して行うといった工合である。寄付金を届ける時に、「美人の理事さんによろしく！」と、亮子への伝言をしたのは、この男だった。

二人のボスは、商売がまったく違うので、利害の衝突はなく、時には、食事を共にするほど、親しく交際しているが、成功者のナンバー・ワン争いという意識は、常に、念頭を放れない。現代は戦国時代に似てるから、少しエラくなると、じきに、天下を狙うのである。

その織田が、武智に対して、戦功を誇るようなことをいったのである。

「わが社では、儲けるばかりが能でないから、最近、素晴らしい所へ、地所と家屋を買って、従業員の社宅に宛てることにしたよ。その設備たるや、横浜は勿論、東京でも、滅多に見られぬ、豪華なもんでね……」

と、鼻高々と、説明を始めたのを聞くと、それは、どうやら、根岸の62キャムプのことではないかと、思われる節がある。

——ハッハハ、あれは、こっちのものだよ。

武智は、腹の中で、セセラ笑ったが、話の様子が、いつものラッパと比べて、真《まこと》しやかなので、少し、不安になってきた。そこで、一際《ひときわ》、サグリを入れてみると——

「驚くじゃないか志村君、もう登記まで済ませてるというんじゃ」

と、社長は、白眼を光らせて、四方吉を見た。

「まさか……。そりゃア、織田さんのラッパですよ」

「わしも、そう思う。しかし、一方、あのドウヴァルという男にも、多少、キナ臭いところがあるぞ……。君、とにかく、調べてみてくれんか」

四方吉は、やがて、外出した。

——まさか、二重売買をやりもしないだろう。そこは、外国商人だ。詐術を用いるにしても、そんな、単純な、直ちに法律に触れるような行為を、働くわけがない。

戦前の外国商人のことを、考えると、彼には、社長の心配が、杞憂としか、思われなかった。しかし、一応、彼の顔を立てて、調査に出かけたのである。

といって、最初に、ドウヴァルのオフィスを訪ねることは、憚《はばか》られた。対手が外人でなくても、いやしくも、一廉《ひとかど》の商人に対して、詐欺取財の嫌疑をかけるような質問を、発するのは、こちらも商人として、慎《つつし》まなければならない。福田組の大きな商売の中で育った四方吉は、テキ屋の掛合いごとが、できないのである。

彼は、弁天橋の近くにある、織田運輸へ足を向けた。まず、そこへ行って、真偽を確かめてからのことである。

　小ビル風の、立派な建物だった。武智産業が、二階住みをしてるのと比べて、ここは、堂々たる会社の体裁を備え、人の出入りも頻繁である。両社の社風が、ガラリと違うからであろう。

　受付の窓口に、刺《し》を通じると、折りよく、織田が社にいて、社長室へ案内された。

「ヤア、お宅も、いよいよ、ご繁昌で……」

　専務と知って、鄭重な扱いだった。色が黒く、髭も黒く、海軍軍人のように精悍な織田を、四方吉は、却って、話しよい対手だと、思った。

「今日は、社長と、ご会食になったそうで……」

「ええ、例の如く、武智君に、煽《あお》られましたよ、ハッハハ」

「実は、その時のお話について、社長は問題にしておりませんが、私自身に、ちょっと、伺って置きたい点がございまして……」

　四方吉は、武智を庇《かば》いながら、62キャムプの問題を、持ち出した。すると、織田は、事もなげに、ドゥヴァルから、あの土地と建物を買い入れたことを語り、やがて、社員の福祉施設にする計画を、誇らしく喋って、

「三千万で、買ったですが、電気や温水や、アメリカ式の設備が行き届いてるから、そう高いこともないでしょう。土地は、申分ないですしね。尤も、あのバイヤーは、一万ドルぐら

いの金で、入札したらしいが……ハッハハ」

「失礼ですが、確実な契約の下に、お買い入れになったのでしょうね」

「無論ですよ。登記も、済んだようですよ」

四方吉は、満身の怒りに、口もきけないような気持を、ジッと、堪えながら、

「ちょっと、これを、ご覧なすって下さい……」

と、ポケットから、ドウヴァルの書いた、内金領収書を、織田の前に出した。

「これア、ひどい！　あなたの方へも、売渡契約をしとるのですか。これア詐欺ですよ……。お待ちなさい。係りの者を呼んで、事実を確かめますから……」

織田は、呼鈴のボタンを、強く押した。

呼ばれた社員は、やがて、二通の書類を、持ってきた。

「こちらは、この通り、完全な手続きが、済んでいますので……」

それは、あの土地家屋の登記抄本と、英和両文の譲渡証書だった。両方とも、ドウヴァルのサインがあり、金額は、三千万円だった。

四方吉は、自分が持ってきた、手金領収証のサインと、比べてみると、紛《まご》うかたもなく、同じ筆蹟だった。

――畜生！

思わず、そういう言葉が、心頭に迸《ほとばし》った。なんという、下劣な真似であるか。ペテンといっても、これほど、人をバカにした、悪質なものはない。詐欺というより、むしろ、ドロボ

ーである。道理で「山」で掛合いをした時、案外簡単に、こっちの言い値に、負けたわけである。始めから、手金を盗む計画だったのである。戦後の日本は、イカサマ横行であるが、外国商人まで、仲よく、歩調を合わしてるとは、知らなかった——

「わかりました。これ以上、確かな証拠は、ありません。いや、飛んだお騒がせをしました……」

四方吉は立ち上った。

「詐欺に遇われたとすると、お気の毒ですな。武智君にも、然るべく、見舞いの言葉を、伝えて下さい」

社長の言葉を、皆まで聞かずに、四方吉は、外へ飛び出した。

——どうしてくれよう？

対手は軍人ではないから、講和発効の今日、日本の法廷へ訴え出る道もあろう。だが、それだけでは気が済まない。剣道三段の腕がムズムズする。対手が商人の道を踏み外したのだから、こっちも紳士のエチケットを守る必要がないではないか。訴える前に、ポカリと、軽く、撫ぜて置いても、文句はなかろう。なにしろ、一千二百五十万円というものを、子供騙しの手で、捲き上げられたのである。その責任は、すべて、自分にある——

四方吉は、弁天橋から、タクシーに乗って、貿易ビルへ急いだ。ドウヴァルのオフィスは、「山」で会った時に、ハッキリと、聞いてあった。

車を降りると、彼は、玄関を走り抜け、エレベーターに乗った。同じようにして、わが細君が、度々、この三階に通ったなんてことを、知らぬが仏である。

彼は、グッと腹に力を入れて、扉を叩いた。色艶の悪い、四十女の事務員が、現われた。

「ドウヴァルさんですか。もういませんよ。あの人は……。さア、どこへ行ったんですかね。このオフィスも、昨日で、閉めちまったんですよ。あたしに、今月の給料をくれる代りに、イスやテーブル置いてったから、今、家具屋さんに、値踏みさせてるところですがね……」

扉の間から、積み上げた家具類が見えた。

――また、やられたか！

四方吉は、歯がみをして、口惜しがったが、薄ボンヤリした女事務員を、対手にしようもなく、

「自宅ですか。よく知りませんけど、白楽《はくらく》の停車場から、そう遠くないって話ですよ。外人の家だから、すぐ、わかるでしょう」

結局、その言葉を頼りに、引っ返す外はなかった。

といって、このまま、馬車道へ、帰れたものではない。ドウヴァルが、逃げ回るなら、どこまでも、追い掛けてやる。草の根を分けても、彼の首根ッ子を、抑えてやろうと、闘志が湧き立ち、その足で、ドウヴァルの自宅へ、行ってみることにした。

――会社に、あれだけの損害をかけたのだ。その責任からいっても、オメオメ、引き下れるか。留守だったら、今夜一晩でも、頑張ってやる。

東横線の白楽は、彼の下宿と、同じ方面にあった。見張りをするには、地の利を得ている。

そう決心して、彼は、貿易ビルを出た。そして、桜木町駅へいくために、タクシーを捉えようと、ビルの前に佇んでいると、

「これは、珍らしい。ミスター・志村が、こんな所にいるとは……」

ビルの地下室への降り口で、軍服姿のウォーカー中尉が、英語で叫んだ。同時に、珍らしいのは、四方吉の風采の変化でもある、という意味を、言外に表わして、微笑を送った。

「やア、暫らくでした……」

二人は、歩み寄って、握手をした。亮子のところへくる客で、四方吉も親しく言葉を交わすのは、ウォーカー中尉だけである。四方吉の方では、虚脱の真最中に、米軍の士官なぞと交際するのは、一向、気が進まなかったが、ウォーカー中尉の方で、どういうものか、四方吉と接近を求めるのである。四方吉が、英語をよく話すことだけでは、なかったらしい。ボロ服を着て、平然としてる、変屈なところに、興味でもあったのだろうか。それとも、いつ見ても、ニコリともしない虚脱男が、かえって、珍重に値いしたのだろうか。なんしろ、日本人は、外人と見ると、意味もなく、歯を剥き出して笑うのが、例だから――

双葉園の庭を、歩きながら、二人は、よく、議論をしたものだった。戦争ということ、占領児のこと――四方吉は、いつも、歯に衣を着せなかった。そういうところから、二人の交際が、快いものを生んだのかも、知れなかった。

「ちょうど、いいところです。パシフィック・バーへいって、喉を潤そうと思っています。三十分間を、僕に割いて下さい」

ウォーカー中尉は、地下室のバーへいくところだったらしい。

「いや、ダメです、今日は……」

それどころではない、四方吉だった。眼も血走っていれば、口調もツッケンドンである。

それを見て、ウォーカー中尉が、ちょっと考えてから、

「君は、今、ガストン・ドウヴァルのオフィスへ、行ったのではありませんか」


「恐らく、君は、甘い酒を、好まないでしょう、僕と同様に……」

ウォーカー中尉は、そういって、スコッチのハイ・ボールを二つ、注文した。彼は、以前、亮子とドウヴァルと、三人できた、地下室の酒場へ、四方吉を連れ込んだのである。

「仰せの通りだが、今日は、辛い酒も、あまり、飲みたくないので……」

四方吉は、迷惑そうな表情を、露《あら》わにした。

「わかってる。君の気持は、よく、わかってる。しかし、安心し給え。すべては、済んでしまったのだ。むしろ、祝盃を揚げてもいい時なのだ。だから、飲みましょう——君たちの幸福のために」

ウォーカー中尉が、グラスを揚げたので、四方吉も、仕方なしに、それに応えたが、

「でも、君が、今度の事件について、知っているのは、不思議ですね。何か、間違いじゃないのかな。僕はドウヴァルという奴を、詰問するために、このビルへきたんですよ」

「そうでしょう。僕の想像のとおりだ……」

「じゃア、祝盃を揚げるという意味は？」

四方吉は、短兵急に、訊ねた。

「まア、お待ちなさい。すべては、終ったのだから、決して、急ぐことはない。それよりも、君の気分を転換するために、この冷たい酒を、一息に、お飲みなさい」

彼は自ら範を示して、見事にグラスを空にすると、

「ねえ、志村君、日本の女性——いや、女性というものを、論じようじゃありませんか」

「冗談じゃない。今日の僕は、そんな閑《ひま》を、持ち合わせませんよ」

「いや、そこを経ないと、本題に入れない……。まず、伺うが、君は、女性を好みますか」

「さア、好きでもあり、嫌いでもあり……」

四方吉は、面倒臭そうに、答えた。

「わが意を、得たね。僕も、そう——永遠の女性には、身命を献げるのも惜しまないが、どうも、生きてる女性が、気に食わない。僕が、軍服を着て、日本にいるようになったのも、アメリカの女性に、失望したのが、最大原因です。そして、ハーンやロチの小説を通じて、日本に憧れを持ちましたよ。或いは、この美しい島に、永遠の女性が、ウヨウヨ、棲息《せいそく》してるかも知れん……」

「君も、見掛けによらない、空想家ですね。さぞ、日本へきて、ご満足になったでしょう」

「女にかけては、男は皆、空想家ですよ。僕は日本の女に失望しても、まだ、絶望はしない。まだ、南極だの火星だのの世界が、残っている……」

「前途有望ですな。僕は、女を、あるがままに、愛すべく、努力してます。多少、難事業ですが……」

「しかし、僕の交際した、日本人の多くは、僕に劣らない空想家ですね。西洋生活とか、西洋人とかに対する幻影は、驚くべきものだ。殊に、日本の婦人が、そうだ。僕は、身に覚えがあるから、彼女等に、大いに同情するのですよ。例えば、教養や魅力からいって、中分のない、一人の日本婦人が、ツマらない外国の男に、コロリと、参ってしまう場合があったとしても……」

それが、どうやら、亮子のことを意味するらしいと、四方吉が気づいたのは、同じような言葉を、何回か、繰り返された後であった。

「ウチの細君は、昔から外人好きで、友人も多いですよ。しかし、そんな話は、次ぎに譲りましょう。今日は、ドウヴァルという男を、早く、摑《つか》まえなければ……」

と、四方吉が、尻をムズムズさせるのを、ウォーカー中尉は、不審げに、

「だって、君、志村夫人のことで、君は、ドウヴァルを詰問にきたのでは……」

「飛んでもない。亮子は、何の関係もない問題です」

「君は、男の虚栄心で、そんなことを、いってるのでしょう。日本の男は、特に、その傾向が強いから……」

「冗談じゃない。僕は、ドウヴァルが、商取引きの信用に背く行為を働いたから、談判にきたのですよ」

どうも、話が食いちがっているらしい。ウォーカー中尉も、いささか、酔いの覚めた形で、自分の粗忽《そこつ》を反省したが、口に出したことは、もう、繕《つくろ》いがきかない。そこで、亮子とドウヴァルの件を、掻いつまんで話したが、

「いや、決して、誤解をしないでくれ給え。夫人とあの男の間は、決定的なところまで、進んではいなかったのです。しかし、捨てて置いたら、どうなったか、わかりません。そこで、僕は、大変、心配したのです。僕は、志村夫人の友人です。夫人は、立派な女性ですよ。そして、君もまた、僕の尊敬する友人です。君たちの家庭の平和を、僕は、祈らずにいられない。そして、ドウヴァルという男が、一種の女殺《レデー・キラー》しであることを知ってるから、なおさら、心配でね。というのも、志村夫人に、彼を紹介したのは、この僕なんだ。彼が、切に、要求したからではあったが……」

ウォーカー中尉は、大いに慚愧《ざんき》の態《てい》で、新しく運ばれたグラスにも、口をつけなかった。

「……そして、僕は、いろいろな手段を用いて、夫人が、より以上、彼に接近するのを、妨害しましたよ。そういうことは、僕の性に合わないが、君たち夫婦のことを考えると、傍観していられなかったのです。そして、僕は、最後に、強硬手段に出て、彼を脅かしました。永く日本にいると、司令部から、退去命令を出させるぞと、いってね。ところが、彼は実に、他愛なく、僕の脅かしに、乗ったですよ。或いは、彼自身に、永く日本に留まりたくない事情が、あったのかも知れません。アッサリと、今朝の飛行機に乗って、香港へ立ちましたよ

……」

「えッ？　香港へ逃げた？」

四方吉は、イスから立ち上って、茫然としていたが、やがて、ガタンと音を立てて、腰を下すと、

「おい、ボーイさん、酒をくれ。いくらでも飲む……」

トンネル太助

赤松太助が、二本続けて、ホーム・ランを打ったのは、花咲千代子と、伊勢山大神宮の桜花の下で、生涯を誓ってから、間もない頃であるから、その精神的影響と考えられるが、三本目が、遂に出なかったのは、是非もないことであった。戦争でも、経験したことであるが、精神力の限界は、その程度のものらしい。

由来《ゆらい》、太助は、守備一方の選手で、日本の再軍備方針と、似たところがあった。ところが、最近、その守備振りまで、怪しくなって、完全な戦争放棄——痛烈な当りの球を後逸するのは、まだしも、虫のように這ってくる凡打まで、胯間を通過させてしまう。遂には、「トンネル太助」の異名を、とるに至った。尤も、安打性の難球だと、却ってトンネルはしないのだが、必ず大悪投をやるので、何にもならない。これが、人気チームの人気選手だと、目下スランプだと、同情的扱いを受けるのだが、彼の場合はそうはいかない。

「それでも、商売人か！」

「選手やめて、トンネル掘れ！」

と、見物が、承知しない。

監督も、仕方がないから、太助をベンチに置いて、補欠を出してみると、これが、案外、働く。トンネルしないだけでも、太助に優ること万々で、今では、その男の方が、正選手の形になってしまった。

それというのも、精神的影響であって、今度は、逆に作用したに過ぎない。花咲千代子が神経衰弱になって、どうしても、シュウマイの駅売りする勇気がなくなったとの手紙を受け取り、彼自身の運動神経も衰弱して、破調を起したらしい。親の危篤の電報を受けても、ジッと堪えて、大切な試合に敢闘した選手美談が、よく伝えられるのに、太助の腑甲斐なさは、話にならないが、そこが、凡人の標本というべきところであろう。

しかし、試合に出なくても、ブラブラ遊び歩くことは、選手として、許されない。やはり、ユニフォームを着て、球場へ行って、ベンチに腰かけて、試合の済むのを、待っていなければならない。試合が済めば、合宿へ帰って、働いた選手と、同じ飯を食わなければならない。

律儀な太助は、それが、気になってきた。

「監督さん、わしア、無駄飯ばかり食うとって、申訳ないけん、選手やめさせて、貰います」

「しかし、お前は、まだ、契約が半年残っとるぜ」

「はア、でも、その間は、踏切り番でも、何でもやって、奉仕しますけん……」

ハンターズ軍は、電鉄会社の経営だった。

「それほどいうなら、会社に話してみよう。しかし、お前のように、早くやめる方が、悧巧かも知れんぞ。ウチのチームも、このシーズン一杯で、解散するらしいからな」

いつも最下位の八軍は、今年も不成績で、会社からも、オ・リーグからも、見放されかけていた。

登録抹消の手続きは、後にして、事実上の退団を認められた太助は、体が自由になった第一日を、横浜に赴いた。合宿を出て、杉並の大西女史の家に転がり込んだ、その翌日なのである。

彼は横浜駅前から、市電に乗って、西区の久保山で降りた。この辺は、寺や墓地が多く、東京ならば、谷中付近に相当するが、土地に歴史のない悲しさで、ガサガサした界隈だった。

太助は、墓標を刻んでいる石屋で、道を聞いた。

「八十二番地の、花咲という家は、どの辺でしょう」

「さア、この辺の番地は、いい加減だからね。この下を降りたところに、家が団まってるから、その辺で、聞いてご覧なさい」

丘陵区で、店通りは高台だが、谷間のような低地に、住宅が列んでいた。こんな、町外れでも、空襲に遭ったのか、どの家も、見る影もないバラックだった。焼けトタンを打ちつけた、素人普請の小屋さえ、まだ、残っていた。

「この辺に、花咲さんという家は……」

太助は、軒並みに聞いて歩きながら、胸を暗くした。千代子が、こんな貧しい、不衛生な一劃に住んでいるとは、予想しなかったからである。

やっと、探し当てたその家は、バラックとして、まだ、高級の方だった。それでも、玄関も、縁側もなく、洗濯物をブラ下げた軒先きから、たった一間の家の中が、まる見えだった。

「まア太助さん……」

千代子は、ハンカチの糸抜きの仕事を、側に置いて、飛び出して来た。後から、汚ならしい、三人の子供も、ゾロゾロ、追ってきた。奥から、彼女の伯母らしい女が、首を伸ばして、太助を眺めた。

「病気、どうです」

太助は、まず、それを聞いた。

「ええ、よっぽど、よくなったんだけれど……」

平素から、顔色の悪い女であったが、今日は、一層、冴えなかった。

「ご飯、食えますか、熱、ありませんか」

彼は、セカセカと、質問を、追い被せた。郷里で臥ている妹も、発病の時に、こんな顔色をしていたからである。

「いいえ、熱なんか、ちっとも……。病気は、そんなに、重くはなかったの。それより、いろいろ、事情があって、あすこ、やめたのよ。今、内職して、働いてるんだけれど……」

「それ聞いて、安心しましたよ。わし、とても、心配になってね……」

「ありがとう……だけど、太助さん、よく、今日、出てこられたわね。こんな、いいお天気なのに、試合ないの？」

「いや、わしア、選手やめましたよ、念願どおり……」

「あら、ほんと？　でも……」

どうして食えるか——と、すぐ、頭へ暗い雲が浮かぶ、彼女の境遇だった。

いつまでも、軒先きで、立ち話もできなかった。

「その辺、少し歩いてみない？」

二人は、寺や墓地のある方へ、語らいの道を択んだ。

「君、歩いたりしても、ええのか、体に障ったら、いけんぜ」

太助は、心配そうに、訊いた。

「うウん、大丈夫よ。病気なんて、半分、ウソなんだから……」

「え？　ウソ？」

そのために、トンネルばかりして、選手をやめる羽目になった太助としては、驚いただけでは、収まらなかった。

「それア、しまいには、ほんとに、神経衰弱になったんだけど、その原因てものが、あったのよ」

彼女は、それを、語り始めた。

駅で、シュウマイを売ることは、最初から、彼女の気に染まなかった。シュウマイを売るのは、関《かま》わない。ただ、あのエンジ色のシナ服を着て、シュウマイ娘と書いたタスキをかけるのが、どうにも、気に染まなかった。自分が、シュウマイそのものになって、どうぞ、皆様、ご試食下さいと、頼んでるような気がする。果して、希望者が現われた。ある日、横須賀線下り電車が、着いた時に、酔払いの外国水兵が、シュウマイを買ったが、金を払う代りに、彼女を車中に、引き擦り込んだ。電車が、次駅の保土ケ谷に留まるまでに、彼女は、散々、悪フザケの的にされた。生まれてから、あんな恥かしい、口惜しい目に、遇ったことがない――

それで、彼女は、あの商売を続ける気がしなくなったが、一つには、収入の少いせいもあった。本給四千円で、売上げの歩合が三分つくが、夏向きになると、売れ足が悪く、伯父の家へ入れる金が精々で、靴下一つ買う余裕がない。もっと儲かる働き口をと、思っていたところなのであった。

ところが、廃めてみると、思わしい口がない。伊勢佐木町の駐留軍専用のバーだとか、ドライヴ・イン（自動車に乗る人のための喫茶店）だとかに、勤め口がないことはなく、殊に、前者は収入が多いと聞いてるが、あの遭難事件以来、彼女は、フッフッ、外国の兵隊というものが、怖くなって、彼等の出入りする場所に寄りつきたくない。ほんとなら、彼等が大勢いる横浜という土地を、逃げ出してしまいたいのである。しかし、どこへ行って、何をして働こうというのか。唯一の頼みである太助に、縋《すが》ろうとしても、彼も、月給の半分を、病人の妹に送ってる身の上ではないか。周囲は、悉く、貧乏という渋紙色のカーテンで、取り巻かれ、出口なしである。太助との将来も、いつになれば、実が結ぶのであるか。あらゆる希望が、彼女から奪われたような、気がする――

「あたし、いっそ、ヤケになって、伊勢佐木町のバーへでも、勤めてやろうかって、思うこともあるわ」

「いけない、いけない！　それだけは……」

太助は、飛び上って、反対した。混血児の母親は、そういう所へ勤める女が、二十二パーセントを占めると、ある雑誌で読んだばかりだからである。

「それより、あたしは、太助さんのことが、気になるわ。どうして、選手やめたの？」

千代子は、眉を暗くした、彼が無職になったら、二人の結婚は、いよいよ、むつかしくなるではないか――

「うん、いろいろ、考えてな……。しかし、やめて、ええことしたわ」

まさか、彼女の病気が原因とも、太助は、いえなかった。

「まア、なぜ、よかったの」

「千代ちゃんの話聞いたら、そう思うたよ。二人が、離れて暮しとったら、ええことは一つもないわ。せめて、同じ土地に住んで、会いたい時に会うようにせんと……。選手商売やっとったら、シーズン中は、籠の鳥やけんな」

「そんなことといって、あれほど月給くれる所は、滅多にありアしないわ。妹さんへ送るお金だって、これから、どうなさるの？」

千代子の心配は、当然過ぎた。

「選手いうても、わしの月給は、とても、安かったんや。それくらいの月給やったら、出してくれる会社が、ないことないのや。それも、横浜の会社やぜ」

「ほんと？　なんていう会社？」

千代子は、半信半疑だった。それから、太助が、大西女史の紹介で、武智産業に入る話が、進んでることを語って、

「今日、千代ちゃんに会うてから、大西さんと一緒に、その会社へ、面接に行くことに、なっとるのやけどね」

と、少し、得意顔だった。だが、千代子は、首を横に振って、

「あら、あの会社は、ダメよ、とても、太助さんには、勤まらないわ。きっと、面接試験に、落第しちまうわよ。だって、男でも、女でも、あの会社へ勤める人は、英語がペラペラで、絶対にスマートな人でなければ……」

「え、そうか。そしたら、わしには、あかんわ。大西さんも、なんで、そんな所へ、口をかけよったんかいな」

太助は、忽ち自信を喪失し、顔色を変えた。

「それに、どんな仕事をする会社だか、あんた、知ってるの」

「産業会社いうたら、何ぞ製造するのと、ちがうか」

「ノンキね、太助さんは。あすこは、G・I対手のすべての商売を、一手にやってる会社なのよ。スキヤキ・ホールとか、キャバレとか……」

「わア、それやったら、わしにできる仕事、一つもないわ」

「たとえ、太助さんが入社できても、あたし、心配だわ。酔っ払いの兵隊ッて、何をするか、しれやしない。野球より、もっと危険な商売だと、思うわ」

千代子は、此間の恐怖が、よほど、身に浸みてるらしかった。

「そうか。わしア、喧嘩は好かんけんな。あア、どっち向いても、ケンノンなことばかりや。早う、田舎へ帰りたいなア」

太助は、都会の恐怖を、シミジミと感じた。

「あたしは、二人で、天国へ行きたいわ」

千代子の言葉は、神経衰弱の症状を表わした。尤も、二人は、いつか、墓地の道を歩いていた。

金もなく、才覚も、闘志もない二人が、こういう世の中に、平和と幸福を求めるのは、オコの沙汰であり、せっかくの散歩も、愚痴のコボシ合いに終った。ただ喫茶と映画に縁の遠い、墓地を歩き回ったので、費用は一銭もかからなかった。

「大西さんと、約束したことじゃけん、とにかく、行くだけは、行ってみるわ」

太助は、別れ際に、そういった。

「そうね、でも、アテにしない方がいいわ。太助さんが、横浜で働いてくれるのは、何より、ありがたいンだけれど……」

「他の口を、よう、頼んでみる。あんたも、あまり悲観したら、いけんぜ、病気に障るけんな……」

と、太助は、電車に乗った。

しかし、そういう彼自身が、一人になると急に、悲観の淵に落ち込んだ。武智産業が、千代子のいうような会社だとすると、とても、採用の見込みはなかった。行くだけ、ムダかも知れない。困ったことになった。大西女史に、他の口を探して貰うのもいいが、武智産業ほど、高給をくれる会社があるだろうか。ハンターズ軍にいた時は、二万円貰っていたから、郷里へ送金もできたが、普通の会社で、とても、彼にそれだけ払ってくれるとは、考えられない。

彼は、球団を飛び出したことを、深く後悔した。トンネル太助と、罵《ののし》られても、ユニフォームを脱ぎさえしなければ、こんなことにはならなかったのだ。彼にとっては、浮川竹の勤めではあったが、それを、涙を呑んで、辛抱すべきであった。古来、貧家の孝女が、その運命を忍んだのだ——

といって、今更、何をいっても、追いつかない。彼は、墓地の中で、千代子のいった言葉を、思い出した。いっそ、彼女のいうように、情死でもしてしまった方が、早道かも知れない。どんなにモガいても、平和と幸福の求められる世の中では、ないらしい。少くとも、彼や千代子のような日本人にとって、唯一の安全な隠れ家は、墓石の下にあるような気がする。

——いけん、いけん、わしまで、神経衰弱になっては。

彼は、郷里の母や妹のことを、考えると、情死をする自由も持っていないことに、気づいた。

そして、とにかく、大西女史に会って、相談をする外はないと、思ったが、ふと、彼は、亮子のことを、頭に浮かべた。

——そうじゃ。あの奥さんなら、横浜で交際が広いけん、どこぞ、ええ職業の口を、紹介してくれるかも知れん。

幸い、大西女史と約束の時間まで、まだ、二時間もあった。千代子とお茶でも飲む予定が、墓地の散歩と変って、早く、切り上げられてしまったからだろう。余った時間を、亮子の訪問に費すのは、賢明な策と思われた。

一縷《いちる》の光明に縋る気で、彼は、桜木町から、バスに乗り換えた。

「あら、入らっしゃい……」

亮子は、眼を円くして、稀《めず》らしい来訪者を眺めた。事務室に誰もいなくて、彼女が、玄関に出たのである。

「お邪魔して、えらい済まんですが……」

オズオズと、家へ上った太助は、一目見た亮子が、此前会った時と、少し印象を異にするのを、不思議に思った。早くいうと、彼女が、婆さん染みて、見えたのである。服装や化粧は、相変らずなのに、何か生彩を欠いてるのである。

「説子さんにも、暫らく、お目にかからないけれど、お変りない？」

応接用のイスに、腰を下すと、亮子が訊ねた。いつも、大西説子と一緒にくる太助が、一人で訪ねてきた理由を、遠回しに、知ろうとした。

「はア、ご壮健です。今日も、全産制支部に、来ておられます」

「そう。よっぽど、お忙がしいらしいわね。あなたを、一人で寄越すなんて……」

「はア、お忙がしいのは、事実ですが、わしが、今日伺ったのは、フイと、途中で、思いついたからで、大西先生は、ご存じないです」

「そう。それは、嬉しいわ。よく訪ねて下すったわね」

お世辞ではなかった。彼女は、どんな来訪者よりも、太助のような男と会うことに、慰めを感じる心境だった。ドウヴァルが、彼女に無断で、香港へ出発して以来、人にいえぬ怒りと屈辱とが、鉛を呑んだように、胸を重くしていたのである。

「いつか、桟橋や海岸通りを、案内してあげたことが、あったわね。あの時は、愉しかったわ。桜の咲く時分だったわね……」

僅か三カ月ほど前なのに、亮子には、懐かしい昔のような気持がした。そうだ、あの日に、彼女は、ウォーカー中尉から、ドウヴァルを紹介されたのだった——

「はア、お蔭さんで、ええ見物させて貰いました」

そういう太助も、追想を唆《そそ》られずにいなかった。あの日こそ、千代子と将来を誓った、記念の日なのである――

「そういえば、説子さんから、あなたが続けてホーム・ラン打ったって、知らせてきたのは、あれから、間もなくだったわね」

「はア、その節は、奨励金を頂きまして……」

「いいえ、そんなこと……。いつか、あなたに、ホーム・ラン打たなければ、ダメだってことを、忠告したわね。それで、打って下すったから、とても、嬉しかったの。その後も、沢山、お打ちになったんでしょう?」

「いや、それが、サッパリ、あかんのです。二本、打っただけで、止まってしもうて……」

「まア、不思議ね、そんなものなのかしら」

「はア、もともと、飛ばんタチなのですけん……」

そういって、下を俯《む》く太助が、亮子には、いいようもなく、可愛く見えた。

「でも、ホーム・ランなんて、一度打てたものなら、今に、きっと、打てる時がくるわよ。悲観しちゃ、ダメよ」

素人のくせに、亮子は、一端しのことをいって、慰めにかかった。

「はア、悲観はせんです。もう、打つ必要がなくなりましたけん……」

「それ、どういう意味?」

彼女には、太助の言葉が、解せなかった。

「はア、わしは、今度、選手やめることに、しましたけん……」

「何ですって？」

「それで、奥さんに、何ぞ、ええ職業探して貰おう思って、お訪ねしましたのや」

「まア、なぜ、そんな、短気なことしたの。選手やめるなんて――選手だからこそ、あなたは……」

と、亮子は、アケスケなことを、いってしまった。

しかし、そうではないか。野球以外に、何の取柄がある太助であろうか。たとえ、二流選手であっても、特技に生きる人という点で、社会的存在である。いや、亮子は、彼が二流選手であるところに、むしろ、望みを嘱していたのである。今更、川上や別当のパトロンになったところで、意味はないが、太助のような未完成選手のサキモノを買うことに、面白味があったのである。この純真素朴の青年が、花形選手になった暁は、彼女のサロンの客の一人として、どんなに、異彩を放つことであろうか。

しかし、ユニフォームを脱いでしまえば、それまでである。強勁《きようけい》で、童貞的な彼の肉体も、田舎へ行けば、ゴロゴロ転がってる、汗臭いシロモノに、過ぎなくなってしまう。あの肉体が、ユニフォームに包まれてこそ、魅力を生ずるのである――

「太助さん、それだけは、思い留まって頂戴。そんな、無謀な、無意味な、無計算な……」

亮子は、立ち上って、ソファにいる太助の隣りへ、腰を下した。

「いや、奥さん、わしは、元来、野球は好かんので……」

「そこが、あなたの風格なのよ、選手としての……。会社勤めなんかしたって、あなたは、絶対に、成功しやしないわ。一生、社会の下積みにされるだけよ。それが、あなたには、わからないの？」

彼女は、歯痒さの極《きわみ》で、思わず、太助の肩に手をかけ、前後に、揺り動かした。彼は身を縮め、顔を赤らめ、やり場のない視線を、宙に走らせた。

「はア、しかし……」

「ね、それだけは、およしなさいよ。決して、悪いことは、勧めないわ。その代り、あたし、今までの倍も、三倍も、後援してあげるわ。そして、きっと、あなたが大選手になる自信を、つけてあげるわ。ね、ね……」

彼女は、太助の手を握って、強く、力を入れた。すると、熱い湯から飛び出す勢いで、太助が、ソファを立ち上って、

「奥さん、許して下さい。わしには、いい替わした女がいますけんな……その女のために、選手やめる気になったくらいで……」

太助は、どうやら、カンちがいをしたらしい。彼の郷里の風習では、女が男の手を握ったり、肩に手をかけたりするのは、容易ならぬ意志表示であって、それ以外の解釈というものはない。しかし、都会人は、いろいろの芸当を試みるので、亮子の行動も、大部分は、太助に対する親愛の情が、そういう劇的表現をとらしたに過ぎない。

だから、これは太助のミスであり、トンネルであるが、当人は、気がつかない。むしろ、美技でもやってのけた顔をしているが、亮子の表情が、見モノであった。酢と、カレー粉と、

ズルチンを、一度に舐めたにしても、こんな顔つきはできない。

やがて、彼女は、腹を抑えて、笑い出した。

「ホッホッホ、ホッホッホ、フォッ、フォッ……」

奇声を発して、笑いこけ、止め度がない。そのくせ、顔はユガみ、眼はギラギラ輝き、呼吸は喘ぎ、今にも、痙攣《けいれん》が始まりそうな気配である。

太助は、気味が悪くなって、逃げ出そうか、介抱しようかと、ウロウロしてるうちに、やっと、大仕掛けな笑いが、収まった。

「あア、おかしかった……」

亮子は、平常を取り戻したようだった。

「わしが、何ぞ、不調法いうたのと、ちがいますか……。それなら、堪《こら》えて下さい」

太助は、意味はわからぬが、対手の気分を損ねたように、感じた。

「いいのよ、いいのよ、あなたに、何にも、責任のないことだわ」

努めて、亮子は、冷静になろうとしたが、例の笑いは、腹の底で沸騰してるらしく、

「とうとう、太助さんにも、振られちゃったわね……フ、フ、フ、フォッ、フォッ」

と、再発しそうになった。

「もう、堪えて下さい……。わし、今日は、失礼させて貰います」

太助は、匆々に、帽子を持って、立ち上った。

「そう。じゃア、また、入らっしゃい。勤め口のこと、心がけて置きますわ」

　亮子は、今度は、ひどく落ちつき払って、太助を玄関まで送り出した。その時、ふと、好奇心とも、探求心ともつかぬものが、心をかすめた。

「太助さん、失礼だけど、あなたの愛人、もしかしたら、横浜にいる方じゃない？」

　彼女は、いつか、大西説子と三人で、シナ料理を食べた時に、説子が、意味ありげな言葉を、度々、洩らしたことを、思い出した。

「はア、よう、ご存じで……」

「その方、シュウマイが、お好きなの？」

「いいえ、横浜駅で、シュウマイ・ガールしとりましたので……」

「あア、それで……」

　すべてが、彼女に、氷解した。と、同時に、また、笑いが沸騰してきたが、忽ち、止んだ。可笑しかるべきことが、少しも、可笑しくなくなった。彼女は、シンミリと、寂しい声でいった。

「太助さん、その方と、いつまでも、仲好くなさいね。あなた、きっと、幸福になるわ……」

　狐にツマまれたようで、亮子の心理も、言葉も、見当がつかなかったが、太助は逃げるに如くはないという気持で、ソコソコに、双葉園を飛び出した。

　——横浜のようなところにおると、女は皆、神経衰弱にかかるのか知れん。

　千代子とは、病状が異るようだが、亮子のあの笑い声は、タダごとでなく、いつまでも耳について、離れなかった。それにつけても、千代子を、四国の郷里のような、平和境へ連れ出してやりたかった。

彼は、東京へきても、合宿と後楽園の往復の道筋ぐらいしか知らず、都会のいろいろの姿を見たのは、むしろ、横浜の方が多かった。まるで、西洋へ行ったような建築だの、人間だのを、彼は、横浜で見た。亮子なども、彼にとっては、日本人とは、思えなかった。瑞鳳殿のバザーで会った時から、彼女は、眼に眩《まぶ》しく、異香を放つ婦人で、近づきたいとも思わなかった。そういう女性が、突然、彼の手を握ったり、熱い息を吹きかけたりするので、ひどく面食らったが、今になって考えると、彼女の求愛というわけでも、なかったらしい。というて、何のために、あんなことをしたのか、理解に苦しむ。つまり、彼女は、まったく、風俗習慣の異る人種なのであろう。彼は、そういう婦人に、何の興味も起らないのみか、多少の恐怖と嫌悪さえ、感じる。

そういえば、先刻、双葉園の門を潜る時に、保姆に連れられて遊んでいる、数名の園児を見たが、対手は子供なのに、彼はギョッとする恐怖と、嫌悪に襲われた。どうして、あんな子供を生むようになるのか、女の気持がわからなかった。横浜には、彼の理解できない現象が、充《み》ちていた。

彼は、元気なく、再び、バスに乗って、桜木町駅まできた。そこから、紅葉坂の全産制支部まで歩いた。

「ボヤボヤしとるやないか。面接に行くちゅうのに、そんな、不景気な顔しとったら、あかんぜ」

病院の玄関から、大きな声を出して、大西女史が現われた。すぐ、武智産業の本社へ、行こうという――

「先生、武智産業は、わしには向かんちゅう話を、千代ちゃんから、聞いたですが……」

「向いても、向かんでも、雇ってくれさえしたら、文句ないやないか。さ、行こう」

どうして、大西女史は、いつも、このように、元気旺盛なのだろうか。同じ郷里に生まれながら、煤煙のような横浜の空気を、ものともせず、わが家のように、活動している。畏敬しないではいられない――

「先生、今日は時間があったけん、志村亮子さんを、お訪ねしてきました」

歩きながら、太助が報告した。

「そうか。一人で行ったら、口説かれはせなんだか」

大西女史は、カラカラと笑ったが、太助は、何と答えていいか、返事に窮した。

「これから、会いに行く人は、亮子さんのご亭主やぜ。あんた、あの夫婦と、縁があるわ……」

太助たちが、訪ねていった時に、四方吉は、生憎、社長と重要な話の最中だったので、彼等は、暫らく、応接室で待たされることになった。

もう、夏に入って、応接室のドアも、ヨシズの腰扉に替えられ、風通しはよくなったが、広くない事務室の大半は、そこから、見透かされた。

奥の窓際に、社長のデスクがあった。ベニヤ板の衝立で、仕切られてはいるけれど、肥った武智秀三の半身が、開襟シャツでも暑そうに、背イスにもたれているのが見えた。その側に、小イスを引き寄せて、上着も脱がず、キチンと畏まってるのは、四方吉であるが、全身が見える代りに、背と後頭部しか、視線に入らなかった。

二人の話声は、そう高くはなかったが、社長が応接室の方を向いてるのと、四方吉の言葉がハッキリしてるために、煽風機の音に妨げられながらも、聞き取れないことはなかった。尤も、大西女史も、太助も、至って好奇心の乏しい方で、別に聞き耳も立てなかったが――

「責任をとるちゅうのは、志村君、そういうことなのかね」

武智は、ムツカシい顔をして、白い扇子を音立てて、開閉している。

「しかし、社長、会社にあれだけの損害をかけた以上、私としては……」

四方吉の声は、淀みがなく、裏の含みもなかった。

「だが、君が身を退いたところで、あの金が、戻ってくるのかね。そりゃア、内閣総理大臣のやることだよ――辞職さえすれば、責任を脱《のが》れるというのは。商人には、そんな安易なことは、許されん……。君が、そんなことをいうと、わしア、いよいよ、腹が立つね」

「ご尤もですが、私としては、それ以外に、引責の方法がないです」

「そんなことをいうところを見ると、君は、まだ、会社に与えた損害の大きさが、わかっとらんのだね。わしは、勿論、あの金が惜しいよ。しかし、それ以上、無念なのは、あの土地が、織田の手に渡ったことなのだ。奴は、わしが狙っとると知ったら、もう、金輪際、あの土地を手放すもんか。すると、例のプランは、永久に、実現の見込みがないことに、なるじゃないか。これが、わしに与えた最大の損害なんじゃ……わかったかね」

「なるほど。私の過失の重大さが、よく、わかりました。しかし、辞職を許して下さらんとすると、その過失を、どうして償ったら、いいか……」

「わからんのかね。では、教えてあげよう。君は、最大の努力をもって、あの婆さんの地所を、手に入れ給え。勿論、時価三倍なんて、バカな取引きは、ご免じゃよ。君の縁故で、それができんという法はない……」

「すると、社長は、まだ、あの計画を……」

「勿論、投げるもんか。わしア、商人だよ。行き詰まったら、別なソロバンを弾くだけの話さ。６２キャムプがダメなら、福田別荘を中心として、今度は……」

　だいぶ、待たされるので、大西女史と太助が、ヒソヒソ話を始めた。

「えらい、手間どるやないか」

「はア、先生、なんぞ、こみ入った相談、しとりなさるようですぞ。今日は、このまま帰った方が、ええことないですか」

「そんな弱気出したら、いけんぜ。せっかく、話がここまで、運んだのやないか」

「はア、でも、どうせ、見込みないですわ。わしは、今日、志村の奥さんの感情害して、きましたけんな。旦那さんに、わしのこと、ようはいわんでしょう」

「何ぞ、気に障《さわ》ること、してきたんか」

「はア、奥さんが、わしの手、握りなはるけん、わしには、千代子ちゅうもんがあると、いうたのです」

「ハッハハ、そりゃ、面白いわ。亮子さんも、目下、孤閨を守っとるのやから、青年の手ぐらい、握りたくなるやろう」

「でも、わしの思いちがえかも知れんのです。別に、イヤらしいこと、一つも、いわれんけん……」

「どっちでも、ええやないか、そんなこと。とにかく、亮子さんは、主人と別居してるのやけん、あんたのことに、口出しする心配はないわ」

「はア、そうですか。しかし、せっかく、夫婦になりよって、別居するちゅうのは、ケッタイやないですか」

「解放された女性ちゅうものは、亭主と別居するぐらい、朝飯前やぜ。場合によっては、コマギレにして、片づけよるけんな……」

といって、女史は、口を噤《つぐ》んだ。

「やア、お待たせしました」

と、別居の片割れが、応接室に姿を見せたからである。しかし、四方吉は、いかにも、不機嫌な、ブッキラボーな表情で、太助ならずとも、大西女史さえ、今日の就職の話は、ムツカシいと、懸念させた。

「今度は、ムリなお願いを、致しまして……。これが、本人の赤松太助君でございますが……」

大西女史は、精一杯の丁寧な口をきいた。

「そうですか。とにかく、社長と会って下さい」

四方吉は、太助に眼もくれず、先きに立って、室を出た。彼としては、大問題が胸にツカえて、太助の就職どころではないのである。

大西女史を残して、太助は、シオシオと、四方吉の跡に続いて、社長のデスクの前へ、近づいた。

「あア、君か……」

社長も、あまり、機嫌がよくなかった。ジロリと、太助の顔を見たきり、イスにかけろともいわない。

「あの……わし、英語はでけませんし、ハイカラなこと、よう知りませんのやが……それでよかったら、使うてやって下さい……」

太助は、汗を流さんばかりに、それだけのことをいった。

「そんなことは、どうでもええが、ハンターズ軍で、月給、いくら貰っとったね」

「二万ほどです」

「同額を、支給しよう。その代りウチの会社のチームを、横浜で、一番強くしてくれるか」

「え？　また、野球やるですか」

太助は、世にも悲しい声を、出した。

志村夫人の夜会

——すべての不幸は、暗愚から生まれる。

亮子は、曾て、そう考えてきたし、今も、そう考えている。

人間、頭がよくなくてはならない。彼女は、生まれながら、その特長を恵まれ、ずいぶん、人生でトクをした経験を、持ってる。小はデパートで買物から、大は双葉園の経営に至るまで、全部、そうなのである。容貌の如きものでさえ、頭の働きで、三割から五割方、美しく見せられる。みんな、彼女自身が、実績をあげてきたのだから、疑う余地がない。

——バカということは、罪悪である。

彼女の論理は、そこまで、発展してきている。

ところが、ドウヴァルが無断で、香港へ飛び去ってから（そのことを、彼女は、ウォーカー中尉から、翌日に、電話で知らされたのだが）彼女は、根底から、自信を失ってしまった。事件の結果は、彼女が愚者であり、罪人であることを、教えるからである。

彼女は、男に対して、眼の高い女だった。娘時代から、男を見てポーッとなったことがない。じきに、男のアラが、見えるからである。コレハと思ったのは、四方吉だけである。四方吉と、他の男とは、格段の差があった。彼と結婚してみると、果して、わが眼力に狂いはなかった。彼女は、賢いことの幸福を知った。戦争がなかったら、彼女の幸福な結婚生活は今だに、続いていたろう。

どうも、戦争がよくない。すべての罪を、そこへナスリつけるのが、流行だが、彼女も、四方吉が戦争ボケにならなかったら、今日のような事態に、墜入らなかったことを確信している。他の男性に、チラチラ、眼が動くようになったのは、皆、あれからのことだ——

ドウヴァルに対しても、なぜ、あんなに簡単に、誘惑の手に乗ってしまったのか、今以て不審でならない。彼が、最初から、西洋流の誘惑術を試みていたのを気づかないのではなかったが、それをアヤなすことが面白くて、技を闘わしているうちに、あんなことになってしまった。いや接吻なんて、重大事ではない。問題は、あの晩、本気になって、良人に別れ話を持ち出そうとした、自分の心にある。それだけ、ドウヴァルを真に愛していたか。彼と生涯を共にする、決心がついていたか——

結局、彼女は、外人の女タラシの手にかかった、浮気女として、自分を認める外はなかった。そんな女は、双葉園の児童の母親に沢山いる。亮子は、彼女等の無智を、憫笑《びんしよう》していたが、いつか、わが身の上となったのである。

——なんという、バカ女！

彼女は、毎日、自分を罵《のの》り続けた。生まれて始めて、彼女は、自己嫌悪ということを、知ったのである。

そこへもってきて、赤松太助という、血の巡りの悪い男が現われて、彼女に、飛んだ濡衣《ぬれぎぬ》を着せてしまった。これは、彼女の責任ではないが、対手のバカさ加減が、度外れているので、彼女も同類になった気持がして、いよいよ、人生悲観の淵に沈んだのである。

亮子は、決心をした。

一つは、汚辱《おじょく》の記憶を忘れるために、横浜の地を、去るということである。そのために、双葉園の仕事を棄てるのは、覚悟の前だった。もともと、彼女は、双葉園を踏み台にする気持はあっても、憐れむべき特殊な子供たちに、どう心を動かされたわけでもなかった。しかし、それでは、理事の職務を、完全に果せないことを、此頃、よく反省するのである。トムとお時、あの老夫人とミツコのような場合を、眼のあたりに見ると、原保姆のような熱情なしに、この仕事に携るのは、ムリであることが、よくわかるのである。その上、ドウヴァルと交渉ができてから、亮子に対する反感が、保姆たちの間に湧いていた。やがて、その後の成り行きが、彼女等の耳に入れば、一層、口煩さいことになるであろう。それに、最近気づいたことであるが、双葉園は、いつまで経っても、福田嘉代の事業として、世間に映り、亮子の名は、表われないのである。どんな意味からも、永居をすべき場所ではない。去るとすれば、今が潮時である。

もう一つの決心は、四方吉に会って、ドウヴァルのことも、すべて隠さず語り、その上で、離婚を合議することである。現在、四方吉は家を出ているが、もう、六年間も、別居同様の夫婦であった。そういう関係は、良人にとっても、自分にとっても、清算すべき時がきている。良人は、どうやら、横浜にいるらしく、左右田の言では、大西説子が会っているらしいから、易《たやす》く居所をつきとめられるだろう。

そして、二つのことが実行されれば、彼女は、東京へでも出て、更《あらた》めて、人生を出発する心算《つもり》である。彼女が胸に描いてる、人生のコースを、今後は、もっと用心深く、シッカリと、足を踏み出さなくては――

そう腹がきまると、彼女の懊悩《おうのう》は、かなり、鎮《しず》まってきた。外見的には、かえって、以前より快活で、元気にさえ見えた。というのも、彼女は、嘉代婆さんや、周囲の人々と、テキパキ、仕事を運ばねばならぬ必要に、迫られていたからでもあろう。

例の乳児室が、やっと、落成したのである。亮子は、すぐにも、嬰児たちを、そこへ移そうと思ったが、嘉代婆さんが、事務室へ現われて、意見を述べた。

「お亮ちゃん、それは、気が早いよ。これだけの建物ができたのだから、後援者の皆さんをお呼びして、新築祝賀会をやってからでも、遅くはないよ」

なるほど、そうすれば、宣伝と感謝の目的も果せるので、本来なら、亮子が先きに考えつくべき提案だった。それを忘れていたというのも、彼女の心が、双葉園を去った証拠かも知れないが、此頃の嘉代婆さんの変り方も、また異常だった。

四方吉が家出してからのことだが、嘉代婆さんは、毎日のように、事務室へデシャバルのである。万事を、亮子に任せて、茶室へ引っ込んでいた時と、打って変ったようである。亮子は、監視されてるようで、少しウルサイが、対手《あいて》が園長では、文句もいえない。

とにかく、祝賀会が催されることになって、急に、亮子は、多忙になった。

その日は二十二日、会場は新築の乳児室と、定められた。案内状とプログラムの印刷を、頼む前に、もう一度、原案を練ろうと、園長、理事、会計、庶務と、原保姆が、事務室へ集まった。

「瑞鳳殿のバザーの時とちがって、今度は、収入面がまるでない上に、乳児室建築費用で、預金は殆んど引き出してしまいましたから、ハデな催しができないのは、残念ですけれど……」

亮子が、最初に、口を切った。あの雪の日のバザーのことが、自《おの》ずと頭に浮かび、半歳の間の心の変転が、感傷を誘わずにいなかった。

「でも、来賓《らいひん》の方に、せめて、茶菓子ぐらい、出さないと……」

「お赤飯の折詰は、どうでしょう」

いろいろ、意見が出た。

「いえ、お茶だけで、よろしい」

嘉代婆さんが、断案を下した。これも、稀《めず》らしい例で、彼女は、従来、会議に出ても、置物のように、口を噤んでいたのである。

「でも、暑い時ですから、何か、冷たい飲物ぐらい……」

亮子が、反対すると、

「双葉園に、お金がないということを、お客様に知って貰うには、ナマジなことをしない方が、いいですよ。その代り、あたしが、ご挨拶をする時に、よくお詫びをします」

婆さんは、キッパリ答えた。それにしても、彼女は、当日、自分が挨拶をするものと、きめ込んでる口吻が、一同を、驚かせた。従来は、そんなことも、一切、亮子任せだったのである。

「では、極力、支出を節約しまして、場内の装飾なども、なるべくあたくし達の手製のもので、間に合わせたら、いかがでしょう？」

原保姆が、口を出した。

「手製で、そんなもの、できるかしら」

亮子が、反問した。

「どうせ、立派なものは、できっこありませんけど、紙とインクで、旗をこしらえたり、園児用の予備シーツを利用して、幕にしたり……」

原保姆は、熱情家ではあるが、なにかにつけて、考えが貧乏臭いのが、亮子の気に入らなかった。今度の祝賀会は、亮子にとっては双葉園で最後の仕事になるかも知れないので、できる範囲で、盛大に行いたかったが、手製の万国旗と、シーツの幔幕《まんまく》で、会場が飾られるのは、あまり、情けなかった。そこで、一意見、述べようとする矢先きに、嘉代婆さんが、賛成してしまった。

「それア、いい考えですよ。一つ皆さんで、腕を振るってみて下さい。でも、費用のかからない、児童の唄とか、ダンスとか、児童画の陳列とか、そういうものは、フンダンに、来賓に見せたいですね。来年は学齢に達する子供もあるという問題——あれを、世間に知って貰う点でも、年長児童の姿を、見せなければいけません。小さい子供は、小さい子供で、まだ、こんな赤ン坊が、今後も、ドシドシ生まれることを、警告するために、やはり、人目に触れさせなければ……」

それから、招待状を出す範囲について、論議があった。

なにしろ、乳児室は三十坪だから、そう多くの来客を、収容できない。五十人ぐらいが、精々であろう。すると、人選が厄介である。知事、市長、市会議長、税関長、区長は来なくても、招待しなければならない。勢力ある市会議員と区会議員、県と市の児童福祉事業関係の吏員も逸することはできない。三大紙の横浜支局と、地元の新聞社は、宣伝上、どうしても、呼ぶ必要がある。すると、従来の後援者及び将来後援者になりそうな、有力な市民の招待者の数が、大いに限定される。ほんとは、この連中が、最も大切なお客様なのだが

――

「谷さん、田辺さん、松田さんは、欠かすことができませんね」

庶務の木村が、そういう人々の名を挙げた。

「そうですわ。それから、ニュー・グランドの能村さん――あの老人は、夫人も一緒に、お招きした方が、よろしいですわ」

会計の飯島も、口を出した。そして、一応、頭に浮かぶ有力市民を書き上げてみると、忽ち、予定数を超してしまった。

「あら、まだあったわ。沖仲仕会社の織田さん……」

付金も出してる。亮子が、思いついた。織田は、バザーの時に、一万円も、ラッフルを買ってくれたし、寄

「織田さんを、呼ぶとなれば、武智産業の社長も招待出さないと、釣合いがとれませんね」

と、木村が答えた。織田と武智の関係は、こんな女たちまで、知っていた。

「だけど、それでは、いよいよ、超過よ。武智さんは、オミットしたら……」

亮子は、その理由として、武智の事業のことをいった。つまり、混血児を生むような女性と、関係のある事業家を、こういう会合に招くことが、双葉園として、不見識ではないかと、いうことだった。しかし、彼女のほんとの腹はそうではなかった。彼女は、この祝賀会に、左右田寧とか、ウォーカー中尉とか、大西女史とか、自分の関係者も招きたかったのだが、そういう勝手ができなくなったのは、招待の予定数が超過したことばかりではなかった。彼女自身の園内の勢力が、それだけ凋落《ちょうらく》したからでもあった。園長の乗り出しと、部下の反感とが重なり合って、バザー当時の威勢は、もう、彼女から失われていた。

——こんな、貧弱な祝賀会に、あたしの友達なんか、呼ばなくてもいいわ。

そう負け惜しみをいっても、腹は収まらず、武智のことで、反対意見を述べてみたのである。

ところが、嘉代婆さんが、また、彼女に逆らった。

「いいえ、お亮ちゃん、そういう商売の人だから、双葉園の後援をさせなければ……。つまり、義務を自覚させるんですよ。他の人の名を消して、武智さんを、書いといて下さい

……」

会議の翌日から、双葉園の中は、急に、ザワめいてきた。保姆や助手たちは、自分たちの手で、会場の装飾をすることが、よほど、面白いらしかった。また、子供たちに、唱歌やダンスを教え込むのも、同様らしかった。あまり、身を入れ過ぎて、乳児のオシメの交換が遅れたり、三時の間食の牛乳を、冷たいまま出したりする弊害が、生まれはしたが、若い身空で、こんな仕事に携《たずさわ》ってる彼女等が、タマのお祭りを喜ぶ気持は、咎《とが》められなかった。その喜びは、園児たちの方が、もっと、強かったろう。動物園の遠足よりも、この方が、街の子にイジめられる心配がないだけでも、愉しいのだろう。そして、彼等の特徴として、日本人の児童ほど、人見知りをせず、われもわれもと、唄や踊りの選に入ることを望んだ。

亮子は、祝賀会に、何の期待も持たなかった。瑞鳳殿のバザーのような企画なら、彼女は、寝ずに働く熱意も出るが、今度は、すべての条件が、彼女を冷淡にさせた。しかし、それを顔に表わしたり、スネて見せたりするような、彼女ではない。人に劣らず、彼女は、準備に励んだ。やはり、彼女の手にかかると、仕事がテキパキ運んだ。ただ、彼女は、自分で有力者を訪問して、いやでも招待に応じさせるという、いつもの積極行動は、とらないのである。

しかし、彼女に、どうしても諦め切れないのは、彼女の個人のパーティーを、開く計画だった。遠からず、双葉園を去る決心を、胸に秘めてるのだから、その袂別の意味からも、自分の友達を呼んで、一夕を過ごしたかった。その場所は、新築の乳児室を措《お》いてなかった。その建築も、彼女の発案であり、費用の捻出や、工事の指図も、一切、彼女の手によったのだった。そして、室の一隅には、彼女が専用する筈の小部屋さえあった。四方吉が家出して、その室の必要はなくなったといっても、彼女には、忘れられない思い出が、繋がった。

　彼女は、無論、それを自分の費用で、行う心算《つもり》だから、町のレストオランあたりで、催してもいいようなものだが、新築の乳児室を用いたいのは、抑え難い執着となった。恐らく、乳児室は、新築のわが家に似た気持を、与えるのであろう。そして、わが家のサロンに、人を集めたい夢が、われ知らぬ心の底で、彼女を唆《そそ》かすのでもあろう――

　彼女は、遂に、思い切って、事務室へきた嘉代婆さんに、そのことを、申出た。

「恐れ入りますが、ゴシンさん、四時に祝賀会が済んでから後に、乳児室を、あたくしに貸して頂けませんか」

　六年間の理事の功績、そして、乳児室建築の努力を、考えてくれたら、それくらいの希《ねが》いは、容《い》れてもいいではないか――という気持が、自《おのず》から、彼女の語気に、表われた。婆さんも、それに押されたのか、

「ええ、そりゃア、関《かま》いませんよ。子供を入れるのは、翌日だから、それまでは、ご自由に……」

　その時に、助手のお松さんが、室へ入ってきて、

「あのウ……お客様が……」

と、ひどく、モジモジして、嘉代婆さんと、亮子の顔を窺った。

「どなた」

二人が、ほとんど同時に、訊いた。

「あの、園長さんに、お目にかかりたいと……」

「へえ？　じゃあ、茶室の方へ、ご案内して……」

嘉代婆さんは、人に会うのを、苦にしないタチで、対手の名も聞かずに、そんなことをいった。

婆さんが去ると、亮子は、ヤレヤレと思って、早速、彼女のパーティーに招く人たちに、手紙を書き始めた。ちょうど、祝賀会の印刷した招待状が、余ってるので、その余白に、
この会は、つまらないから、お招きしません。その後で、五時から、私自身のパーティーを、致します。極く、お親しい友人ばかり。どうぞ、お運びを。

と書き入れた。宛名は、ウォーカー中尉、左右田寧、大西説子――そして、彼女は、暫らく考えた末、赤松太助も招くことにした。そして、彼の手紙には、もしよかったら、あなたのガール・フレンドも、御同伴なさいと、書き添えた。勿論、揶揄の意味であって、そんな女が来るとも、来てほしいとも、思っていなかった。

――カクテル・パーティー風にして、しかも、時間関わずに遊ぶ工夫が、いいな。食事《ディナー》は

出せないけど、軽い食べ物を、できるだけ、精選して……。

　彼女は、そういうことを考えるのが愉しかった。彼女も、二三種のカクテールは振れるから、シェーカーとグラスさえ、買い整えればよかった。また、オー・ドウヴルを「パシフィック」に頼み、シナ料理の点心を、水師閣に命じる考えも、すぐ、頭へ浮かんだ。ウォーカー中尉のためには、スコッチ・ウイスキーを、準備して置こう。もし、ダンスでも始まることになれば、園児用の電蓄があるから、レコードだけ捜して置けば、結構、間に合うというものだ。それに、あの乳児室は、建築を値切り倒したために、雨天体操場のように、殺風景ではあるけれど、床の板敷きは、冬の寒さに備えて、ガッチリした材料で張ってあり、磨きもかけてあるので、ダンスをするには、ちょっと、比類のない会場といえるだろう――

　亮子は、そのパーティーのために、大いに小遣銭をつかいたいのである。昼間の祝賀会が、あまり貧弱過ぎるから、夜は、できるだけ、金をかけてやりたい。もっと豪華な工夫はないかと、頭を捻《ひね》ってるくらいで、パーティーのことに、心を奪われ、嘉代婆さんを訪ねてきた客が誰であるかなぞ、考える暇もなかった。

　その客は、四方吉だった。

　彼も、巨額の損害を、会社に蒙らせた責任感に、夜も眠れなかった。専務という位置にいなかったら、彼も、事業の上の過失として、これほどまでに、心を悩まさなかったろう。

　ドウヴァルに、追求の手は打っているが、彼が香港にいるかどうかを、確かめることすら、難かしい状態で、所詮、諦《あきら》めものだった。そうすると、彼の責任感は、会社に大きな利益を与える仕事で、果されることになるが、それには、社長の武智が、ハッキリ口に出して要求している、福田別荘の地所を、手に入れることが、急務だった。どうやら、社長は、四方吉を雇い入れる時から、彼と福田家の関係を利して、あの地所を買い取る心算《つもり》だったらしく、四方吉の手腕経歴なぞは、二の次ぎに考えていた形跡があり、彼も興覚めた気持になってきた。そして、この会社に長く留まりたいとは、思わなくなったが、損害の責任を果すまでは、出るにも出られなかった。

今日は、なんとか、嘉代婆さんを口説き落そうと、必死の勢いで社を出てきたのである。なぜかといえば、双葉園へ行く以上、亮子と顔を合わせなければならない。今はまだ、妻と会うべき時ではないと、よく知ってるのであるが、嘉代婆さんを、そう度々、外へ呼び出すこともできないとすると、すべてを犠牲にして、双葉園の門を、潜らねばならなかったのである。彼としては、身を切るほど、辛い想いだった。

ところが、工合よく、妻の顔も見ず、茶室へ通されたのは、有難かったものの、交渉を始めてみると、婆さん、イッカナ、耳を傾けない。こんな慾張り婆さんとは、彼も信じていなかったが、時価の三倍という暴利を貪《むさぼ》ろうとして、飽くまで、譲らない。婆さんは、どうやら、武智の足許を見抜いてるらしかった。

「四方さん、その話は、もう止めましょう。何も、あたしの方は、ちっとも売りたかアないんですからね」

と、強気一点張りである。

「そこを、何とか、私の顔を立てて、頂いて……」

「四方さん、あんたも、少し、男が下りましたね。福田組にいた時は、そんな、小商人《こあきんど》みたいな口はきかなかった人でしたが……」

四方吉は、一言もなく、頭を垂れた。すると、今度は、いつもの半ボケした口調に帰って、

「トムはね、四方さんの鶏を、そりゃア一所懸命になって、育てていますよ。ありゃア、いいことですね。餌も、あたしが買ってやっています……」

四方吉は、垂れた首を、更に低くした。

「どうです、今日は、お亮ちゃんに会っていきますか……。なに、当人は、まだ知りアしません。庭を回って帰れば、気がつきゃアしないでしょうよ。まア、あたしの考えじゃ、まだ、お会いになるのは、ちっと早いね。よけいな、お世話だが……」

その日がきた。

朝から、カラリと晴れたが、いかにも土用らしい、暑さだった。海の色も、花盛りの夾竹桃も、鮮明な色彩は、眩《まぶ》しく、暑苦しかった。

亮子も、所員たちも、汗みずくで、準備にかかった。門から庭伝いに、乳児室へ行けるように、道しるべの貼札《はりふだ》をしたが、その書体や矢印の稚拙さが、今日の催しのすべてを、語るようだった。福田別荘の本屋から、七、八間離れた低地に、真新しい赤瓦、緑のペンキの新育児室が、腰から上を現わしているが、瀟洒《しょうしゃ》に見えるのは外観だけで、一歩、内部へ入ると、

提灯屋の仕事場のように、秩序もなく、紙で埋められた装飾が、鬱陶しかった。保姆さんたちが、熱心になり過ぎて、ムヤミと、旗を製造した結果であろう。そして、壁には、児童のクレイヨン画を、これまた、透間《すきま》もなく、貼りつけ、正面に、一段高くなった床は、畳敷きの乳児匍匐《ほふく》用に設けられたのだが、そこに、演壇を置き、背後の壁を、紙製の紅白の幕で掩《おお》ったのは、恐らく、シーツの代用が、うまく行かなかったからであろう。とにかく、すべてが、紙ずくめだから、ガサガサと、安ッぽい雰囲気が、場内を支配するのも、やむをえなかった。

それでも、定刻の二時に、続々と集まってくる来賓の大多数が、自動車を門外に待たせるような連中で、

「ホホウ、これは、立派なものが、建ちましたな」

などと、礼装で出迎える嘉代婆さんに、辞令を忘れなかった。

サン・ルーム風に、ガラスを多く使った南面を、すっかり開け放して、そこから、靴のまま入場する来賓が、折畳みのイスに、眼白押しに詰め込まれたのは、見るから、暑そうだった。知事は来ず、市長も代理だったのは、亮子が運動しなかった結果にちがいないが、それでも、市の有力者の顔は、大部分揃い、武智と織田の新興二巨頭も、仲よく、イスを列べていた。ただ、バザーの時とちがって、女気が少く、殆んど中年から老年の男性ばかりだから、色気も活気も、見られなかった。

白扇の動きが止み、拍手が起った。福田嘉代が、ヨチヨチと、演壇に体を運んだからであ

る。

「婆さん、なかなか、元気じゃないか」

「いや、年をとったね。震災前の活躍時代を、見せたかったよ」

そんな囁《ささや》きが、来賓の間に起きたが、彼女は、聞き取れないほど、低声で、何かボソボソ話し出した。全然、演説口調を外れた、グチでもコボすような話し振りで、福田刀自《とじ》もモーロクしたと、人々に思わせたが、そのうちに、いつか、筋道が立ち、占領児の運命が、いかに同情すべきであるか、双葉園の経営がどんなに困難であるか、従って、今日の接待も、いかに意に反して、貧弱であるかということを、誰もが納得するように、シンミリと聞かせるのは、驚くべき話術だった。

感動を証拠立てる、強い拍手の音に、嘉代婆さんが、何遍か、低いお辞儀をして、壇を降りると、今度は、市長代理の簡単な祝辞と来賓代表の能村老人が、これまた、三分ほどの短い挨拶で、式を終ったのは、場内の暑気が、あまりに堪え難かったためだろう。

「粗茶でございますが……」

保姆たちが、来賓に配って歩いたのは、熱い麦茶だった。それとガリ版刷りの双葉園現況報告、収支状態が、人々の手に渡された。

「なるほど、ここも、よほどお手許《ても》不如意らしいですな、ハッハハ」

汗を垂らして、麦湯を飲みながら、笑う来賓もあった。

やがて、児童の演目が、始まった。

一号園児のハマ子が、髪にリボンをつけて、短いスカートの白い服を着て、「月の砂漠」という唄をうたった。なかなか、いい声だった。

それから、ジョージとアネゴが、合唱で、「カラスの赤ちゃん」を唄ったが、アネゴの舞台度胸が素晴らしく、声も、子供らしくないダミ声で、身振りなぞも加えるのが、大愛嬌だった。

「黒い子は、将来、こういう方面で、活躍するかも知れんですな」

「男の子は、運動選手ですかな。まア、そう厄介にするにも、当らんでしょう」

などと、語り合う来賓もあった。

次ぎに、トムがダンスをする筈だったが、鶏小屋の修繕に夢中になって、今日はイヤだといったと、原保姆が報告したことは、却って笑いと、拍手を喚び起した。なにしろ、暑気がひどいので、来賓は、早く場外へ脱《のが》れたいらしいのである。

乳児を除いた全園児が、「鳩ポッポ」の斉唱をして、プログラムを終ったが、眼色毛色のちがった子供が、そういう聞き慣れた唄をうたうと、何か悲しい余韻を残すのが、不思議だった。

人々は、すぐに、イスを立ち上って、出口へ流れ出した。そこに、嘉代婆さんや、亮子や、保姆たちが列んで、礼の言葉を述べては、お辞儀をした。

「お暑いところを、まことに、どうも……」

武智秀三は、ユデ章魚《だこ》のように上気した顔を、ハンカチで拭いながら、会場を出てきたが、

嘉代婆さんの前へ行くと、ひどく、丁寧な挨拶をして、

「失礼ですが、今日のお祝いに、五万円、寄付させて頂きたいです。後刻、会社へ小切手を受け取りに、人をお寄越し下さい」

と、大きな声で、述べ立てた。

それを聞いて、後から出てきた織田は、チラリと、冷笑を洩らしたが、やがて、亮子の前へ行って、わざと、低い声で、

「わたしは、こんな場所で、寄付なんかしませんが、また、何かご用に立つことがあったら、遠慮なく、いってきて下さいよ」


——さア、今度は、あたしの番だ！

亮子は、自分の部屋へ、飛んで帰ると、すぐ、顔を洗い直し、お化粧にかかった。ひどく、念入りに、肩や腕まで、ローションで拭い、眉や唇も、何遍か塗り直した。それから、押入れを開けて、とっておきのドレスを、函から出した。ドウヴァルと、セントラル・クラブで食事をした時に、イヴニングがなくて、肩身の狭い想いをしたが、その後、金が入るようになって、早速、元町のメーゾン・ドルセエで、入念な彼女の好みで造らせたのが、それだったが、まだ、一度も、着る機会がなかったのである。白絹のオーガンディだが、スカートが風船のように広く、胸の黒いウールのレースは、反対に、鯨骨でピッタリ体を緊《し》め、ストラップなしに、露《あら》わに、肩を剝《む》き出す趣向——その効果を、鏡に映して、彼女は、ニッと、会

心の笑みを、洩らした。

香水も、指環も、今日は最上のもの。

誰に見しょうとて、紅カネつけて——と、疑問が起こる。昼間の祝賀会も、貧弱だったが、これからのパーティーだって、タカの知れたものである。招客も、男性は、ウォーカー中尉と左右田と、それから太助だから、彼女が眼星をつけた美男子が、いるとも思われない。誰がために、彼女は装うのであるか。答えは、甚だカンタンで、今宵のパーティーは、彼女自身のための夜会なのである。そして、彼女は、彼女自身のために、装うのである。こういう女性もいるから世上の男は、ウヌボレを慎まなければならない。

亮子は、白孔雀のような姿で、庭を横切り、乳児室へ行った。遠くから、園児や保姆が、伸び上って、彼女の通行を見物しているが、彼女は、平気なものだった。彼女は、暑ささえ、感じないのである。尤も、日が傾くにつれて、海から軟風が吹き、多少、凌《しの》ぎよくなった。

しかし、その風が、乳児室の紙製装飾物を、ガサガサと音立てて吹き動かすのは、一方ならず、彼女は癇に障った。演壇や折畳みイスは、すっかり片づけてあるが、旗や幕までは、手が及ばなかったと見える。不手際な、安っぽい紙の旗が、ガサガサ揺れるのが、どうやら、今宵の彼女の催しを、嘲笑する声に、聞えてならない。

——ご同様、貧弱じゃないですか、志村夫人の夜会も。

彼女は、天井に張り回《めぐ》らせた彩旗を、ムシリ取ってやりたかったが、もう着換えを済ませたので、手荒な真似も、できなかった。

胸をさすって、彼女は、自分用の小部屋のカギを開けた。プンと、壁の匂いのする、真新しい部屋に、新しいテーブルが置かれ、その上に今夜のための洋酒壜や、グラスや、食器類が、積んであった。氷は、配乳室の冷蔵庫に入れてあるし、誂《あつら》え物は、間もなく届くだろうし、万事、手落ちはなかった。ただ、給仕人がいないのは、なんとしても、パーティーとして、寂しかった。

――いいわ。お客様に、手伝わしてやるから。

彼女は、時計を見た。まだ、五時まで、一時間近くもあった。それまで、昼間の疲れを休めようと、イスに腰を下すと、窓際を通っていく、ウォーカー中尉の姿が見えた。

「まア、お早いのね」

亮子は、サン・ルームの入口に、彼を出迎えた。

「嬉しいお招きだから、特別、早くきたわけですが、同時に、個人的なお話もしたくてね」

と、ウォーカー中尉は、日本人の家へくれば、靴を脱ぐことを知ってる男で、軍用の褐緑色の靴下に、スリッパを引っかけた。

「どう？　みごとな装飾でしょう。あたしのパーティーは？」

亮子は、先手を打って、対手の悪口を封じた。

「紙の国に相応《ふさわ》しい、装飾ですよ、そして、大変、賑やかな音がします……」

と、折畳みイスが潰れそうに、分厚い腰部を、降《おろ》した彼は、いつもの口軽さを、強《し》いて保っている調子があった。

「今日はね、お酒沢山用意したけれど、サービスする人間が、いないのよ。多分、あなたなら、あたしを助けて下さると、思うけれど……」

「仰有るまでもない。僕は、あなたに、頭の上らない人間ですから……」

「おや、大変、今日は、お淑《しと》やかなのね」

「ええ、今日は特別……。そこで、来客の集まらないうちに、僕は、あなたに、謝って置きましょう――ゴメンナサイ、日本の奥さん！」

「あら、流行の唄《ソング》と、少し、文句がちがうようね」

「少しね。しかし、謝意の深さにおいて、変りません。奥さん、お詫びしますよ。僕があなたに、ドウヴァル君を紹介したのは、大きな過失でした。あの男が、紳士でなかったことを、後になって、発見したものですから……」

彼の顔つきが、やっと、真面目になった。

「あら、そんなこと……」

亮子は、サッと、顔の赤らむ気持だったが、対手がどの程度に、彼女の秘密を知ってるかを索《さぐ》るように、言葉を控えた。

「あの男は、方々で、日本人に損害をかけたようです。奥さんは、金銭上の関係はなかったでしょうから、その点、心配はないと思いますが……」

ウォーカー中尉は、何事も、知らない顔を装った。

「あたしは、かえって、あの方から、儲けさせて頂いたくらい……」

「それなら、結構ですが、あなたのご主人が受けられた、莫大な損害については、まったく、遺憾の意を表しようがありませんよ」

「え、志村が？」

「あなたは、ご存じないのですか」

それから、中尉の語ったことは、どれもこれも、彼女にとって、想像もつかぬ驚きだった。

――良人は、武智産業で、そんな地位についていたのか。そして、良人も、ドウヴァルから、そんな痛手を、蒙っていたのか。

彼女の胸に、万感の雲が、湧き立ってる時に、

「暑い日に、パーティーやったもんやね」

大西女史を先頭に、太助が千代子を伴なって、庭さきに現われた。

亮子は、自分がパーティーの女主人であることを自覚し、掩《おお》いかかる心の雲を、必死と、払いのけた。

「まア、ようこそ……」

彼女が、愛想よく、ほほ笑みかけたのは、太助の背後に、オドオドと立ってる、千代子に対してだった。冗談を真に受けて、太助は、嫌がる彼女を、ムリに連れてきたのだが、その貧しげなワン・ピースの姿からいっても、今夜の客として、不調和なのに拘らず、亮子は、努めて鷹揚《おうよう》に振舞ったた。紙の旗にも眼をツブったのだから、千代子にも同様にしなければならない。

パシフィックと水師閣から、注文の食物が届いたのと、前後して、白麻の服にネクタイまでかけた左右田寧が、いつになく取り澄まして、姿を見せた。それで、客の頭数は揃った。

「ご紹介するわ……」

いちいち、引き合わせなくても、ウォーカー中尉に、他の来客を紹介すれば、労が省けるわけだった。

「文芸評論家の左右田さん……」

まず、彼の名をいうと、

「アイ・アム・グラッド・ツウ・シイ・ユウ」

と、いったのは、左右田であって、

「文士の方に、お目にかかるのは、大変、光栄で……」

と、鮮かな日本語で、中尉が答えると、一同は、大いに笑った。

その笑いで、空気が打ち融けてサンガー主義運動者、最近までのプロ野球選手、及びその許婚者と、紹介が進むと、中尉は、大仰《おおぎよう》に驚いて、

「これは、各方面の代表ばかりですね。こんな、興味のあるパーティーは、日本へきて始めてです。さすがは、志村夫人の催しで……」

と、いつもの饒舌《おしやべり》を始めた。

「今日は、人手がないから、お客様に、ご自身のサービスをして頂く、計画なのよ。アメリカ風というのかしら……」

亮子は、そういいながらも、甲斐々々しく、酒壜や食物の大皿を、運びにかかると、

「奥様、あたくしが、させて頂きます」

千代子が駆け寄って、その仕事を奪った。これは、よい給仕人を見つけたと、内心、亮子は喜んだ。

「アメリカ風なら、やむをえません、私も、働かなくては……」

ウォーカー中尉が、立ち上ると、太助も、監督のカバンを担《かつ》ぎ慣れてるから、小マメに、動き回った。こうなると、役に立たないのは、文芸評論家と、家庭生活の経験のない老嬢女史ということになる。

やがて、白布を掩ったテーブルに、酒器と、食物と、亮子が用意した花まで飾られると、どうやら、パーティーの景色みたいなものが整った。

「ウォーカーさん、カクテール振って下さる？　その代り、あたしが、あなたのウイスキー注《つ》ぐわ」

亮子は、次第に、心愉しくなってきた。憂きことは、暫時でも、忘れよかし――

どうも、日本人の方が、アルコール分に対して、抵抗力が弱いようで、ウォーカー中尉が平然としているのに、左右田寧の言語中枢は変調を来たし、太助は金時の火事見舞いとなり、まるでシラフというのは、千代子だけであった。

「あたし、とても愉快――今夜みたいに、愉快なことないわ」

主人の亮子は、女性の側では、一番酔っていた。いろいろのカクテールを、片ッ端から飲

み干し、ウイスキーまで、手を出したりすれば、酔ってくるのが、当然である。その上、飲みっ振りまで、暴々《あらあら》しかった。

「亮子さんが、そんなにイケるとは、思わなんだよ。わしは、ビールの小壜ぐらいが、ちょうどええ……」

大西女史は、がらになく、酒量は弱いらしかったが、左右田寧に対して、体裁を繕ってることも、明らかだった。彼女は、よほど、尊敬と愛着を、彼に懐いてるらしく、彼に話しかけるときは、声まで、女らしくなった。

しかし、左右田の方では、彼女にロクな返事も与えないで、亮子やウォーカー中尉とばかり、口をきいた。

「奥さん、今夜のあなたは、妖しい美しさがありますね。僕は、先刻から、それを感じている。不思議な美ですよ、恐らく、あなたの不条理と危機の意識から、それは……」

文士のクダは、螺旋形に巻く。

「ほんと！　亮子さん、今夜は、特別、美しいよ。バザーの時より、もっと、キレイや。そのドレスのせいかね」

大西女史の説は、実感らしかった。

「ミセス・シムラは、常に、美しいですよ。特に、今夜のように、われわれを招いて、ご馳走して下さる時には、一層……」

ウォーカー中尉が、いつもの調子で、冗談をいった。

太助と千代子は、一番端の席に、列んで坐り、一切、口をきかなかった。二人共、こういう席は、始めてであり、牛の舌や、鵞鳥の肝など列べた料理は、手を出す気もなく、早く席を辞して、ノウノウしたかった。

「そう？　とにかく、あたしは、嬉しいわ。皆さんと、こうやってお話できるだけでも……」

亮子は、また、ウイスキーのグラスを、空にした。

「奥さん、韜晦《とうかい》しないで下さい。あなたは、確かに、危機の美しい動揺の中に、いるらしい。顔に、表われていますよ」

左右田は酔って、クドくなり出した。

「あたしなんか、年中、危機だわ」

「いや、僕の直覚は、そんな言葉では打ち消されません。あなたは、今、恋愛してますね。確かに、そうだ」

「恋愛？　それなら、もう、済んじゃったわ……」

「隠すなんて、奥さんらしくないな。高らかに、火を燃やして下さい、僕の姦通論《かんつうろん》を、裏書きするように……」

「あア、いい風だ。昼間は、あんなに、暑かったのに……」

大西女史は、開け放したサン・ルームから、ドッと吹き込んでくる風に、眼を細くした。

夕方から吹き出した軟風が、時移ると共に次第に強い南風となり、星の光りも、鈍くなったのは、明日の天気が変る前兆かも知れなかった。しかし、そんな独り言を彼女が呟くのも、左右田とウォーカー中尉の間に、論戦が起り、亮子は時々嘴《くちばし》を容《い》れるが、女史は仲間外れの形になったからだろう。

「要するに、ウォーカーさん、日本の伝統文化なんて、下らないもんですよ。下らない上に、有害なもんですよ」

「それは、大変新しいお考えだが、あなた方が自国の伝統文化を否定されるに拘らず、西ヨーロッパのそれを尊重されることに、矛盾を感じないですか」

「いいえ、外国のもんなら、弊害がありませんよ。腐敗してないからですよ。それは、常に、新しい種です」

「新しい種なら、この双葉園に、沢山、芽を出していますね。ところで、あの子供たちが、将来、日本にとって、どういう花を咲かし、実を結ぶかということについて、あなたの意見は？」

それから、占領児の問題で、二人は、議論を始めた。中尉が、どこまでも、話を実際的に運ぼうとするのに、左右田は、文化の混血とか、世界政府とか、絶対平和とか、抽象的なところへ持っていくので、論議の涯《はてし》はなかった。

亮子は、面白そうに、二人の諍《あらそ》いに、耳を傾けてる様子だが、ほんとは、何も聞いていなかった。かなり、酒が回ってきて、半ば夢心地なのだが、頭はよく働いていた。

――いつの日か、あたしも、ほんとのサロンを、持ってやるわ。いつの日か……。

それは、ワケのないことではないか。部屋さえ、立派になれば、いいのだ。お客さえ、も少し精選されれば、いいのだ。左右田寧の代りに、小林秀雄とか、ウォーカー中尉の代りに、アイケルバーガー中将とか、そんな風に変るだけで、いいのだ。彼女自身は、このままでいい、このままで、結構ではないか——

「奥さん、えらい済まんですが、わし等、家が遠いけん、先きに帰らして、貰いますわ」

太助と千代子が、側にきて、そういった。亮子は、ハッと、夢から覚めた気持で、

「あら、まだ、いいじゃないの」

と、引き留めにかかった。

左右田とウォーカー中尉は、まだ、議論を続けていた。

「サア、皆さん、少し、ダンスでもなさらない？　いいレコード、揃えてあるのよ」

そういって、亮子が、電蓄の置いてある方へ、歩もうとすると、ヨロヨロと、脚が縺れて、ペタンと、床へ坐ってしまった。

「あら、亮子さん、あんた、酔ったね。あんまり、飲むから、いけんのや」

大西女史が、介抱をしに、寄ってくると、

「大丈夫よ。大丈夫ッたら……」

亮子は、太助を脅《おび》やかした時と、同じような笑声を立て始めた。

亮子は、いつ、寝床へ入ったのか、知らなかった。知らなくて、幸いだった。酔い潰れて、

クラゲのように、正体のない軀《からだ》を、大西女史と、千代子の手で、配乳室の隣りの理事室へ、やっと、運び込まれたのは、醜態であった。断じて、サロンの女主人の所業ではない。また、新しい理事室のベッドも、今夜が最初の使用であるのに、寝衣《ねまき》に着換えることも忘れて、ゴロ寝をするような人間を迎えるのは、嬉しくもあるまい。

「今夜の亮子さん、どうかしとるね」

と、さすがの大西女史も、些《いささ》か、呆《あき》れた様子だった。

「何か、精神的な動揺が、あったのでしょう」

ウォーカー中尉は、同情の口吻を洩らした。

「いや、立派です。彼女のような女性が、あれだけ酔うのは、ミゴトです……」

左右田寧は、亮子に次ぐ、酩酊振りだった。

「この家に、奥さん一人だけ臥《ね》かして置いて、関わんですかいな」

太助が、心配そうな顔をした。

「というて、あんたが泊ったら、問題やぜ。まア、わし等が跡片づけして、戸締りして帰ったら、よろしいわ」

大西女史と千代子が、飲み食いの跡の始末をし、男たちは、開放したガラス戸を閉めて、安全栓をかけた。こんな、パーティーの始末というのも、珍らしい。

客たちが、主人に礼を述べる術《すべ》もなく、帰っていったのは、十時少し前だった。その頃、亮子は、新調のイヴニングが皺だらけになるのもしらず、ベッド・カバーの上に、大の字になって、軽いイビキを洩らしていた。窓を閉め切ると、風の音ばかり聞えても、ムンムンと蒸し暑いので、彼女は寝顔に汗を掻き、化粧も崩れて、美人と遠くなった。

いい気持に、熟睡してるようであるが、アルコール分が、血を騒がすのか、彼女は、ウナされるような、夢を見ていた。

四方吉とドウヴァルが、山か海の断崖の上で、取組み合いをやってるのである。ドウヴァルが、拳闘の手で、素速い突きを入れてくるのを、四方吉は、小面憎《こづらにく》いほど、落ちつき払って、ヒラリヒラリと身をカワし、次第に、断崖の縁《ふち》へ、敵を導いていく。やがて、隙を見て、サッと、柔道の腰投げをかけた。ドウヴァルの体が、宙に浮いた。

「狡《ずる》いわ、狡いわ、そんなことして……」

亮子は、そういう日本式な戦法に、反感を持って、良人を罵《ののし》ろうとしたが、声が出なかった。しかし、次ぎの瞬間に、四方吉は、脇腹を抑えて、崖の縁に蹲《しゃが》み込んだ。危く踏み留まったドウヴァルの手に、コルシカ人が用いるような短剣が、閃《ひら》めいていた。そして、彼は、無抵抗になった四方吉を、靴で蹴り続け、断崖へ蹴り落そうとする――

「そんな、そんな、卑怯な……」

彼女は、ドウヴァルという男の正体を、ハッキリ見届けたと思った。そして、良人に加勢するために、飛んで行こうとするのだが、足が縛られたようで、まるで、動けない。声を限りに、そう叫んだら、自分の声で、眼が覚めた。同時に、彼女は、ハッと、跳び起きずにいられない物音を聞き、光景を見た。

朱色に輝く窓。パチパチという物音。そして、鼻を打つ臭気——

「あッ！」

それ以上、亮子は、口がきけなかった。急いで、入口のドアを開くと、洪水のように流れ込む煙と、熱気に、無意識に、それを閉《とざ》した。しかし、瞬間の一瞥で、乳児室の内部が、既に火の海であり、空気の膨脹で、ガラスが音立てて割れる有様さえ、見てとった。

——ダメだわ、もう！

彼女は、自室の窓を開けて、靴下のまま、地面へ跳び下りた。自分が助かりたいというよりも、早く、急を本屋の人々に、告げたかった。

夢中で、駆け出す間にも、乳児室の火が、まだ、屋根へ燃え抜けないこと、しかし、風が本屋の方に、真っ向に吹きつけてることを、確かめた。僅か、七、八間ほどの距離だが、暗いのと、心が急くので、彼女は、幾度か、転倒し、手足を擦り剝いた。

やっと、本屋に辿りついたが、内部へ入る余裕はなかった。彼女は、庭から、各室の雨戸を叩き回った。

「火事よ、火事よ。起きなさい、早く！」

すぐに、答えないのが、地団太踏みたいほど、苛ら立たしかった。やっと、一枚の雨戸が開いて、宿直が顔を出すと、

「子供たちを、起して！　それから、消防署へ電話かけて！　早く！　早く」

亮子は、口が乾き、出ない声を無理に、振り絞った。

それから、彼女は、離れの茶室へも、知らせにいった。

「ゴシンさん、火を出しました。申訳ありません」

亮子が、雨戸を叩くと、殆んど同時に、躙《にじ》り口の小戸が開いて、帯さえ、キチンと締めた、嘉代婆さんが這《は》い出してきた。彼女は、もう、火事に気づいていたらしい。

「子供たちに、怪我のないように……。一人でも、マチガイがあったら、名折れですよ」

婆さんの語調は、平素と、変りなかった。この時ほど、亮子が、嘉代婆さんに、尊敬を感じたことはなかった。

「はい」

亮子は気丈夫になり、少しの冷静を、見出した。そして、子供たちを恐怖と混乱から救うためにも、手早い避難が必要だと、思った。それには、62キャムプの庭の芝生が、風向きから考えても安全であり、広さからいっても、適当だと、判断した。

本屋に、駆け戻ると、起された子供たちが、ゾロゾロ、庭へ下りてるところだった。彼等は、案外、立ち騒がなかったが、乳児たちは保姆に抱かれながら、消魂《けたたま》しい泣声を立てた。

「原さん、子供たちを、62キャムプの庭へ……」

亮子が、そう叫んだ時に、育児室の火は、屋根の一部に赤い舌を、吐き出した。それを合図のように、急に、焰が大きくなり、火の粉が、風に乗って、別荘の屋根へ落ちてきた。

消防は、各所から馳《は》せつけたが、現場が山の中腹で、足場が悪いのと、土地が高くて、消火栓の水圧が足らないために、思うような活動ができず、火は、風に煽られて、忽ち、福田別荘へ燃え移り、茶室を残した全部を、焼き払った。

双葉園の人々は、品物を持ち出す暇もなく、62キャムプの庭に避難したが、二町ほど距《へだ》った火事場を、横手から見ることになり、その焔の光りで、一番先きに、人員検査を行った。乳児は二人を、一人の保姆が抱え、白痴児は背に負い、年長の園児は、小さい子供の手を引いて、逃げたので、割りに、困難なく、全員が避難できたと、思われた。しかし、一人々々、算《かぞ》えてみると、

「トムが、いません！」

原保姆が、最初に、そのことに気づいた。

「原さん、後のこと、頼んだわよ。あたし、トムを探してくる！」

亮子は、言下に、火事場の方へ、駆け出した。

「家や、道具は、みんな、焼けてしまっても、ちっとも、心残りはないんだがね……」

嘉代婆さんは、もう下火になってきた火事場を、樹間を透して眺めながら、気遣わしげに、呟いた。

「でも、逃げる時に、確かに、トムちゃんの姿を、見たんでございますがね」

「そうですわ。大きい子たちと、一緒に、庭から、裏門へ駆け出していったんですけれど……」

保姆や助手たちが、口々にいった。

「困ったことになった、困ったことになった……」

滅多に、グチをいわない嘉代婆さんが、ひとり言をいった。困ったことは、トムの行衛不明ばかりではなかった。五十八名の園児、そのうち十二名は、乳児であるが、明日から彼等の住居と食を、どうしたらいいのか。大きい子供は、多少の我慢をさせるとしても、乳児たちの朝の授乳を、どうしたらいいのか。いや、住居の問題は、朝までも待てなかった。この夜露の多い芝生に、子供たちを、長く坐らせて置いたら、必ず、病人続出である――

そのうちに、茶室が焼け残ったことがわかったが、あの狭い家に、五十八名の園児をどうして押し込むか。しかし、それより外に、方法はなかった。

そういう間にも、近隣や出入り商人の見舞い客が、続々、芝生を訪れた。場所柄で、M・Pもきたし、巡査や、新聞記者もきた。やがて、競馬場のキャムプに住む、ミセス・キンソンまで、訪ねてきた。彼女は、横浜米軍婦人会の幹部で、双葉園の同情者だった。

「今、ミセス・志村ニ、会イマシタ。子供タチ、タイヘン、可哀ソウ。ナゼ、62キャムプへ、入レテヤリマセンカ」

芝生の正面に、灯を消した建物が、幾棟も、黒い影を屹《そば》だてていた。

「でも、あれは、所有者があって……」

原保姆が、答えると、

「カマイマセン。私、引キ受ケマス。子供タチ、タイヘン、可哀ソウ……」

彼女は、管理人のいる小家の方へ、歩き出した。

夜が明けた。

風がパッタリ止んだ代りに、雲が低く、細雨を降らした。62キャムプがなかったら、園児たちは、濡れ鼠になったろう。キャムプの各棟は、屋根の恩恵ばかりでなく、上等なベッドまで、彼等に与えた。半数のベッドは、毛布や敷布まで残っていた。

亮子は、勿論、一睡もせずに、朝を迎えた。火事場とキャムプの間を、何度往復したか知れない。ふと、気づいた時には、ナイロンの靴下の底から、血の滲んだ素足が出ていた。ハダシで飛び歩いていたからである。そして、保姆助手の汚れたズックの靴を借りて、朝飯を食べるのも忘れ、火事場の付近を歩き回った。イヴニング・ドレスに運動靴とは、ヘンな取り合わせであるが、それに気付くまでもなく、新しいドレスは、一夜の騒ぎで、見る影もない、泥まみれとなっていた。

彼女の生涯の最悪の日に、ちがいなかった。しかし、彼女は、嘆息する余裕もないほど、われを忘れていた。出火の原因についての責任、そして、トムの行衛不明――その二つが、この自意識の強い女に、想像を超える影響を与えた。彼女が、こんなに責任ということを、感じたことはない。その重圧の下に、押し潰されそうになっても、ただ一筋に、必死に、償いを望んだ。

トムを探し出すことが、何より急務だった。嘉代婆さんに対しても、全部の園児が安全だったら、出火の責任さえ、多少は、緩和されるだろう。その彼の姿が、夜が明けても、やっと整えた朝飯の席にも、見出されないのだった。

逃げ遅れて、焼死でもしたのではないかと、第一に疑われたが、焼跡のどこにも、それらしい形跡はなかった。小さな骨のようなものが、見出されないことはなかったが、それは、彼の可愛がった鶏たちの哀れな運命であることが、場所と形とで、すぐわかった。

といって、避難の途中に、迷子になったにしても、四歳の子供の足で、そう遠くへいける筈もなく、また、あの特殊な容貌が、人目に立ち、避難先きへ、知らせがある筈だった。亮子は、近隣の人や、巡査にも、そのことを、よく頼んであるのだった。

「お亮ちゃん、トムを探すのは、外の人でいいから、あんたは、こっちの指揮をしておくれ」

嘉代婆さんは、食事の問題は勿論、乳児のオシメのことまで、頭を悩まして、さすがに、疲労困憊の様子だった。

「はア、それも、致します。でも、トムの行衛は、あたくしが……」

平常の亮子ではなかった。というよりも、いつもの能力の倍も、三倍も、スピードと馬力を上げた機械だった。例えば、トムを探しに、根岸の町へ下りれば、食品を買い集めた店で電話を借りて、駐留軍婦人会や、市や区の要職者に、救援の手を依頼するとか、警察に出頭して、出火の原因取調べに一々、答弁すると同時に、トムの捜索願いを、特に念入りに頼むとか、千手観音のような働き振りをして、少しも、疲れないのである。食事さえ、とらないのに――

そんな、忙がしい中で、亮子は、検事や警官に、焼跡で、いろいろ訊問を、受けなければならなかった。参考人として、出火当夜の客の一人である大西女史も、呼び出された。取調べが、相当、入念だったのは、火災保険がかけてあるためであった。工事が落成して、受け渡しが済むと同時に、保険が発効するように、手回しのいい亮子は、処置を怠らなかった。百万円に対して、五千六百円ばかり掛金をして、三日目に、出火したのだから、多少の疑いをかけられたのである。

しかし、細かい調査が進んでいくと、出火の原因は、パーティーの客たちが、跡片付けはしても、電燈を消すことを忘れ、天井の紙の万国旗が、電球に過熱されたためと、推定された。

「だが、電燈を消し忘れたのが、志村さんでなく、招かれたお客であるというのは……」

検事が、ちょっと、首を傾けた。

「はア、それは、あたくしが酔っ払いまして、先きに寝てしまったからで、ございます」

亮子は、悪びれず、自分の醜態を白状した。検事は、ニヤニヤ笑った。

現場調査が行われる頃に、62キャムプの一室では、嘉代婆さんと原保姆が、一人の男を相手に汗を掻いて、答弁していた。その男は、織田運輸を四方吉が訪ねた時に、書類を持って出てきた係長だった。

「誰の承諾を得て、この建物へお入りになったのですか」

彼の見幕は、もの凄かった。

「はい、それが、その……子供たちを、いつまでも、夜露に打たしても、置けませんもので……」

さすがの嘉代婆さんも、弱味があるから、シドロモドロの答えだった。

「それは、ウチの会社の知ったことでは、ありません」

「ご尤もですが、ミセス・キンソンが、管理人に話して下さいまして、是非、ここへ入れと……」

「管理人には、この建物の貸借契約をする権限は、ありませんよ。それに、ミセス・キンソンとは、何者ですか。駐留軍関係者か、何か知らんが、62キャムプは、既に日本人の手に帰したのですからな。大きな顔をして貰いますまい……」

じきに、こういう口をきくのは、十二歳半。

結局、即時立退きの要求を残して、彼が帰ると、二人は、顔を見合わせて、青息吐息という有様だった。

「お亮ちゃんが居合わせてくれたら、あんなに、威張られなくても……」

「ほんとですね。理事さんなら、何とか、うまく話をつけて下さったかも、知れませんわ」

出火の原因が、亮子のパーティーにあると、誰も、彼女に悪感情を懐いていたが、こういう至難の問題が湧き上ると、彼女の手腕が、今更のように、思い出されてくるのだった。

そこへ、武智秀三が、四方吉を伴って、見舞いにきた。

「まことに、飛んだご災難で……。これは、お見舞いの印として……それから、昨日お約束した寄付金も、同時に、持参しました」

武智は、いかにも、同情に堪えない表情で、五万円の包みを、二つ出した。嘉代婆さんとしては、織田運輸の無情な態度に泣いた直後であるから、この新興サンを、頼もしいと、思わざるをえない。

「ご親切、身に浸みます……」

と、紙包みを頂く仕草を、して見せる。

「いろいろ、ご用も多いでしょうから、志村君を残して参ります。なんでも、ご遠慮なく、仰せつけ下さい」

彼は、待たせた車に乗って、帰っていった。

「ほんとに、困ったことになったよ、四方さん……」

嘉代婆さんは、突き落された窮境について、四方吉に訴えた。明日からの双葉園を、どうすればいいか。五十八名の児童を、どうして、路頭に迷わせずに、済むか――

「お察しします……」

四方吉は、そういうより外に、言葉を知らなかった。

「このキャンプも、厳しい追立てを食ってるし……そうかといってあれだけの子供の入る家は、生易しいお金では、買えないし……」

乳児室の火災保険金が、手に入っても、家どころか、備品や、家具の買い入れで、すぐ消えてしまう。福田別荘の保険も、昔は、掛けてあったのに、嘉代婆さん自身が、園の経費に追われて、解約したのは、残念の極だった――

「四方さん、あたしゃア、焼跡の地所を売るよ。値をよく、買っとくれ」

突然、婆さんが、いい出した。

「え？　売って下さいますか。それは、有難いですが、時価の三倍というお値段では……」

四方吉は、すぐ、喜ぶわけに、いかなかった。

「こうなったら、こっちの負けだよ。今度は、あんたの方が、足許につけ込む番だ。もう、あんまり、慾の深いことはいいません。世間の相場に、三割増し位で、手を打ちたいね」

「ほんとですか。それなら、社長は大喜びで、即金で買いますよ。有難うございました。これで、やっと、私も……」

四方吉は、突然に、重荷が卸りたような気持で、われを疑いたくなった。しかし、最後の財産を売って、双葉園の事業にあてなければならぬ嘉代婆さんの運命に、喜んでばかりいられないものを感じた。

「福田組が、解散にならなかったら……」

彼は、思わず、そう呟いた。

「ほんとだよ。あたしも、昔が恋しい……」

嘉代婆さんは、厚ぼったい瞼を二、三度、瞬いたが、すぐ、われに返って、

「それはそうと、四方さんが可愛がっていた、トムだがね。火事場から、行衛がしれなくなって、お亮ちゃんも、朝から、方々、探し回っているんだが、あたしも、これが一番、気になって……」

四方吉は、すぐ、62キャムプを飛び出して、トムの捜索を始めた。

だが、どこを目当てに探したら、いいのか。近所にいるなら、人目につかぬことはないし、といって、あの黒い子を誘拐するモノズキも、いないだろうし、――死んだシモン・ミュラーの霊が、天国へでも連れ去ったのではないか、と思われるほど、トムの行衛は見当がつかなかった。

とにかく、焼跡へいってみようと、四方吉は、勝手を知った近道を、歩き出した。一軒の接収家屋の垣根に添った細道を通れば、福田別荘の裏山に出るので、本通りを回る半分の距離だった。その代り、夏草が茂り、樹の枝が掩い、降りやんだ細雨が、まだ雫となって、イギリス麻の服を濡らした。

別荘の裏山に達した時だった。降りようとする四方吉と、登ってくる亮子とが、バッタリ、顔を合わせた。

二人は、立ち止まったが、どちらも、口をきかなかった。お互いに、顔ばかり見合った。

四方吉には、雨に濡れ、泥に塗れたイヴニングを着た妻が、十歳も老けたように、窶《やつ》れて見えた。しかし、その眼の色は、十年このかた見たこともないような、真剣さと、素直さに、溢れていた。亮子も、良人の服装と態度に、驚きの色を見せたが、そんなことよりも強い感情が、彼女の胸に波打った。その感情が、何の躊躇なしに、口を切らせた。

「あなた、あたし、大変なことしてしまった……」

彼女は、子供のように、単純な瞳を見開いて、四方吉を眺めた。

「どうした？」

「あたしが、火を出して、双葉園を焼いてしまったのよ、あたしの不注意で……」

「そうか。お前の責任なのか」

「そうよ。ただ、過失だといって、逃れられない……。そんな責任と、ちがう……」

亮子の浮ずった声が、潤んできた。夜半からの緊張が、始めて解ける機会だった。

「そうか。お前も、そんな過失をやったのか……」

四方吉は、先刻、嘉代婆さんが、承諾するまで、彼の肩にノシかかっていた、重い荷のことを考えた。

「あたし、どうしたら、いい？　ゴシンさんに対して、それから、子供たちに対して……」

亮子が、良人に涙を見せたのは、これが、最初だった。

「仕方がない。責任は、おれが、半分、背負ってやるよ」

四方吉が、ボッソリといった。

「あなたが？　でも、あなたに助けて貰う権利が、あたしには、ないらしい……」

彼女は、ドウヴァルと逢った、最後の晩のことを、思い浮かべた。

「権利か。まア、いいや、こっちは、養子の義務があるらしいよ」

四方吉は、笑った。亮子は、黙って、首を垂れた。

「ゴシンさんは、可哀そうに、途方に暮れていたぜ。早く、行ってやり給え……」

「ちょっと、待って……。まだ、大変なことがあるの」

「まだ、外に、失敗やったのか」

四方吉は、歩きかけた足を止めた。

「いえ、その方は、理事としてのあたしの責任なんだけど……」

亮子は、トムの行衛不明のことと、嘉代婆さんのそれに対する憂慮とを、語った。

「そのことなら、ゴシンさんから聞いて、知ってる……」

「ほんとに、トムには、テコずるわ。どこへ、いっちまったんでしょう。でも、あたし、どうしても、自分で探し出して、見せるわ。人に頼みたくないの……。ただあたしが歩き回ってると、62キャムプにいる人たちが、困るのが、わかってるし、体が、三つも四つも、欲しい……」

彼女は、四方吉に逢ってから、急に、夜半からの疲労が出て、道端に踞みたいほどだった。

「だから、早く帰って、あっちの仕事をやりなさい。まだ、仕事もしないそうだが、そんなに昂奮しても、効果はないよ。少し、気を長くするんだね」

「でも、トムが……」

「トムは、おれが探しにいくよ」

「まア、あなたが？　そう……。じゃア、済まないけど、お頼みするわ」

「いや、これは、養子の義務でするんじゃない。おれは、あの子が可愛いんだ……」

四方吉は、そういい捨てて、スタスタ、歩き出した。

彼は、後を顧みなかったから、亮子が、眼に涙を一ぱい溜めて、彼を見送っていたことなぞ、まるで、知らなかった。ただ、彼は、久振りで——ほんとに、久振りで妻に逢った気持がするのを、不思議に思った。家を出てから、まだ、幾月も経ってはいない。それなのに、結婚当時の遠い昔の亮子と、突然、めぐり逢ったような気持がするのが、おかしい。そうだ、あれなら亮子だ。妻だ。それ以外のどんな女でもない——

そして、彼は、結婚当時、戦争の打撃で足腰の立たなかった頃から、現在——と、良人としての自分の遍歴を、顧みた。

——亮子も、心細かったろう、この六年間。

妻を労わる気持が湧いてくるのも、久振りのことだった。なぜ、それを忘れていたか。仕方がないではないか。彼は男に生まれ、一所懸命になって、戦争に加わったのだ。そして、国は敗れ、山河とパンパンだけ残った、幾年月——

四方吉は、そのような、もの想いに耽って、裏山の樹間を進んでいくと、遥か先きの道を、一羽の白い鶏が叢《くさむら》から走り出したのに驚いた。こんな所に、鶏が飼われている筈がない。どこから、迷いこんだのかと、怪しむ折柄、小さな黒い影が、鶏の跡を追い、やっと捉えると、また、草の中に、姿を没した。

「おい、トムじゃないか……」

彼は、咄嗟《とっさ》に、そう叫んで、駆け出した。長い夏草の中に沈んだ、トムらしい影は、それきり、どこへ行ったか、見えない。しかし、ククと叫ぶ、鶏の声で、彼は山腹に掘られた、戦時中の防空壕の入口を、見出した。浅い洞穴の中に、必死と、鶏を抱き締めてるトムの姿が、ボンヤリ見える。

「トム、出ておいで……オジさんだ！」

遣り戻す

双葉園の全焼は、意外なほど、市民の同情を呼んだ。最初、横浜では、双葉園の存在を、恥辱のように考える、傾向があったが、今年になって、急に、混血児問題が騒がれ、双葉園の名が、全国に響いてきてから、キラクせんべいや、シュウマイと同じように、土地の名物扱いを、受けるに至ったのである。それが、一夜にして、灰になったのだから、残念に思うのだろうが、焼け出されて、62キャムプへ入った子供たちが、織田運輸から厳しい立退命令を食ってることが、新聞に出てから、俄《にわ》かに、同情の波を寄せた。それでなくても、新興富豪として憎まれていた、織田社長に、攻撃が集中すると共に、双葉園には、市や、婦人会その他、一般人からも、救済の衣類、器具、食品、寄付金等が殺到して、子供たちの不自由も二、三日で解消したほどだった。

この形勢を見て、誰よりも喜んだのは、武智産業の社長で、

「志村君、こりゃア、面白うなってきたな。君の奥さんにいって、断じて、あのキャムプを出んように激励して、くれ給え。いかなる脅威にも屈せず、正義を護り抜きなさいとね」

と、最早、ドウヴァルから蒙った損失なぞ、忘れてしまったような、大機嫌だった。というのも、一時は、絶望となった彼のプランも、嘉代婆さんの翻意によって、福田別荘の土地が手に入り、日本モナコの夢が、半分だけ、実現しかかってるところへ、本命の62キャムプの土地も、こうなっては満更、絶望といえなくなってきたからである。いつまでも、双葉園の子供が、キャムプに頑張っていれば、しまいには、織田も気を腐らせて、あの土地建物を手放す気になるかも知れない。そうなったら、こっちで手を回して、地所を買い取ってしまい、最初の計画どおりに、すべてが進行するわけである。双葉園なんか、どこか辺鄙《へんぴ》な場所に、こっちで建物を新築してやれば、移転に異存のあるわけはない——

彼としては、双葉園の火事が、飛んだ儲けものになって、ホクホクせずにいられない。織田攻撃の火の手を、裏面から、セッセと煽る一方、双葉園に対しては、その後も、物品の寄付なぞで、一方ならぬ同情振りを見せた。

四方吉に対する態度も、火事を境に、ガラリと変って、一にも二にも、志村君ということになったが、四方吉自身の方は、どうも、それほど面白くない。心中、いろいろ考えてる様子である。

一方、織田の方では、世間の非難が烈しいので、遂に移転先きができるまで、建物の使用を許す旨を、伝えてきたが、その後で、新聞記者と会見した時の亮子の言葉が、なかなか味があった。

「いいえ、織田さんは、以前から、双葉園の最大の後援者の一人で、火災後、逸早く、この建物の使用をお許しになって、お蔭で、どれだけ助かったか、知れません。しかも、今後、期限もきめず、使用を認めて下さるのですから……」

この一カ月間、亮子は、よく働いた。

こんなに、真剣になって、双葉園のために尽したことは、創業当時にもなかった。まず、献身的という形容が、許されるだろう。今度は、自分自身のために、働いたのではなかったから。

五棟のキャムプの建物は、一棟が育児室、一棟が事務室、他は、それぞれ、子供の年齢に応じて、割振られ、内部の整頓は、福田別荘時代の比ではなかった。ただ、ベッドが、半数以上、キャムプに残された大人用を使ってる以外には、ほとんど申分のない施設だった。清潔と便利さが、これだけ行き届いた建物は、育児院として、滅多にあるわけがない。子供たちが、眼に見えて、健康になったばかりでなく、保姆たちの仕事も、手間が省けて、能率をあげた。そんな風に、この建物の特長と設備を、生かして使ったのは、悉く、亮子の手腕だった。いつか、彼女は、ドウヴァルに向って、62キャムプを、双葉園のために使いたいと、冗談をいったが、ヒョンなことから、それが実現して、素晴らしい効果を表わしたのである。

今となっては、双葉園が火を出して、かえってトクをした、という感さえあった。一種の焼け太りである。公然と、永住できないのが、難であるが、なにしろ、居心地がいいので、早くミコシを上げる気には、なれない。別に、武智産業の味方をする量見ではないが、できるだけ長く、この建物に頑張ろうという気になる。

とにかく、現状が悪くないので、失火の責任を亮子に求める、人々の気持も、次第に、緩和してきた。その上、彼女の態度が、あまりにも殊勝で、働き振りが、腕に輪をかけた眼覚ましさであってみれば、一度失墜した彼女の信用も、旧に倍した恢復を見せ、やはり、あの理事さんでなくてはということに、なってきたのである。

亮子自身も、火事以前とちがった気持で、園の仕事に、打ち込めるようになっていた。勿論、彼女が、別人になったわけではない。生来の勝気で、自分の過失を自分で償う気持が、献身的行為となったのだが、双葉園を踏み台として、世間へ出ていこうとする筋書も、次第に忘れてきたのは、新しい事実だった。何か、新しい興味を、彼女は、この事業の上に、発見したらしい。少くとも、理事を辞任して、東京へ出ていこうとした決心は、もう、彼女の胸から、消えていた。

――移転先きがきまって、園の仕事が、一段落するまでは、責任が果されないわ。

彼女は、自分に対して、いって聞かせた。

それにしても、彼女は、この一カ月の間、われを忘れて働いた代りに、まだ、改まって、嘉代婆さんに、失火の詫びをいう遑《いとま》がなかった。やっと、彼女は、今日それを果す機会を、見出した。

嘉代婆さんは、さすがに、火事騒ぎの疲れが出たとみえて、この頃は、焼け残った茶室に、引き籠っていた。亮子が訪ねた時も、籐《とう》の枕に、白髪《しらが》頭をのせて、座布団の上に、横になっていた。

「おや、入らっしゃい……。やっと、秋風が立って、朝晩はラクになったね」

嘉代婆さんは、産後のオットセイという形で、懶《もの》げに、起き上った。

「どうぞ、そのままで、ゴシンさん……」

「なアに、ちょいと、体を休めていただけさ、やはり、年をとると、意気地がなくなって……。だが、お亮ちゃんこそ、よく、体が続くね。ほんとに、あんなに働いちゃ、足がスリ切れないのが、不思議なくらい……」

「いいえ、あたくしは、どれほど働きましても、償えない責任が、ございますから……」

亮子は、先刻から、なるべく、庭を見ないようにしてるのだが、福田別荘の焼跡が、茶室から、黒々と見渡されるのが、胸を衝《つ》く気持だった。せっかく、戦災を免れた建物が、遅蒔《おそま》きの焼夷弾を食ったと同様な、無惨な姿と、変り果てる――

彼女は、衝動的に、座布団から降りて、膝頭を揃え、両手を突いた。

「ゴシンさん、跡片づけに追われまして、今日まで、申上げるのが遅れましたことを、お容《ゆる》し下さいませ。やっと、キャムプの中も、一応、整いましたので、今度のことのお詫びに、伺いました。あたくしの不注意から、飛んだことを惹き起しまして、何とも、申訳ございません……」

親にも、良人にも、頭を下げたことのない女が、今度ばかりは、心から人にアヤまったのである。

嘉代婆さんは、その様子に、ジッと、眼を注いでいたが、一言も、答えなかった。

「新築の育児室を、一度も使わないうちに、灰にしましたばかりか、別荘の方まで、あんなことに……」

「……」

「どんなに、お詫びをしても、償えることでは、ございませんけど……」

彼女の眼に、涙が浮かんだ。贖罪《しょくざい》はできないというが、そうやって、アヤまることで、彼女の心は、軽くなった。

「この上は、どこまでも、献身的に、園のために働きまして、せめて、責任の幾分かを、果させて頂きたいと……」

「おや、お亮ちゃんは、いつまでも、双葉園にいるつもりなんですか」

嘉代婆さんが、はじめて、口をきいた。

「はい」

「そりゃア、驚きましたね。あんたは、責任ということを、度々、仰有るが、まだ、ほんとには、わかっていなさらないようですよ」

「と、仰有いますと?」

「あれだけの事件を起して、そんな考えじゃ、困りますね。もし、62キャムプというものがなかったら、子供たちは、一体、どうなったと思います。考えても、ゾッとしますよ。トムのことだって、あの子自身が、火を怖れて、鶏を抱え出して、裏山へ隠れたので、あなたが連れて逃げたのではありません。ヘタをすると、一人の園児が、焼け死んだかも、知れませんね。あなたが、責任ということを考えるなら、理事の職を辞めるのが、本当——もし、あなたが辞めなければ、こちらで、解職しようと思ってたところですよ」

その時刻に、馬車道の武智産業本社で、四方吉が、社長の前に、書類を列べて、説明を終ったところだった。

「これが、権利書、これが、登記書——よく、お改め下さい」

四方吉は、今日、福田別荘の土地を、会社の名義に書き替える手続きを、一切済ませて、帰ってきたところだった。

「いやご苦労……。君のお蔭で万事、目算どおりに進んで、わしは、こんな嬉しいことはない。今夜は、君の慰労を兼ねて、前祝いに、一席設けたいね」

武智は、満面に、笑みを浮かべた。

「はア、しかし……」

「そして、62キャムプの方は、大いに、頑張って貰うんだね。なアに、織田が何といったって、動きさえしなけりゃア、こっちのもんだ。一年も経つうちにゃア、織田もイヤ気がさしてくるよ」

「はあ、しかし……ちょっと、申上げたいことがあります」

四方吉は、語調を正した。

「なんだね」

「私、今日限り、会社を辞めさせて、頂きたいのですが……」

「なにをいうんだ、君？　何が不平で、そんなことを……」

武智は、眼をパチクリさせた。

「いや、不平どころではありません。会社に対しては、申訳のない失敗を演じまして……」

「ドウヴァルのことかね。わしは、もう、忘れとるよ、あの問題は……」

「あなたが、お忘れになっても、会社員としての私の責任は、解消しません。一千万円以上の損害を会社に与えた社員が、採るべき道は、きまっているのです。少くとも、戦前、私たちが住んでいた、会社員の世界では、それが掟《おきて》でした……。あの事件の当時、私は、引責をお願いしたが、お聞き入れがなく……」

「それは、君、福田別荘の買い入れという、大きな仕事が、君を待っていたからね」

「はア、それで、私も、できるだけ、実現に努力しましたが……」

「君のお蔭で、あの土地が手に入ったのだ。登記も、済んだのだ。もし、君に失敗があったとしても、差引勘定がついとる」

「いや、社長、あの成功は、私の力じゃありませんよ。火事がなかったら、福田未亡人は、決して、あの土地を手放しはしません。功労者は、火事なんです」

「君も、正直な男だね。そこまでいわんでも、いいだろう。たとえ、火事のお蔭であっても、君が引責する必要はないよ。わしのプランも、いよいよ緒《ちょ》についたのだから、君に働いて貰うのは、これからなんじゃ……」

「有難うございます。しかし、一応、私に、古い習慣を、守らせて下さい。私も、二度の勤めを、少し軽卒に、引き受けた感じがします。あの失敗は、いい薬になりました。この次ぎは、ほんとに、新規蒔直《まきなお》しで、世の中へ出たいと、思います。ご縁があったらその時のこととして、今度は、素志を貫かせて、頂きましょう……」

それから、四方吉は、タクシーに乗って、根岸へ出かけた。嘉代婆さんから依頼されて、地所の代価八百四十万円を、銀行預金にしたのを、通帳と印鑑を届けにいくのだから、バスの人混みを、避けたのである。

「あア、四方さんかい？　今、お亮ちゃんが、帰ったところだよ」

嘉代婆さんは、亮子に見せた峻厳な表情を、ケロリと忘れたような、優しい態度だった。

四方吉が、通帳と印鑑を渡すと、彼女は、老眼鏡をかけて、記載の文字を、入念に眺めてから、

「はい、確かに……。ご苦労さんでした。だが、四方さん、とうとう、これが、あたしの最後の財産になってしまったよ。骨董類は、みんな、火事で焼いてしまったから、これからは、このお金だけが、頼りなんだね。でも、あたしア、べつに、悔みもしないよ。もう、何年、生きるものじゃなし、あたしの使うお金は、知れたものだ。ただ、このお金で、どういう風に、双葉園を盛り立てていこうかと、考えると、とても、心配でね。実は、四方さん、あた

しは、今度、双葉園の采配を、振らなければならないことになってね」

「そうしますと、亮子は……」

「お亮ちゃんには、火事の落度があるから、理事を辞めて貰いましたよ。たった今しがた……」

「ご尤もです。当然のことです。すべては、亮子の責任なんですから……」

「なアに、責任なんて——まさかお亮ちゃんが、放《つ》け火をしたわけじゃなし、あたしア、そんなことは、ちっとも、考えちゃいませんよ。お亮ちゃんに、罪はないどころか、あれからの働き振りといったら、涙がこぼれるようなもんでしたよ。いえ、双葉園を始めてから、ここまで盛り立ててきたのは、みんな、お亮ちゃんの働きなんですよ。あの人を出して、これから、この婆さんが、一人で、双葉園を背負って立つ難儀を思うと、どんなに心細いか知れやしない……。しかし、四方さん、あたしア、あんたの手に、お亮ちゃんを返す時がきたと、思ってね。いえ、お亮ちゃんのために、あんたの許《もと》に戻る、一番いい時機が、きたと思ってね……」

と、嘉代婆さんは、ホロリとした声を、円い膝の上に落した。

「あの人（亮子）は、やっぱり、あんたと一緒になるのが、幸福ですよ。だけど、普通の奥さんのようには、いきませんよ。名馬だからね、厩《うまや》に繋いどくわけにいかない。それは、覚悟しなければ……」

「よく、わかりました。お志、身に浸みます。実は、私も責任上、また、奮起の必要上、武智産業を辞めることに、致しまして……」

「え、なんですって？　これア、大変だ。あんたが、専務という立派な地位についてるから、あたしも、安心して、お亮ちゃんを、オッポリ出す気になったんだが、また、ブラブラ遊ぶのですかい。これア、困った。これア、大手ちがいでしたよ……」

と、婆さんは、俄かに、狼狽を始めた。


それから、また、時が経って、秋の彼岸に入った或る夜だった。横浜駅のフォームに、四方吉夫婦が、見送りの人々と共に、二十一時三十三分の各等急行「筑紫」のくるのを待っていた。もう、夜風は、ヒンヤリと冷たく、微かに、港の臭いを運んでいた。

「着いたらね、君塚さんたちに、くれぐれも、よろしくいって下さいよ」

嘉代婆さんが、四方吉にいった。

福田組の神戸支店にいた残党たちが、今度、小さいながら、貿易会社を神戸に興し、商号に「福田組」の名を用いることを、嘉代婆さんに申込んできたのを、彼女は四方吉の参加を条件に、許可を与えたのである。新会社では、四方吉の手腕を知ってるから、何の異存もなく、彼を加えた。旧福田組の有力社員で、昔懐かしい商号が復活するのは、嘉代婆さんにとって、どれだけ、嬉しい話だったか、知れなかった。ただ、場所が神戸で、横浜でない憾《うら》みを、除いては——

亮子は、一も二もなく、神戸行きを賛成した。彼女は、理事を解職されて、ひどく、気持がサッパリし、もう一度、新しい舞台に飛び出すには、かえって、見知らぬ土地へ赴くことを、望んだのである。関西の社交界は、彼女にとって、肥沃の土地の予感があった――

「原さん、よく、園長先生を、助けてあげて頂戴ね」

新理事の原保姆は、トムの手をひいて、眼鏡を光らせていたが、コックリと、強く頷いた。

「トム公、お前は、鶏がいるから、寂しくはないね」

四方吉は、トムの頭を撫ぜながら、そういった。火事の際に、一羽だけ、彼が救い出した鶏も、四方吉が、焼け死んだ数を補充してやったので、彼は、大喜びだった。彼が、動物に、こんな熱愛を持たなかったら、四方吉も、別離の始末に困ったろう。

「それからね、トム公、お前が大きくなったら、これを開けてご覧。この封筒の中に、大切なものが、入っている……。それまでは、理事先生に預けて置くからね」

彼は、シモン・ミュラーの軍隊認識票と、それが、トムの父親の遺品であることを書き添えた手紙を、原ちか子に渡した。

そこへ、列車が入ってきた。

「では、ご機嫌よう……」

「折りがあったら、時々、双葉園を見に参りますわ……」

二人は二等車の窓から、首を出して、別れを惜しんだが、横浜の停車時間は短く、やがて、フォームの人たちの振る手も、見えなくなった。

混んでるので、夫婦は、列《なら》んで席に坐った。亮子は、灰色の平凡なスーツの裾から、脚を伸ばした。衣裳持ちの女も、みんな焼いてしまって、既製服を買って着る始末だが、ナニ、服なんて、神戸へいけば、いいドレス・メーカーがいるから、いくらでもこしらえてやる。自分の腕で――

「あア、今夜は、とても、眠られそうもないわ。あたし、此間《こないだ》うち、やったことを、残らず、あなたに話したいの」

彼女は、少し、昂奮していた。

「そうかね。しかし、聞いても、何か、利益になるかな。僕は、昨夜、武智産業の送別会で、晩《おそ》かったから、眠いよ……」

四方吉は、もう、ウトウトし始めた。だから、妻の秘密も、聞かなかったし、況《ま》して、同じ列車の最端の三等車に、妹の訃《ふ》を知った赤松太助が、郷里へ帰るために、千代子を伴《とも》なって、乗っていることなぞ、夢にも気づくわけはなかった。

〔付録〕
横浜の悲哀

私は横浜に生まれ、現在も、神奈川県に住んでいる。明治四十二年まで、十六年間を横浜で送り、そして、一家東京へ転じたが、昭和二十四年、大磯へ移り住むことになった。鉄道唱歌に、神奈川は昔より、歴史に残る跡多し——という一節があるが、私個人の歴史にも、大いに因縁を感じるのである。少年期を送り、また、老境に入って、神奈川県へ帰ってきたことに、個人的な意味を感じるのである。

故郷といえば、横浜が故郷である。しかし、故郷なんていうものは、城跡があったり、祇《ぎ》園《おん》祭りがあったりすることで、郷愁を深くするものだが、横浜は、日本の開国時代に、一夜にして、漁村から港都に変じたので、伝統や歴史がない土地である。方言もなければ、地方料理というものもない。いわば、郷愁の持って行きどころがなく、強《し》いて、故郷の意識を煽《あお》らねばならない。

しかし、私は横浜を愛しているし、また、横浜に特色の溢れていた時代を、知ってる。

今の若い者に、横浜が東京をリードした時代があったといっても、信用しないにちがいない。福沢諭吉の思想が、横浜でどういう風に発展したかというようなことは措《お》いても、今の銀座の地位を、横浜が占めていたことなぞ、知らない人が多いだろう。つまり、本式の洋食や、新式の洋服や、帽子なぞは、東京に探してもなく、横浜へ来なければ、発見できなかったのである。

横浜のグランド・ホテル、オリエンタル・ホテルで、フルコースの洋食、日盛楼や西洋亭で一品料理、それから、インゴ屋なぞという変った折衷《せっちゅう》式の洋食屋もあった。東京の洋食なんて、食えたものじゃないということを、当時の横浜人がいっていたのである。

それから、男子の服飾。これが、横浜でなければ、用が足りなかった。東京のハイカラ男は、皆、横浜のシナ人の洋服屋で、服をこしらえた。帽子や、シャツやネクタイは、居留地のレンクロフォードという外人の店へ、買いにきたものである。靴も、居留地に「大佛」という店があった。

パンや洋菓子も、ユダヤ人の経営してる店があって、東京には、まるで見当らないものを売っていた。

そんな風に、横浜は、ひどくハイカラな都市だったのである。居留地を歩いてると、まるで西洋に行ったようだなぞと、東京人がいった。その頃、東京では、右側も左側も、洋風建築ばかりという町は、一つもなかった。そして、東京は、江戸という伝統があるためか、洋風をとり入れても、折衷式のものが多かったが、横浜はソノモノズバリのところがあったのである。

第一次欧洲大戦の頃は、横浜のエキゾチシズムというようなものが、最も東京人に喜ばれた時代で、谷崎潤一郎氏なぞが、横浜を取材したものを書き、安い円タクを飛ばして、東京から本牧《ほんもく》へ遊びにくる人が激増したが、われわれからいうと、その頃から、横浜の特色が薄れてきた観があった。欧洲大戦で、外国船の入港が少くなり、その空虚を、東京人が充したようなものであった。

そして、関東大震災で、横浜は潰滅し、やっと復興した時は、東京の場末のような街にな っていた。反対に、東京の銀座は、昔の横浜の特色を奪ってあまりあるほど洋風の街《まち》になった。

私なぞは、横浜は、震災で亡んだと考えている。横浜人の気概というようなものも、あれを機として失われたようである。

そして、今度の戦争で、横浜の空襲はもの凄く、旧市内全部が焼失した。すでに、衰弱していた横浜は、再び立ち上る力を欠いてると思われた。

ところが、異常な現象が起きてきた。

占領軍のマッカァーサーが、日本の最初の夜を送ったのは、横浜であり、占領軍総司令部が最初に置かれたのも、横浜だった。そして、八軍司令部は講和条約発効まで、引き続き横浜にあった。

これは、横浜にとって、極めて大きな衝動だった。

市の中枢は殆《ほと》んど接収を受け、外の戦災都市のような復興は、思いもよらなかった。怒濤のように侵入してきた占領軍が、横浜のすべてを支配し、新しい横浜をつくった。日本中どこへ行ったって、横浜ほど占領色の濃い町はなかった。

占領軍によって利益を受ける日本人が栄え、占領軍によって横浜が支えられる観を呈した。その形相《ぎょうそう》は奇異であり、多くの問題を妊《はら》み、私はその一端を「やっさもっさ」という小説に書いた。そして、その外貌《がいぼう》は、明治初年に横浜が経験したものと、よく似ていた。

敗戦というものが知りたければ、横浜へ行けと、その頃、私はよく人にいった。

八軍司令部が座間《ざま》に移転して、占領都市の実態がなくなると、今後の横浜はどうなるか、どうすべきか、土地の人たちも、思案に余ってるのではないか。あまり大きな衝撃を受けて、ボンヤリしてるのが、横浜の実状ではないのか。

ほんとに気の毒な都市である。日本の受ける大波を、いつも、真っ先に、頭からカブってしまう。これから横浜はどうなるか。

明治初年の状態から、また昔の繁栄への道を辿《たど》ることができるのか。それとも、東京の衛星都市のようなものになってしまうのか。

それは誰にもわからないが、私は自分の故郷として、横浜がなんらかの意味で、東京をリードする都市になってくれることを、望んでやまない。


（『獅子文六全集』第十四巻（朝日新聞社一九六九年）所収「遊べ遊べ」（一九五八年）より）

［付録］
ふるさと横浜

私は横浜へ行くと、ノンビリしてしまう。日が昏《く》れかかっても、帰途のことが、気にならない。横浜の太陽の沈むところは、西方の丘であるが、その丘の方を眺めてると、まだわが家が残ってるような気がしてくる。私は十歳までその丘の上で育ち、日中は賑華街で遊んで、夕方に丘の家へ帰った記憶が、何度となくあった。その感情が、五十余年後の今日でも、心の底に沈んでいるのだろう。

横浜は、その頃から、二度変った。関東大震災と、この間の戦禍と、その被害の度に、貌《かたち》を変えた。どちらも、横浜にとって、幸福な変化ではなかった。変化の度に、衰弱を加えてくるのである。もう、私の子供時代の横浜らしい特色は、ほとんど窺《うかが》われなかった。

それでも、東京にない街のけしきや、東京で食べられぬもの、買えぬものが、一つ二つ残っていないものでもない。私は、それらのものを、元町と南京《ナンキン》町に求めている。

元町は、戦前より、かえってキレイになり、賑やかになった気がする。ここで、私は自分用の洋品類を買う店がある。銀座裏のような、兄《あん》チャン好みの品を売っていない。そして、ラージ・サイズを沢山持ってる。そんな店が、他にも二軒ある。外人の顧客が多いせいだろう。

愚妻は、子供用の洋品を買いに行く店を、一軒きめている。そこにはアメリカ好みで、単純なデザインの品が多いが、子供には、その方が向いてるのだろう。

靴屋や、女の服の下着類の店は、古いのが残っている。私の子供時代から、開業してる店もある。靴の形の新しさなぞ、銀座に敵《かな》わないが、穿《は》き心地のよいものを造る腕は、上のようだ。女の下着類は、断然、横浜がよいそうで、どこがよいのだか、私には知る由《よし》もないが、おシャレ女が一人ならず、そういっている。

昔の元町は、外人専用の町だったが、この頃は、日本人――といっても、横浜人よりも、一部の東京人の顧客が、多くなった。

横浜駅に列車が着くと、人は争って、シューマイを買うが、横浜の食べ物は、私の子供時代から、シナ料理が名物だった。

第一次大戦後に、横浜へシナ料理を食いに行くことが、東京人の流行になった時があった。松竹の撮影所が、蒲田《かまた》にあった頃は、安い円タクに乗って、横浜のシナ料理を食って、本牧《ほんもく》で遊ぶという映画人が、ずいぶん多かった。

事実、その頃の南京町のシナ料理は、ほんとに、うまかった。聘珍樓《へいちんろう》の全盛時代である。そして、東京のシナ料理は、マズかった。偕楽園《かいらくえん》のような家を除き、他は問題にならなかった。

ところが、今日では逆である。東京は、世界で最もウマいシナ料理の食える都会になってしまった。勿論、本場のシナの都会を別にしてであるが、ことに北京料理のウマいのは、東京でなくては食えない。広東《カントン》料理でも、横浜よりもウマい店が、東京に多くなった。

今では、まったく、横浜へシナ料理を食いに行く必要がないのである。最近、銀座式、或いはニューヨーク式の清潔で、近代的装備のシナ料理店が、続々、南京町に開業しつつあるが、これまた、横浜的特色を薄くするものだ。

しかし、横浜らしいシナ料理を食べさせる店が、皆無というわけではない。不潔で、小さな店で、昔の広東料理を思い出させる家が、一、二軒ある。料理屋というより、縄ノレンであるが、そういう店へ入れば、時として、東京に求められない味を見出す。

しかし、私にとって、今の南京町でも、東京にない買物のできるのが、うれしい。家鴨《あひる》や、鶏の既製料理や、焼豚を売ってる店で、評判のがあり、そこで、そういうものや、豚の耳や胃袋の料理なぞ、買ってくるのは、横浜へ行く愉しみの最大なるものだ。これは、東京のどこを探しても、見当らない店である。

昔は、そんな店が沢山あった。しかし、近代化する南京町では、日に日に、姿を消して行く。やがて、体裁《ていさい》のいい街になるだろう。

（昭和三十四年十月『女性文庫』）

（『獅子文六全集』第十五巻（朝日新聞社一九六八年）所収「町ッ子」（一九六五年）より）

獅子文六の横浜愛

野見山陽子（神奈川近代文学館）

神奈川近代文学館は、夏目漱石、中島敦をはじめとする文学者の資料を収蔵する博物館です。収蔵資料は一二〇万点を超え、その多くが、作家のご遺族から寄贈されたものです。獅子文六旧蔵資料が、夫人の岩田幸子さんから寄贈されたのは、文学館開館の前年、一九八三年のことでした。文学館開設準備室の職員が、「大磯と赤坂の獅子邸を訪ね、天女のようにたおやかな幸子夫人から資料をいただいた」という話は、今もよく語られる文学館草創期談のひとつで、当館は、代表作「箱根山」「大番」や、「可否道」（コーヒーと恋愛）「ロボッチイヌ」などの原稿、創作ノートやフランス遊学時代の観劇ノート、書簡、旧蔵書など、三四五〇点からなるコレクションを「獅子文六文庫」として一括保存し、開館の年に没後十五年を記念して展覧会を開きました。そして、今年二〇一九年、「没後50年獅子文六展」を開催します（*）。

前回の展覧会から流れた三十年以上の歳月の中で、獅子作品を取り巻く状況は大きく変わりました。その著作は、一度、書店の棚から姿を消しましたが、今度の展覧会では、近年の復刊により作品に出会った読者の方に、獅子文庫の資料の数々をご覧いただくことができます。昭和レトロの洒落た装丁の初版本や古い写真からは、獅子が生きた時代を、溢れ出る物語を次々に記した原稿や、思いがけない素顔を語る手紙を通して、獅子文六その人の存在を感じていただけることと思います。

神奈川近代文学館が建つ「港の見える丘公園」の周辺には、文学者ゆかりの地がいくつも点在しています。文学館の一番近くに住んだ作家は谷崎潤一郎（文学館から徒歩五分の場所に居住）。一番近くに通勤していたのが中島敦（徒歩十分の距離にある横浜高等女学校に勤務）で、おそらく一番の近距離に生まれたのが獅子文六です。

獅子文六（本名・岩田豊雄）は一八九三年（明治二十六）に、今も地名が残る弁天通に生まれました。弁天通は横浜港に沿ってのびる生糸商人の街で、父・岩田茂穂もまた、外国人を相手にシルク製品を販売する岩田商店を営んでいました。茂穂は、獅子が九歳の時に亡くなりますが、慶応義塾大学を中退した獅子が、その遺産により、フランスで二年以上遊学できたほどに、岩田家は裕福な家でした。そして、母・アサジは、日本で初めての本格的西洋花火を作った、横浜の実業家・平山甚太の娘。獅子が「名題《ママ》の食いしん坊」と評したグルマンでした。この両親のもとで獅子は、当時はまだ、日本人があまり立ち入らなかった中華街に潜入したり、スペイン領事の家にいたコックが、路地裏に開いた店で本格的スペイン料理を食べたりと、明治時代後半の、ハイカラで異国情緒あふれる横浜を存分に味わって育ちました。「本式の洋食や、新式の洋服や、帽子なぞは、東京に探してもなく、横浜へ来なければ、発見できなかった」と、獅子は書いています。

「やっさもっさ」は、一九五二年の二月から八月まで「毎日新聞」に連載されました。獅子文六は、「てんやわんや」「自由学校」と、それに続くこの作品を、「敗戦の日本を描く三部作シリーズ」と呼び、シリーズ三作目の舞台に故郷・横浜を選びました。

〈やっさもっさ〉という言葉は、大勢の人が集まって大騒ぎをするという意味です。進駐軍と日本人女性の間に生まれた混血児を引き取って育てるため、根岸の丘の上に双葉園という名の孤児院を開き、「慈善婆さん」と呼ばれている福田嘉代。ひょんなことから嘉代の手伝いをして、その有能さから園の運営を任されるはめにおちいった志村亮子。亮子の夫で、敗戦による「慢性虚脱」を病む四方吉。亮子を取り巻く進駐軍のウォーカー中尉、バイヤーのガストン・ドゥヴァル、そして、街の女たち。個性際立つ人たちが巻き起こすダイナミックな群像喜劇は、獅子作品ならではのものですが、随所に戦後の混乱の真っ只中にあった、獅子の故郷の「現実」が描きこまれています。

太平洋戦争末期の一九四五年五月二十九日、東京大空襲を上回る数の戦闘機が横浜を襲い、投下された約四十四万個の焼夷弾により、横浜は徹底的に焼き尽くされました。終戦後の八月三十日には、厚木の飛行場に降り立ったマッカーサーが横浜に入り、それから七年間、横浜はアメリカの占領下に置かれます。獅子が子ども時代を送った桜木町から関内あたりは、わずかに焼け残った家も壊され、進駐軍の街へとつくりかえられ、馬車道や伊勢佐木町の街角では、G・I（米兵）を相手にする女性が客を引くようになります。これが「やっさもっさ」の背景にある「現実」でした。

「やっさもっさ」の前半部に、横浜から列車に乗った主人公・亮子の、頭上の網棚に置き去られた包みから、黒人と日本人の混血らしい赤ん坊の遺体が発見される、というショッキングな場面が登場します。亮子は警官に、赤ん坊の母親ではないかと疑われますが、実はこれは、「戦争児」と呼ばれた混血の子どもたちのために、孤児院エリザベス・サンダース・ホームを開いた澤田美喜の体験です。三菱財閥の創業者・岩崎弥太郎の孫で、外交官・澤田廉三の妻だった澤田美喜は、この事件に衝撃を受け、一九四八年、私財を投じて、大磯にホームを設立しました。

かねてから戦争児の存在に心を痛めていた獅子は、新聞や雑誌の報道から、自分が住む大磯に、澤田のような人物がいることを知ると、意を決して、設立間もないホームを訪ねました。この日、澤田は不在でしたが、子どもたちを目の当たりにして、「予想以上のショックを受けた。誇張していえば、その日の晩飯が、マズかった。」（『アンデルさんの記』）と述べています。

そして、数年後、この施設のことを小説に取り入れることを決め、再びエリザベス・サンダース・ホームを訪ね、今度は澤田から直接、話を聴きました。

この時のものと思われる取材ノートが、「獅子文六文庫」にあります。表紙に「戦争児」と記された小型のノートには、八頁にわたり、網棚の事件をはじめとする、混血の孤児たちをめぐるエピソードが記されています。ホームに赤ん坊を預けっぱなしだった母親が、養育費を男から強請《ゆす》りとるために、子どもを連れ出そうとする話。良家の娘が、世間の目に隠れて山中の温泉で生んだ混血の子を、家族とおぼしき者がホームに連れて来た話などがあり、これらは「やっさもっさ」にそのまま取り入れられています。獅子は、この時の取材を通して、豪快でバイタリティあふれる澤田美喜と親交を結び、澤田廉三、美喜夫妻は、獅子の三度目の結婚の媒酌人となり、松竹映画「やっさもっさ」には、エリザベス・サンダース・ホームの子どもたちが出演しています。

一九五二年四月、サンフランシスコ講和条約の発効により、七年にわたる占領が終わり、横浜の接収解除が始まります。物語の中でも、横浜から進駐軍が去ってゆくという事態に、進駐軍相手に商売をしていた人びとが動揺する場面が登場しますが、調べてみると、この場面が書かれた連載第九十回目が新聞に掲載されたのは、条約が発効した二週間余り後の五月十三日で、「やっさもっさ」という作品が、激動の時代の中で、リアルタイムに書かれたことに驚かされます。

獅子は、演劇人としての半生を振り返った『新劇と私』という本の中で、フランスで観た、優れたブールヴァール劇（大衆向けの喜劇）から、「今日を動かしてる今日の人物や社会を、アリアリと描くのでなければ、ほんとの今日の観客というものも、吸引できない」ことを学び、たくさんの喜劇に接した経験が、「後年、私が獅子文六というヘンな筆名で、小説を書き出すようになってから、ずいぶん、役に立ったようである」と述べています。

獅子文庫の資料のひとつに、街の女たちとG・Iの話し言葉を記した藁半紙のメモがあり、こうした資料からは、執筆のために、馬車道あたりの路上で、聞こえてくる声に耳をかたむけ、メモをとる獅子の姿が垣間見えるようです。

接収解除後、横浜をどう発展させて行くのか、という問題は、当時の横浜で最も大きな問題でした。「やっさもっさ」でも、横浜を観光地として復興させるべく、地元の有力者たちが意見を闘わせ、ここから、後半へ向けて物語が大きく動き出します。

その中でスキヤキ・ハウス「フジヤマ」を経営する武智が提案したのは、横浜の一隅にカジノを建設するという、現代の横浜市が表明した、カジノを含むIR（統合型リゾート）誘致計画に通じる案です。しかし、武智の案がひと味違うのは、このカジノには、自国の国民は、絶対に入場させないという点です。金持ちの外国人だけに、金をつかわせる。なぜなら、ギャンブルによって、日本の労働者の血と汗の代償を巻き上げてはならないから……。横浜に生きる人びとの、本当の幸福への願いをこめた、獅子ならではの復興策と言えるのではないでしょうか。

「やっさもっさ」は、傷ついた故郷・横浜への愛惜をこめ、トムのような孤児から武智のような実業家まで、敗戦から立ち上がろうとする横浜の人たちへ、獅子が送ったエールであり、皮肉まじりの表現にすら、その熱い横浜愛を気付かされる作品です。

最後に、「やっさもっさ」に登場する、横浜駅でシュウマイを売り歩く「シュウマイ・ガール」のモデルである崎陽軒の「シウマイ娘」が、松竹の映画化で評判を呼び、明治創業の崎陽軒が、戦後の大躍進を遂げたことを、獅子の横浜愛が現実に実を結んだ話として付け加えておきます。

（のみやま・ようこ　神奈川近代文学館）

＊「没後50年　獅子文六展」は二〇一九年十二月七日〜二〇二〇年三月八日に開催

・本書『やっさもっさ』は一九五二年二月十四日から八月十九日まで「毎日新聞」に連載され、一九五二年十月に新潮社より刊行されました。
・文庫化にあたり『獅子文六全集』第六巻（朝日新聞社一九六八年）を底本としました。
・本書のなかには、今日の人権感覚に照らして差別的ととられかねない箇所がありますが、作者が差別の助長を意図したのではなく、故人であること、執筆当時の時代背景を考え、該当箇所の削除や書き換えは行わず、原文のままとしました。

ちくま文庫

やっさもっさ

二〇一九年十二月十日　第一刷発行

著　者　獅子文六（しし・ぶんろく）
発行者　喜入冬子
発行所　株式会社　筑摩書房
東京都台東区蔵前二―五―三　〒一一一―八七五五
電話番号　〇三―五六八七―二六〇一（代表）
装幀者　安野光雅
印刷所　株式会社精興社
製本所　株式会社積信堂

ISBN978-4-480-43638-2 C0193